中国博士后科学基金项目"反讽：从符号修辞到文化形态"（编号：2016M592662）
江西省社会科学规划重点项目"作为符号修辞的反讽研究"（编号：15WX01）

中国符号学丛书　◎　丛书主编　陆正兰　胡易容

符号与传媒
Semiotics & Media

反讽从古至今一直活跃
在不同时期的修辞学、文学、哲学等领域内涵不同
从语句层面到文本层面，形成反讽叙述
从语言反讽到符号反讽，成为修辞学研究的重要内容

论反讽

A Study on Irony

倪爱珍　著

四川大学出版社

项目策划：陈　蓉
责任编辑：陈　蓉
责任校对：吴近宇
封面设计：米迦设计
责任印制：王　炜

图书在版编目（CIP）数据

论反讽 / 倪爱珍著． — 成都：四川大学出版社，2019.12

ISBN 978-7-5690-3276-5

Ⅰ．①论… Ⅱ．①倪… Ⅲ．①讽刺文学—文学研究 Ⅳ．① I0

中国版本图书馆 CIP 数据核字（2019）第 292792 号

书　名	论反讽 Lun Fanfeng
著　者	倪爱珍
出　版	四川大学出版社
地　址	成都市一环路南一段 24 号（610065）
发　行	四川大学出版社
书　号	ISBN 978-7-5690-3276-5
印前制作	四川胜翔数码印务设计有限公司
印　刷	郫县犀浦印刷厂
成品尺寸	170mm×240mm
插　页	1
印　张	13.75
字　数	242 千字
版　次	2020 年 6 月第 1 版
印　次	2020 年 6 月第 1 次印刷
定　价	56.00 元

版权所有 ◆ 侵权必究

◆ 读者邮购本书，请与本社发行科联系。
　电话：(028)85408408/(028)85401670/
　(028)86408023　邮政编码：610065
◆ 本社图书如有印装质量问题，请寄回出版社调换。
◆ 网址：http://press.scu.edu.cn

四川大学出版社
微信公众号

从语言反讽，到符号反讽
——评倪爱珍《论反讽》

赵毅衡

"反讽"，可能是当代文学与文化理论研究同仁最喜欢的题目。自 21 世纪以来，书名说清楚是在讨论反讽的著作有近二十本，每年一本以上；中国知网标题用"反讽"的论文，以及关键词为"反讽"的论文，都有两千多篇。连鄙人也凑过热闹，2011 年由南京大学出版社出版过一本文集《反讽时代》。

既如此，为什么倪爱珍这本书的出版会令读者期盼，令学界兴奋呢？不就是又一本讨论这个课题的书吗？不然，倪爱珍这本书，是第一本在讨论"符号反讽"的论著。迄今国内尚无讨论符号反讽的专著，也没有讨论符号反讽的论文，所有讨论反讽的论述，都是从语言反讽出发，而且大多以文学作品为对象。此课题有关论文中，几乎有上百篇讨论奥斯汀，讨论《傲慢与偏见》，可见其几乎是外语学院的规定动作。

文学语言必然是反讽语言，这是新批评派对反讽语言的最宽定义，这类论述中关于"新批评与反讽"的题目特别多。从最宽的意义上理解反讽语言以及文学的反讽精神，是现代文学理论留下的宝贵遗产。其论证线索，直接从现代性连接到后现代性，因此现有论述中也有眼光比较远、讨论反讽的文化维度的，虽然出发点依然是语言文学。

为什么本书对反讽的符号学研究来说，开辟了一个新天地？这是因为当今社会文化进入了一个全新的时期。文学在文化生活中的比重下降，趋势已经不可能抑制，文学活动所依赖的语言媒介的重要性也跟着降低，视觉/听觉成为当代文化最重要体裁所凭借的媒介。这就迫使我们对文化的理论考量从文学转向图像影视，我们面对的修辞也不得不是跨媒介的符号修辞。而对各种主要修辞格的研究，也不得不从语言/文学转向符号/图像。这个必须的转变，不仅在国内学界没有完成，在国际视野中也没有看到成功的先例。

要把一个修辞格从语言搬到非语言符号中去，不是简单地平移就能解决的。语言是人类最大最系统化的符号体系，修辞学与语言的结合如此紧密，以至于修辞符号学必须寻找一套全新的研究方式。修辞的语言形式研究已经有三千年的历史。要打破这些规律，绝对不是换几个例子就能解决的。就拿明喻与隐喻这两个作为起点的修辞格来说，一旦失去了"是""像""如""似"这样语义明确的词，如何能说明图像/听觉文本之中的修辞关系？简单修辞格已经如此，一旦必须在非语言媒介体裁中处理如反讽、悖论、解释漩涡这样的复杂修辞关系，就更加困难。

倪爱珍的解决方式，是将反讽研究从文本的语言形式，转向接收者对文本的阐释，即解释者对符号文本及语境的综合考量。用作者的话来说，就是把修辞转为"文本自然化的一种认知框架"。这是一个非常有效的研究立场，一种极为睿智的重点转换，也是一种具有哲学意义的阐释方式。但是这就需要将全书的论辩路线，从文本形式转向文本与伴随文本的结合方式，转向文本中包含的社会文化背景因素，也就把反讽从一种文本构成方式，转变为一种符号表意方式；通过这种基本视角的转换，来完成从语言反讽研究转向符号反讽论辩的复杂操作。

我不是说这本书已经做出了一个重大的学术结论，一个我们只需搬用的公式。恰恰相反，此书的价值就在于它是一个新的开始。如果一本书能够给一个世纪的讨论添上新鲜刺激的，值得进一步讨论的"不定点"，那就是对学术界的重大贡献。就书中这个革命性的"阐释转换"而言，倪爱珍的这本书的出版值得重视，值得关心者仔细一读，值得学界仔细讨论。不管我们是刚入门的初学者，还是对此课题多少已经有了了解的内行，我们依然需要这本书，来打开我们的眼界，来让我们跃入一种全新的方法论。

2019 年 8 月 22 日
成都望江

目　录

绪　论……………………………………………………………（ 1 ）

第一章　西方文化中反讽内涵的变迁……………………………（ 11 ）
第一节　一种转义辞格：古典修辞学的反讽…………………（ 11 ）
第二节　一种美学理论：德国浪漫派的反讽…………………（ 15 ）
第三节　一种结构原则：新批评派的反讽……………………（ 27 ）
第四节　一种交流艺术：新修辞学的反讽……………………（ 41 ）
第五节　一种文化形态：后现代理论的反讽…………………（ 57 ）
第六节　一种存在立场：从苏格拉底到存在主义、新实用主义反讽
　　　　……………………………………………………………（ 72 ）

第二章　中国古代文化中的反讽思想……………………………（ 89 ）
第一节　比兴、春秋笔法与反讽………………………………（ 90 ）
第二节　滑稽、俳谐与反讽……………………………………（100）
第三节　反语、反常合道与反讽………………………………（110）
第四节　正言若反与反讽………………………………………（116）

第三章　符号修辞视域下的反讽…………………………………（123）
第一节　反讽：从语言修辞到符号修辞………………………（123）
第二节　作为图像修辞的反讽…………………………………（129）
第三节　反讽与解释漩涡………………………………………（142）

第四章　反讽叙述…………………………………………………（148）
第一节　叙述主体的距离与反讽………………………………（149）

1

第二节 戏仿与反讽……………………………………………（166）
第三节 情节结构与反讽………………………………………（190）
第四节 反讽：文本自然化的一种认知框架…………………（199）

参考文献……………………………………………………………（205）
后　记………………………………………………………………（213）

绪 论

反讽（irony）从遥远的古希腊到今天一直都很活跃，尤其是在后现代文化语境中，其恒久的生命力正源于其内涵的不断拓展。D. C. 米克曾幽默地说过："如果有谁觉得自己产生了一份雅兴，要让人思路混乱、语无伦次，那么，最好的办法莫过于请他当场为'反讽'做个界定。"

从中西方反讽理论发展史以及日常生活中的反讽表意实践来看，其难以界定的主要原因，一是反讽涉及语言学、修辞学、文学、文化、哲学等多个学科，而且在各个学科里又都有其具体内涵；二是仅就修辞学领域而言，反讽不仅含义异常丰富，比如修辞学家韦恩·布斯（Wayne Clayson Booth）在《反讽的帝国》一文中以诙谐风趣的语调描述了反讽在日常生活中的应用之广，并制作了一本小词典，列举了反讽作为名词、形容词、副词使用时的79种含义，而且其语力呈现出两极化特征，这也是反讽不同于隐喻、转喻、提喻等修辞格的地方。它不仅表达意义，还表达情感和态度，类似于言语行为理论中的"言后行为"。从反讽主体的情感蕴含来看，它可以是不介入情感的超然型，比如苏格拉底式反讽、自我分身型反讽、"零度叙述"，也可以是介入强烈情感的锋芒型，比如说反话讽刺别人、网络恶搞、王朔小说的痞子语调。后现代理论家琳达·哈琴（Linda Hutcheon）制作了一张反讽功能表，列举了凝聚、进攻、对抗、权宜、自保、间离、滑稽、交织、巩固等功能。

反讽内涵如此复杂，其源头苏格拉底式反讽就是如此。它既是一种演说技巧，又具有丰富的哲学意蕴。反讽最常见的用法是一种修辞格，而修辞学本身又处于不断演变中，大致经历了从广义到狭义再到广义的历程。古希腊、罗马时期特殊的政治文化使修辞学特别发达，其修辞概念是广义的，包括"五艺"，即觅材取材、布局谋篇、文体风格、演讲、记忆。中世纪时，由于封建政治、神学和经院哲学的影响，修辞学对公共事务的影响大大减弱，走向衰落。文艺复兴时期，修辞学再度兴盛，活跃于政治、文化、教育等各个领域，并形成三大流派，即传统派（又称西塞罗派）、拉米斯派和辞格手段派。但修辞概念走向狭义化，觅材取材、布局谋篇、记忆被排除在外。到了20世纪，修辞学概念又呈现广义化趋势。新亚里士多德修辞学派不仅重新关注觅材取材、布局谋篇，还关注演讲者的人格因素、观众的参与、修辞情景、演讲效果等。随后出现的"新修辞学"将修辞研究从有意识的劝说行为扩展至一切人际交往行为，用双向交流说代替传统修辞学的单向规劝说。新修辞学的出现与20世纪哲学的语言学转向紧密相关。在该派学者看来，语言不仅是人类交流的工具，还是其赖以存在的家园，人类的知识、真理、现实都是语言建构起来的。新修辞学的代表人物肯尼斯·伯克（Kenneth Burke）将修辞研究从增强言语劝说效果的工具提升到认知世界、建构真理的路径，并据此重新诠释四大转义辞格：隐喻即"视角"，换喻即"简约"，提喻即"表征"，反讽即"辩证"。新修辞学的内涵拓展后，其与文学之间的界限就淡化了。伯克认为修辞学和诗学之间没有绝对的区别，都是研究语言在听众或读者身上引起的反应。布斯认为文学作品就是隐含作者和隐含读者之间的对话，类似于演讲者和听众之间的对话，小说技巧即修辞；詹姆斯·费伦（James Phelan）、迈克尔·卡恩斯（Michael Kearns）等人则提出叙事修辞学的概念。

反讽在修辞学、文学、文化、哲学领域里游走了几千年，其内涵、形态、功能等甚是复杂，笔者综合历史文献和个人研究，列出理解反讽的几个要点。

第一，作为语言修辞的反讽，其基本内涵是说反话，所言非所是，表面意义与实际意义不一致。亚里士多德在《亚历山大修辞学》中对其进行了明确的界定："演说者试图说某件事，却又装出不想说的样子，或使用同事实相反的名称来称述事实。"反讽与隐喻、提喻、转喻一起成为西方四大修辞格是在文艺复兴时期，与拉米斯派紧密相关。该派对反讽的界定是"相异替换"。20世纪中期，新批评派克林斯·布鲁克斯（Cleanth Brooks）给反讽下了一个最宽泛的定义——"语境对一个陈述语的明显的歪曲"；琳达·哈琴用相关性、包容性和区别性来概括反讽的语义特征，其中"区别性"是指反讽中的不同意义之间的关系并非对立，而是差异，两种或更多的不同概念放到一起就形成了反讽，如同贾斯特罗"鸭兔图"中的鸭和兔那样。这些定义都有使反讽概念泛化的危险，如果反讽与言外之意没有了区别，那它的存在就成问题，所以还是有必要强调反讽包含的两个意义之间的相互对立、相互冲突关系。赵毅衡在研究新批评反讽时总结出反讽的四种亚型，即克制陈述、夸大陈述、正话反说（含假作否定、假作疑问）、悖论，至今仍是常用的语言反讽技巧。

第二，反讽修辞从语句层面扩展至文学作品层面，也即矛盾的双义出现在主题思想、情节结构、人物形象、语言风格等层面，就进入了文学理论的领域，形成了如新批评派反讽、不可靠叙述、复调、戏仿、隐性进程、否叙述、镜像叙述等文学理论。

反讽是新批评派的关键词，虽然该派成员所用概念不同，比如艾略特（T. S. Elliot）用"巧智"、瑞恰慈（Ivor Armstrong Richards）用"包容诗"、燕卜荪（William Empson）用"含混"、退特（Ellen Tate）用"张力"、沃伦（Robert Penn Warren）用"不纯诗"，但基本含义都一样，都是指诗歌包含相互冲突的元素，对立面的统一成为一切伟大诗歌的结构原则。新批评派从研究微观的语言技巧——玄学派诗歌隐喻的远距特点——开始，扩展至宏观的文本全局，就如该派的维姆萨特（W. Wimsatt）所说："有充分理由可以说玄学派的比喻不协调之合一在当代一些批评家看来，正是诗歌结构原则的原型和顶点。"

"不可靠叙述"是布斯首次提出的，后来获得广泛关注。赵毅衡将其概括为叙述者与隐含作者在意义－价值观上的不一致，这种不一致既可能是局部性的，也可能是全局性的。叙述者的角色有三种——报道者、评价者、阐释者，与之相对应，叙述者的不可靠性也就发生在事实/事件轴、价值/判断轴和知识/感知轴上，而其报道、评价、阐释的声音不一致、信息量不对称、语调不正常等都会产生反讽。除了因叙述主体在意义－价值观上的距离形成反讽，还有叙述者与人物的距离，叙述者与叙述者的距离，也能形成不可靠叙述，产生反讽。

"复调"是巴赫金（M. Bakhtin）在研究陀思妥耶夫斯基的小说时提出的，意指小说中各种叙述主体的声音是平等的、对话型的，没有一个完整意识能统一它们。其后，米兰·昆德拉（Milan Kundera）从探索小说形式的角度提出"复调小说"概念，其核心内涵为文本中不同质的因素的空间并置，比如不同文类、不同情感的并置。这样的界定使复调与反讽的关系亲近了。昆德拉本人的多部小说通过多文类共存、多线索并置、多视角叙述等方式达到反讽效果。现在人们使用的复调小说概念，常常是巴赫金和昆德拉理论的结合体，即通过空间并置（包括内容和形式）形成多种声音的对话以表达主题。

戏仿是对前文本的变异性模仿，通过仿文本和前文本在主题、风格上的冲突形成反讽，如热奈特（Gérard Genette）所说的"戏拟""滑稽反串"，巴赫金所说的"讽拟体"。根据皮尔斯符号三元理论，戏仿可分为三种类型，即戏仿符号的形式、戏仿符号的对象和戏仿符号的解释项，意味着戏仿的规模从单个符号到文本再到文化形态，三种类型之间并不是绝对分开的，只能说以哪一个为意义的直接嫁接点。戏仿的一个重要功能是修辞，而不仅仅是人们常说的滑稽、元小说。戏仿文本中，仿文本与前文本之间既有相似性，又有差异性，相似性代表着熟悉的经验、认知的程式，差异性则是对它的反拨、颠覆，有相似性作为背景，差异性就更为醒目，更容易引起接收者的惊奇感，产生陌生化的审美效应。戏仿不仅仅是文本间的互动，更是文本以外的两种社会历史和美学形态的互动。它的双重编码，使两种声音同时在场，造成历史语境与现实语境的强烈对比，从而达到批判现实的目的。从雅柯布森（Roman Jakobson）的符指过程六因素来看，戏仿在后现代文化中发生了重要变化，呈现出巴赫金所说的狂欢化特征。此外，隐性进程、否叙述、镜像叙述都通过特殊的情节结构形成反讽。

第三，反讽修辞从语言符号扩展至图像、声音、动作、实物等其他符号领域，成为符号修辞学研究的一个内容。这一点其实早在亚里士多德的反讽概念中就已经出现，所谓"演说者试图说某件事，却又装出不想说的样子"，"装"就包含着用身体动作符号进行反讽表意的意思。随着当今社会科技的发展，多媒介表意成为一个突出现象，反讽的形态也变得更加多样化，比如影视剧的音画不一、同一个界面上多个相互冲突的镜头并置，超文本小说用链接将意义冲突的文字、图片、影音等组合成网状文本，"小咖秀"中模仿者的表演与画面不协调。多媒介表意文本中的文本边界变得模糊，所以反讽与悖论也就无法区分了。哈琴的反讽研究可以纳入符号修辞学中。他的研究对象除了文学，还有建筑、音乐、电影、表演、视觉艺术、博物馆展览等多种符号文本。他将反讽视为社会各种符号交流中的一种策略，并且重视政治维度的研究，强调反讽表意的锋芒。反讽文本意在言外，反讽主体态度模糊，这使它既可以成为攻击的矛，也可以成为自保的盾，是无权者"抵抗文化"军火库中的一个重要武器。

从反讽作为符号修辞的多种形态可以看出，语境是反讽形成的关键。这是因为反讽与隐喻、转喻和提喻三种修辞格在形成机制上有一个根本不同，即斯科尔斯所说的隐喻"扎根于语言的命名功能"，反讽的"基础是交际功能"。符号使用场合、符号的伴随文本都是形成反讽的重要语境。赵毅衡提出"伴随文本"概念，并将其分为显性伴随文本、生成性伴随文本和解释性伴随文本三大类，其中每一类都能使正文的意义发生"明显的歪曲"，带来反讽。

反讽也是图像修辞学研究的内容。罗兰·巴尔特（Roland Barthes）将修辞和意识形态（idéologie）的关系界定为符号的能指和所指关系，将所有的内涵指符（connotateur）称为修辞。研究图像修辞，就是研究看似由各种符号自然组合的图像背后所蕴含的文化信息；修辞格的作用就是为图像提供内涵指符，不同的修辞格提供不同类型的内涵指符。反讽就是说反话，那么图像能说反话吗？"不"这个语义能视觉化吗？回答是肯定的，比如单幅静态绘画，图像上的点、线、面、光线、明暗、色彩、肌理、质感、构图等符号之间都可以形成反讽，图像与伴随文本之间也可以形成反讽，比如图像对前文本的象征符号、构图的反向引用，图像与标示文字的意义冲突，图像与展示空间的不协调等。

第四，反讽成为符号修辞，在社会各种表意形式中大量出现，就形成一种文化形态，比如后现代主义。反讽可以说是后现代主义的一个代名词。被誉为"后现代主义之父"的伊哈布·哈桑（Ihab Hassan）用22对范畴区别现代与后现代的特征，"形而上学/反讽"就是其中一对，而且统领其他范畴，反讽也因此被赋予"反形而上学"的思想内涵。形而上学的一个别称是"逻各斯中心主义"，指事物内在的本质和规律，也指语言对内在本质和规律的表现，与之相关的词如存在、本质、本源、真理、绝对、必然、秩序、权威等，其核心特征是理性崇拜，所谓"反形而上学"就是反对这一切。而这又与人们对语言本质的重新认识有关，概括地说，就是认为语言不是透明的媒介，用来再现世界，而是一种工具，用来创造世界。

反形而上学立场在各种文化形态中的具体表现，如果用一个词来概括，那就是"不确定性"。德曼（Paul de Man）、米勒（J. Hillis Miller）等解构主义者认为语言的本质是修辞性的，文本本身存在着同时肯定和否定的因素，具有强烈的不稳定性，是"反讽之永久性悬置"，所以人们理想中的指称明确、意义清晰的文本是不存在的。德曼的解构主义思想主要体现在理论建构上，米勒的则体现在文本分析上，比如他对被视为逻各斯中心主义的经典文本——亚里士多德（Aristotle）的《诗学》的解构性阅读以及对狄更斯（Charles Dickens）的《匹克威克外传》等众多小说的叙事线条多重化打破叙事的连贯性、完整性以及意义单一性的分析。哈桑认为后现代文化"具有反讽意味的不确定－内在性（indeterminanence）"，表现在认识论、新科学、艺术等各个领域。他描述反讽在文学中的表现是："因为缺乏一个基本的原则或范式，我们转向游戏、相互作用、对话、多声部对话、寓言、自我反思，简言之，反讽。这个反讽具有不可确定性、多价性……"

后现代主义反讽的反形而上学立场以及由此带来的意义不确定性，在价值上既有消极的一面，比如哈桑认为后现代反讽变成激进的自我消耗的游戏、意义的熵；詹明信（Fredric Jameson）认为在从现代主义到后现代主义的文化演变中，主体的疏离和异化已经由主体的分裂和瓦解取代，剽窃、拼凑等空洞的反讽到处泛滥；德曼认为绝对反讽是一种有关疯狂的意识；但也有积极的一面，比如伯克认为反讽包含辩证思维，是现代社会最合适的文化状态。这与新实用主义哲学家理查德·罗蒂（Richard Rorty）所构建的自由主义乌托邦思想有相通之处。赵毅衡认为文化的成熟必然是反讽的，在以反讽为主调的时代，多元文化不应当是存异谋同，而应当是同中得异。

此外，表意形式上的反讽是新形式诞生的必经阶段。赵毅衡将四大修辞格之间的否定性递进关系概括为隐喻（异之同）—转喻（同之异）—提喻（分之合）—反讽（合之分），并称之为符号修辞的"四体演进"，认为它几乎可以说是人类各种表意体裁的共同发展规律。反讽意味着任何一种表意形式最后都不可避免地走向对自身的否定，并被一种新的表意形式取代。

第五，反讽从诞生之日起，就与哲学结下了不解之缘，成为处理主观自由与客观现实关系的一个范畴。苏格拉底式反讽是反讽的源头，如何理解它成为后世反讽哲学研究的起点，并由此引发关于反讽与主体、真理、世界、人生等关系的思考。黑格尔（Georg Hegel）认为苏格拉底式反讽"是主观形式的辩证法，是社交的谦虚方式；辩证法是事物的本质，而反讽是人对人的特殊往来方式"。存在主义哲学先驱克尔凯郭尔（Soren Aabye Kierkegaard）则认为反讽是苏格拉底的立场，因为苏格拉底没有到达理念，只是使理念的出现成为可能，是理念的助产师，所以苏格拉底的无知既是当真的，又是不当真的。克尔凯郭尔认为反讽是主观性的一种规定，苏格拉底式反讽是主观性的首次出现，它的表现形式是"无限绝对的否定性"，之后向着更高层次发展，也即主观性的第二因次——"反思之反思的主观性之性"，也即德国浪漫派反讽。克尔凯郭尔认为德国浪漫派把经验的、有限的自我与永恒的自我混为一谈，把形而上学的现实与历史的现实混为一谈，否定整个现实，这种否定是消极的，无法服务于现实的社会和人生。他认为人们应该将反讽与现实紧密联系起来，以辩证态度对待它，要意识到它是通往真理的道路，而不是真理本身。

理查德·罗蒂在其专著《偶然、反讽与团结》中提出了建设一个自由主义乌托邦的构想，在这个乌托邦中，反讽主义在某种意义上具有普遍性。自由主义乌托邦中的反讽主义者的一个重要品德就是承认偶然，即承认语言、自我、真理、道德都不是普遍的、绝对的，而是通过语言的再描述创造出来的。这其实也包含着一种无限绝对的否定思想。

从哲学角度看反讽，它是生存所需要的一种精神。概而言之，反讽精神就是一种不断怀疑、不断否定现实的精神。苏格拉底因为不满意人们在社会事物中发生的各种冲突必须由国家的法律、传统的礼俗做出决定，才用不断诘问的方式寻求关于善、正义、美德等的绝对理念，主观性由此显现。德国浪漫派因为对近代资本主义文明中人性的物化、异化等社会现实不满，才去追求绝对自我、主体自由，反讽就是他们用来表达对理性、系统、传统美学的反叛的方式。克尔凯郭尔、罗蒂的反讽的内涵也是不断否定。有反讽精神，才有对现实的怀疑与否定，也才有个人的完善与社会的进步，就如同克尔凯郭尔所说的："恰如哲学起始于疑问，一种真正的、名副其实的人的生活起始于反讽。""它（即反讽）是一种神圣的疯狂。在某种程度上，每个世界历史性的转折点必定都具有这种思想潮流。"

第六，中国文化中的反讽思想。中国古代文化中没有反讽这个概念，但并不缺乏西方反讽概念所蕴含的语言风格和文化精神。反讽表意的基本特征是字面义与实际义不一致，中国的诗教文化、史官文化为它的发生提供了土壤。汉儒解诗的一个重要理论是美刺说，其中又有"以美为刺"说，即认为《诗经》中很多诗歌表面上赞扬某事，其实是在讽刺，这和亚里士多德所说的"反讽"

修辞很接近。中国历史上第一部文法修辞著作——南宋陈骙的《文则》将以美为刺列为一种表意风格。《诗经》的美刺传统在汉赋（主要是汉大赋）中留下了身影。班固认为它"既乃归之于正，然览者已过矣"，刘勰认为它"讽一劝百，势不自反"，都是说那些极力铺陈宫馆游猎、服饰声色的汉大赋，本意是使人引以为戒，结果适得其反，因此赵毅衡认为它属于不可靠叙述。"春秋笔法"通过曲笔惩恶劝善，对中国小说的影响很大。明清小说评点家们经常提到的"春秋笔法""阳秋之笔""曲笔"等，其本质就是傅修延所说的"隐含的叙述"，其中有些隐含的叙述否定外显的叙述，就会产生反讽，比如张竹坡认为《金瓶梅》塑造吴月娘、金圣叹认为《水浒传》塑造宋江，用的都是春秋笔法。

中国古代文化中有"滑稽""俳谐""诙谐""戏谑"概念，它们的意义有相通之处。滑稽之人"言非若是，言是若非"，所说之言的表面义与实际义相反，这点与反讽意思相近。战国时期的著作《鬼谷子》是关于说服艺术的，有学者称之为中国最早的修辞学著作，其成书年代与亚里士多德《修辞学》的成书年代大致相同。俳谐之言在魏晋南北朝发展为一种文体，利用多种独具中国特色的形式进行反讽表意，比如戏仿公文体、主客问答式正话反说、借物拟人式正话反说。以上这些都与中国的讽谏文化分不开。讽谏文化不等于反讽文化，却有利于反讽表意的产生。无论是俳优、纵横家，还是后来的正直士子，面对皇权、强权，不能直言，也不敢直言，迂回曲折的反讽便成了最好的表意方式。

中国文论中的反语、反常合道与作为修辞的反讽紧密相关。"反语"一词在中国古代文论中的含义主要有三种：反切、反问、说反话，最后一个即现代意义上的反讽，只是出现得极少。此外，《韩非子·内储说上》有"倒言反事"之说。反常合道指字面义的"反常"与实际义的"合道"之间充满矛盾，不仅能给人审美上的新奇感，而且能引人沉思，获得对事物新的认知。这与新批评派的反讽诗学非常接近。

中国古代哲学不像西方哲学那样重抽象思辨，而重解决现实人生问题，所以不会出现苏格拉底式反讽，只可能在解决现实人生问题时渗透着反讽意识，老子、庄子的"正言若反"就是代表。从形式上看，它具有反讽修辞的特征；从内容上看，它蕴含着辩证法、主体自由等哲学思想。

第七，反讽相关概念的辨析。一是情景反讽。情景反讽是一种常见的反讽类型，与作为修辞的反讽不同，有广义和狭义之分。前者指包含着尖锐对比的两个情景的并置，后者特指这两个情景之间是意图和结果关系。人们所说的"历史反讽""宇宙反讽""命运反讽""大局面反讽""戏剧反讽"本质上都属于情景反讽。情景反讽不是一种修辞，而是对一种生活状态、生存处境的描述。当作家将这种状态、处境写进作品时，就形成了一种特殊的情节结构，可以实现多种功能。文学中的两个尖锐对比的情节并置来自事态的意外转折，转折的方向有改善和恶化两种。如果转折的原因是人为因素，转折的方向是恶化，那么情景反讽就能增强批判的力度；如果转折的原因是人力不可为的因素，是无法改变的人的本性、生存的困境等，转折的方向是恶化，那么情景反讽就能传达深刻的哲理；如果事态意外转折的主人公有性格、道德等方面的缺陷，但又非大奸大恶之人，或者是亚里士多德所说的喜剧式人物——"低劣的人"，转折的方向是改善，那么情景反讽就会产生喜剧效应。

二是解释漩涡。这是由赵毅衡首次提出的一个概念，指"同一主体的同一次解释中，两个不同的意义冲突，没有一方被排除，此时造成'解释漩涡'：互不退让的解释同时起作用，两种意义同样有效，永远无法确定"。它与反讽都涉及两个相互冲突的意义，但处理方式不同。后者是采用一个擦抹另一个，一为主要义一为衬托义，前者两个意义同等有效。解释漩涡的本质是同层次元语言冲突。如果接收者不具备这样的能力元语言，解释漩涡就不存在。解释漩涡现象，也即解释中出现悖论，是生活中极为常见的现象，只是一直没有得到关注，有时又被当作反讽，比如哈琴认为"鸭兔图"为反讽，但它应该属于典型的解释漩涡现象。近年来申丹提出"隐性进程"概念，它有两个特点：一是从头到尾与情节发展并列运行，二是有自身的主题轨道。同一个文本，同一个读者运用不同的元语言可以同时解释出两个不同的主题来，两者并存，谁也不能取消谁，如同文字版的"鸭兔图"，形成解释漩涡。反讽和解释漩涡都涉及矛盾的双义，但两者在文学艺术中的使用性质有所不同。反讽是文本发出者有意使用的一种技巧，解释漩涡不是叙述技巧，而是叙述内容，是文本中的人物在符号解释时出现的一种特殊状态。

最后，需要特别指出的是，中国人要理解反讽，前提是破除将反讽等同于讽刺的观念。因为反讽概念在中国古代文化中一直缺失，在现代又出现得非常晚。"反讽"二字在《四库全书》中出现了3次，但都是作为两个字，而非一个合成词。在现代,词典第一次收录"反讽"词条是商务印书馆2002年出版的第四版《现代汉语词典》附录的"新词新义",其解释是"从反面讽刺;用反语进行讽刺"。这一界定强调了反讽表意的形式特点——反语,同时也强调了反讽的功能——讽刺,而事实上讽刺只是反讽的一个功能,或者说是日常生活中的常用功能,在文学艺术、哲学中,反讽还有很多其他功能。此外,反语也只是作为修辞的反讽的内涵,作为文化形态、哲学范畴的反讽的内涵跟反语无关。①

---

① 《绪论》中引文的出处在正文中均有注释,为避免重复,不再注。

第一章　西方文化中反讽内涵的变迁

反讽最早是古希腊戏剧中的一种角色，即佯作无知者，后来经历了几个重要发展阶段：古希腊、罗马时期，主要是作为演讲辩论中的一种修辞技巧，基本含义是"所言非所是"，此外，苏格拉底式反讽成为后世反讽哲学的重要源头；19世纪初，德国浪漫派为反讽注入了哲学内涵，又将其由哲学引入美学；19世纪中期，丹麦哲学家、存在主义哲学先驱索伦·克尔凯郭尔将反讽视为人类存在的一种方式；20世纪上半叶，新批评派视反讽为诗歌语言的本质特征和文本的结构原则；20世纪下半叶，反讽成了西方理论界，尤其是新修辞学及后现代理论研究的热点。

第一节　一种转义辞格：古典修辞学的反讽

反讽一词源于希腊文的"eirônia"。古希腊戏剧中有一个名叫 eiron 的角色，总是在自以为很高明的对手 alazon 面前说一些傻话，但最后这些傻话被证明都是真理，从而使 alazon 大出洋相。柏拉图《理想国》中的苏格拉底就扮演了这种角色。苏格拉底经常在辩论中佯装无知，接受对方的结论，然后用不断诘问的方法将之逐步引到相反的结论上，从而驳倒对方。塞拉西马柯在与苏格拉底探讨正义问题时就曾说道："神灵在上，你用的是出了名的苏格拉底反诘法，这套办法我早就领教过了。我料到你会拒绝回答问题，而宁可承认自己无知。"[①] 塞拉西马柯认为苏格拉底是故意撒谎，为达到目的伪装成无知。

亚里士多德在《尼各马可伦理学》中将"eirônia"解释为"自贬式佯装"，

---

① ［古希腊］柏拉图：《柏拉图全集》第2卷，王晓朝译，北京：人民出版社，2003年，第287页。

与alazoneia——"夸耀式佯装"相对,认为苏格拉底自贬的目的是避免张扬,是受人尊敬的品质,"有些贬低自己的人似乎比自夸的人高雅些。因为,他们的目的似乎不是得到什么而是想避免张扬。他们尤其否认自己具有的,如苏格拉底常做的那样,也是那些受人尊敬的品质。而那些在细枝末节的小事上贬低自己的人被人称做伪君子,这种人是真正让人看不起的"①。在《亚历山大修辞学》中他又从修辞学的角度对其进行阐释:

> 调侃(eirônia)②乃是演说者试图说某件事,却又装出不想说的样子,或使用同事实相反的名称来称述事实。在简短提示听众,让他们记住业已提及的那些事情方面,可以采用这种形式的调侃:"我认为,几乎没有必要说出这样的事情:有人自称为城邦做了大量好事,然而事实表明,他们做的却是许多伤天害理的事;而我们,这些被他们称作卑鄙无耻的人,却每每帮助他们,从未对他人做出不义之举。"这就是在假称不想谈论某事的托词下,简短提醒听众的方法。下面的例子仍是使用相反的名称来称述事实的调侃:"那些高尚杰出的公民显然对他们的盟邦做了一些不义之事,而我们这些无足挂齿的平庸之辈却使盟邦受益非浅。"通过这种方法,我们可以简洁明快地提示听众,并在演说的每一部分以及每个演说的结尾处进行重述。③

亚里士多德的论述奠定了反讽的基本内涵:一是伦理上的,即"佯装";二是语言技巧上的,即说反话,言在此而义在彼,表面义与实际义不一致。亚里士多德将反讽视为一种演说策略,通过佯装不想谈论某事来重述某事,通过说反话等来提示听众记住某事。演说是古希腊城邦民主制度的产物。古希腊的公民大会、五百人议事会、陪审法庭等机构的设立,使演说具有参与政治决策和法庭判决的重要功能。演说的目的就是劝说别人接受自己的意见,劝说的艺术就是修辞学。亚里士多德对修辞术的定义即"在每一事例上发现可行的说服

---

① [古希腊]亚里士多德:《尼各马可伦理学》,廖申白译注,北京:商务印书馆,2003年,第121页。
② 也即反讽。
③ [古希腊]亚里士多德:《亚历山大修辞学》,见苗力田主编:《亚里士多德全集》第九卷,崔延强译,北京:中国人民大学出版社,1997年,第596页。

方式的能力"①。

古罗马时期，在以贵族政治为主的共和政体下，参议院、立法机构及法庭提供了很多当众演讲的机会，所以修辞学大有用武之地，成为罗马教育体系中不可或缺的重要部分，并因此而涌现了两位著名人物——演说家、修辞学家西塞罗和修辞教育家昆体良。他们将反讽仅仅视为演说中的一种修辞格，被称作"罗马式反讽"。米克对其有论述：

> 对西塞罗而言，inonia②在西塞罗笔下却没有希腊原词那些宽泛的意义。在他笔下，这个词或是一种辞格，或是纯然令人赞美的苏格拉底式"温文尔雅的伴装"，即一种作为普遍可见的谈话习惯的反讽。因此，当我们运用指涉苏格拉底——他伴装迫切希望从对话者那里了解到什么是"正义"或"神圣"——的"反讽"一词时，我们的反讽概念就是罗马人而非希腊人的了，尽管难以设想柏拉图不会像西塞罗那样去欣赏反讽的特质和效果。对于西塞罗所辨别的这两种反讽的含义，修辞学家昆体良又增添了介于两者之间的一种，即由辞格到整个论辩的扩展，例如由反讽性的"那是你聪明过人的地方"一语，扩写成伊拉斯谟的《愚人颂》一书，诸如此类的例子就是这种扩展的证明。③

到了中世纪，在封建政治、神学和经院哲学的影响下，修辞学对公共事务的影响力大为减弱，所以它走向了衰落，但部分城市也还有一些教授修辞的私人教师。对这个时期的修辞学影响最大的是西塞罗传统，修辞学的主要应用领域是书信写作、散文写作以及布道。

文艺复兴时期，提倡人性，反对神性，主张人生的目的是追求现实生活中的幸福。人文主义学者认为语言是人类通向世界的途径，诗学而不是逻辑学具有改造世界的力量。人文学科在大学教学中备受重视，教学内容以古希腊、罗马的古典学问为主，修辞学也因此而重新走向兴盛，并形成三大流派，即传统派（又称西塞罗派）、拉米斯派和辞格手段派。传统派仍然将修辞"五艺"作

---

① ［古希腊］亚里士多德：《修辞术》，见苗力田主编：《亚里士多德全集》第九卷，崔延强译，北京：中国人民大学出版社，1997年，第337页。
② "eirōnia"的拉丁文。
③ ［英］D. C. 米克：《论反讽》，周发祥译，北京：昆仑出版社，1992年，第22页。

为研究内容。拉米斯认为古希腊"三艺"——文法、修辞和辩证法之间存在太多的交叉重叠，容易引起混淆，所以他把修辞学中的"觅材取材"和"布局谋篇"归为辩证法，而将文体风格、记忆和演讲归为修辞学。这样的重组使修辞学从参与国家政治、促进社会事务解决的实用艺术转变为语言技巧，从政治社会的大舞台退缩到学校课堂的一隅，修辞学的性质和地位都发生了重大变化。拉米斯是使修辞学概念狭义化的主要人物。拉米斯派的研究集中在文体风格上，而文体风格又主要体现在修辞格的使用上。修辞格又分为比喻辞格和形式辞格。"拉米斯将喻词仅限于四种替换：隐喻（metaphor，相似替换），提喻（synecdoc，部分与整体互相代换），转喻（metonymy，相关代换），反讽（irony，相异替换）。"[①] 反讽由此与隐喻、提喻、转喻一起成为西方传统上的四大修辞格，延续至今，并且在后世理论中延伸出新的内涵，比如用这四个概念来形容人类文化演进的规律：意大利思想家维柯用来形容世界历史退化的四个过程，德国社会学家卡尔·曼海姆用来形容四种世界观的演进，加拿大批评家诺思洛普·弗莱用来形容西方虚构作品发展中的四个分期，美国历史哲学家海登·怀特用来形容历史写作方式的四个阶段，赵毅衡认为"四体演进"几乎可以说是人类一切符号表意形式的共同演变规律。[②] 反讽，意味着一切表意形式最后都不可避免地走向对自身的否定。

根据米克的研究，"irony"在英语中的出现始于1502年，此后两百年主要是作为修辞格来使用。18世纪上半叶，《约翰生传》《乞丐歌剧》《大伟人江奈生·魏尔德传》等作品才重又拾起西塞罗所赋予的"反讽"含义——作为辩论中对付敌手的方式和作为整个辩论的语言策略。18世纪中叶，虽然偶尔有些文章片段透露出情景反讽或戏剧反讽被认作一种反讽类型的信息，但这些论述比较零散，对反讽的内涵没有产生根本性影响。[③] 18世纪末19世纪初，德国浪漫主义对反讽进行了改造，使其从修辞学概念扩展为一种美学理论。

---

① 从莱庭、徐鲁亚：《西方修辞学》，上海：上海外语教育出版社，2007年，第480页。
② 赵毅衡：《符号学》，南京：南京大学出版社，2012年，第217~222页。
③ ［英］D. C. 米克：《论反讽》，周发祥译，北京：昆仑出版社，1992年，第22~25页。

第二节 一种美学理论:德国浪漫派的反讽

德国浪漫派的命名源自海涅 1983 年的文章《论浪漫派》。该派以费希特（Johann Gottlieb Fichte）、谢林（Friedrich Wilhelm Joseph Schelling）的哲学理论为基础，以施勒格尔兄弟（F. D. Schlegel & A. W. Schlegel）、诺瓦利斯（Novalis）、佐尔格（Karl Solger）、蒂克（Ludwig Tieck）等人的理论探索和创作实践为主体，奠定了西方近代美学的基础，对整个欧洲乃至世界文学的发展都产生了巨大影响。反讽是早期德国浪漫派理论的核心思想，并由此产生了一个独特的概念——"浪漫反讽"。

一、浪漫反讽的哲学内涵

浪漫派主将弗·施勒格尔[①]说："哲学是反讽真正的故乡，人们应当把反讽定义为逻辑的美。"[②] 所以研究浪漫派反讽，必须从哲学出发。近代哲学的主旋律是认识论。它始于笛卡尔，"我思故我在"的提出意味着主体成为哲学的首要问题。康德认为认识的主体性根源于"自我意识"或"统觉"的先验统一性，强调主体在认识和行动中的自主性，但同时认为这种主体性是受限制的。他把世界分为可知的世界——现象界和不可知的世界——物自体的王国。费希特继承康德的唯心主义思想，但抛弃了物自体概念，而用"绝对自我"概念把两个分裂的世界统一起来。这个绝对自我，不是经验的自我，也不是先验的自我，而是所有自我意识中的先验要素。它是一切知识和经验实在性的根据和先验的源泉。自我意识是一切存在的前提，具有自己设定自己存在的绝对无条件的自由本性。自我之外还有经验世界，它不依赖于自我而存在，这就是"非我"。从这个意义上说，自我是受限制的。但是，费希特认为非我并不是一个外来的东西，而是由自我设定的，是与自我斗争并使自我获得意义的对立面。如果没有自我，那个非我就不能作为对象而存在。从这个意义上说，非我又是由自我创造出来的。自我与非我是相互限制、互为存在的。

[①] 本书的"施勒格尔"均是指"弗·施莱格尔"，也有译为"施莱格尔"。
[②] ［德］施勒格尔：《浪漫派风格：施勒格尔批评文集》，李伯杰译，北京：华夏出版社，2005年，第 49 页。

费希特的自我学说深深影响了浪漫派反讽理论的代表人物弗·施勒格尔。他说："费希特的形式中的优点是设定，然后就是走出自身并回复自身——即反思的形式。"① 绝对自我设定经验自我，前者具有无限的创造性和主观能动性，后者是有限性的，所以它总是不断地超越自己，重新界定自己，向着绝对自我无限接近。施勒格尔将自我的这种不断毁灭又不断创造的生成过程称为"反讽"，"达到了反讽，或者说达到自我创造和自我毁灭的经常交替"②。绝对自我从设定经验自我到走出经验自我并向着自身回归，在不断反思中创造新的经验自我，精神上获得了绝对的自由。反讽因此成为人超越自己、走向无限的必不可少的途径。由此，施勒格尔在精神上接通了苏格拉底——"苏格拉底的反讽与施勒格尔的反讽的共同之处之一，就是两者具有强烈的'主体性'，即哲人能站在更高的层面上俯视经验现实并对困囿于经验现实中不能自拔的人们以反讽方式进行启发、教化的那种性质"③。

要理解施勒格尔的反讽，有一句话很关键，即"反讽出自生活的艺术感和科学的精神的结合，出自完善的自然哲学与完善的艺术哲学的汇合。它包含并激励着一种有限与无限无法解决的冲突、一个完整的传达既必要又不可实现的感觉。它是所有许可证中最自由的一张，因为借助反讽，人们便自己超越自己；它还是最合法的一张，因为它是无论如何必不可少的"④。在施勒格尔看来，反讽是解决两个层面冲突的手段：内容上——自我的有限与无限；形式上——传达的必要与不可实现。前者意味着反讽既嘲笑有限、相对，又嘲笑无限、绝对，如弗兰克所说："一切个别论断都不可能与绝对理念相比拟，所以绝对理念只能使个别论断以反讽的形式表现出来。此外，我们处于自身的有限性中只能遵循这些个别论断，而绝对则是无法把握的。因此，反讽指向了两个方向：一方面它是对有限的嘲笑，因为一个有限会受到另一个有限的否认，并且由于绝对思想而全然感到羞愧；另一方面，如诺瓦利斯所言，它也是对绝对

---

① 转引自李伯杰：《弗·施勒格尔的"浪漫反讽"说初探》，《外国文学评论》1993年第1期。
② 〔德〕施勒格尔：《浪漫派风格：施勒格尔批评文集》，李伯杰译，北京：华夏出版社，2005年，第65页。
③ 刘森林：《反讽、主体与内在性——兼论马克思主义哲学中的反讽维度》，《现代哲学》2006年第5期。
④ 〔德〕施勒格尔：《浪漫派风格：施勒格尔批评文集》，李伯杰译，北京：华夏出版社，2005年，第57页。

的嘲笑，因为同一的纯粹是不存在的。'纯粹'是既没有任何关联、也不能被联系的东西……因此，纯粹的观念是一个空洞的概念——一切纯粹的东西都是想像力的错觉——一种必然的虚构。"①

反讽如何解决传达的必要与无法实现之间的冲突？答案是以有限表达无限，以具体表达绝对。正是在这个意义上，施勒格尔说："反讽仅仅是应该走向无限之物的替代物。"② 也就是说，反讽的外在形式——有限之物执行的是隐喻功能，"隐喻是无限的不可表现性的必然表现形式"③。在施勒格尔看来，反讽是世界存在、人类生活的本质特征，是人认识世界、把握世界的一种思维方式，也是理念最完善的状态。韦勒克在研究施勒格尔时即说："反讽（irony）④ 论说明他认识到这种事实：世界就其本质言，是似非而是的，只有凭借一种矛盾态度才能抓住其互相抵牾的总体性。"⑤

反讽是否定的精灵，在自我创造和自我毁灭、自我限制和自我超越的交替中呈现出诙谐的面容，这是施勒格尔反复强调的，如他说："有些古代诗和现代诗，通篇洋溢着反讽的神性气息。这些诗里活跃着真正超验的诙谐色彩。""在反讽中，应当既有诙谐也有严肃，一切都襟怀坦白，一切又都伪装得很深。"⑥ 为什么反讽与诙谐会结合在一起呢？对此，曼弗雷德·弗兰克（Manfred Frank）这样解释：

> 有限的人类精神徘徊于自我限制（由此，人类精神获得了相对的自我同一性，这当然是以本质的无限性为代价的）和自我毁灭（由此，人类精神便超越自我限制而趋于无限）的运动之间。第一种追求在艺术方面体现为诙谐（它是同一性的散点表现，因而是分散的，并与其它散点的同一性

---

① [德]曼弗雷德·弗兰克：《德国早期浪漫主义美学导论》，聂军等译，长春：吉林人民出版社，2005年，第273页。
② 转引自[德]曼弗雷德·弗兰克：《德国早期浪漫主义美学导论》，聂军等译，长春：吉林人民出版社，2005年，第302页。
③ 转引自[德]曼弗雷德·弗兰克：《德国早期浪漫主义美学导论》，聂军等译，长春：吉林人民出版社，2005年，第264页。
④ 原书译为"滑稽"。
⑤ [美]雷纳·韦勒克：《近代文学批评史》第二卷，杨自伍译，上海：上海译文出版社，2009年，第17页。
⑥ [德]施勒格尔：《浪漫派风格：施勒格尔批评文集》，李伯杰译，北京：华夏出版社，2005年，第49页。

形成矛盾);第二种追求采用了隐喻的形式,使精神得以无限延伸,并且打破本质的同一性在诙谐中只能扭曲表现出来的割裂状态。所以,我们要寻找的不是作为矛盾关联物的同一性,而是一种取消一切关系的同一性。反讽是诙谐的特殊化与打破界限的隐喻之间的闪亮点,是两者不可表现的同一性之表现。①

人的自我处于限制和毁灭的交替运动中。自我限制意味着绝对自我设定经验自我,这个经验自我与自我的同一性只是相对的,经验自我有无数个,这些相对同一性之间必然形成矛盾,而且每一个经验自我都只能以扭曲的形式表现绝对自我,所以就会表现出诙谐的特征。自我毁灭意味着经验自我要超越自己,趋向无限,追求绝对同一性,所以它只能采用隐喻的方式。反讽就是用来指涉自我的特殊性与自我的同一性这对矛盾的不断运动,如施勒格尔所说:"人一旦迷恋绝对而不能摆脱,那么他除了始终与自身相矛盾、把对立的极端连接起来之外就别无出路。这就不可避免地涉及到矛盾定律。仅有的选择是:容忍这种矛盾存在,或者通过认可将其必然性升华为自由行动。"②

二、浪漫反讽的主体特征

施勒格尔说:"哲学终止的地方,诗就开始了。""应该记住,诗的必然性建立在一种需求的基础之上,这个需求产生于哲学表现无限的不完美。"③ 也就是说,哲学通过概念、反思的形式无法表现世界存在的反讽状态,唯有诗,而且是"浪漫诗"才可以,这首先是因为浪漫诗创作主体的特殊性。

施勒格尔一方面强调浪漫诗创作主体精神上的绝对自由,推崇与主体紧密相关的直觉、情感与想象:"只有浪漫诗才是无限的,一如只有浪漫诗才是自由的,才承认诗人的随心所欲容不得任何限制自己的法则一样。""每一首好的诗里,一切都必须是意图,一切又都必须是直觉。这样,诗才成为理想的。"

---

① [德] 曼弗雷德·弗兰克:《德国早期浪漫主义美学导论》,聂军等译,长春:吉林人民出版社,2005年,第349页。
② 转引自 [德] 曼弗雷德·弗兰克:《德国早期浪漫主义美学导论》,聂军等译,长春:吉林人民出版社,2005年,第198页。
③ 转引自 [德] 曼弗雷德·弗兰克:《德国早期浪漫主义美学导论》,聂军等译,长春:吉林人民出版社,2005年,第363、303页。

"不是艺术和作品,而是感觉、热忱和冲动造就了艺术家。"① 另一方面又强调创作主体必须对自己进行限制,必须保持一种清醒状态,一种客观立场,必须用理性限制感性,否则就陷入了不自由状态:"自行限制无论对于艺术家还是普通人都是首要任务,是最必要的、最高的任务。之所以是最必要的,是因为无论何处,人们若不自行限制,世界就限制人,于是人就沦为奴隶。"② "为了就某个对象写出好的作品,人们必须不再对它感兴趣。人们想要审慎表达的思想,必须是已经完全过去了的,根本不再使人为它费思量。只要艺术家还在挖空心思地构想,还在热情澎湃,至少对于传达而言,他就还处在一个不自由的状态中。他于是想把一切都和盘托出,而这正是青年天才们的一个错误倾向,或者说是老朽们正确的成见。因为这样一来,他就忽视了自我限制的价值和尊严。"③

  浪漫派强调创作主体既要保持精神上的自由,又要进行自我限制;既要充满激情和想象,又要保持清醒的理性;理想的诗既是意图的,又是直觉的;既要传达,又不能"把一切都和盘托出"。唯有这样,才是达到了反讽,达到自我创造与自我毁灭的经常交替,达到了生活的艺术感和科学精神的结合,人的主体性才得到了实现。浪漫派提出这一主张有其特定的时代背景。18世纪末19世纪初的德国,社会动荡不安,理性主义、技术文明虽然给社会带来了一定的进步,但也带来了很多弊端,比如价值观的功利化、道德的庸俗化、精神的压制等,于是人们把目光从外界转向内心,希望借助艺术的力量追求内心的丰富与完善。浪漫派认为自我设定一切,世界万物能否存在、能否被认识都取决于自我,诗人应该充分发挥想象力,不受任何约束创造另一个美好世界,以实现艺术的救赎功能。

---

  ① [德]施勒格尔:《浪漫派风格:施勒格尔批评文集》,李伯杰译,北京:华夏出版社,2005年,第72、47页。
  ② 转引自李伯杰:《弗·施勒格尔的"浪漫反讽"说初探》,《外国文学评论》1993年第1期。
  ③ [德]施勒格尔:《浪漫派风格:施勒格尔批评文集》,李伯杰译,北京:华夏出版社,2005年,第48页。

三、浪漫反讽的表现形式

浪漫派为反讽注入了哲学内涵，又将其由哲学引入美学，并指导自己的文艺创作，对后世产生了重要影响。

第一，断片。

德国浪漫派的思想表达常采取一种独特的形式——断片，如施勒格尔的《〈美艺术学苑〉断片集》《〈雅典娜神殿〉断片集》《断想集》等。反讽思维与断片形式之间的关系是怎样的呢？这还需要从浪漫派的哲学观念讲起。施勒格尔认为反讽是哲学与艺术的汇合，"它包含并激励着一种有限与无限无法解决的冲突、一个完整的传达既必要又不可实现的感觉"。所谓"完整的传达"，根据其相关论述，可以理解为最高存在、整体、绝对、真理等，这些都是必须把握又无法把握的。施勒格尔认为："真理是相对的；认识是象征性的；哲学是无限的……任何哲学都不能被看做绝对的真理。"① 所以他用断片来反抗人们描述事物时所追求的确定性、准确性、系统性，认为事物总是处于不断的否定中，唯有断片所带来的多面性才能真正走向对事物全面的认识，如其所言："体系形式是非常低下的，因为它又回到了所有哲学的根本错误上去：顽固的有限性"② "科学要昌明，就必须用剑与火消灭掉许多异类，系统就是其中之一。所以根本勿须问体系与多面性有何关系。人们常常把解释的确定性、科学描述的准确性称作系统性，而我只关心看法的完整性和内在的完善。多面性乃是通往全面的道路，这还不清楚吗？"③

浪漫派反体系、反系统，究其思想根源，是因为他们认为认识世界的方式靠的不是概念、分析、论证，而是直觉、感悟。他们追求对世界的整体把握，认为世界是一个整体，个体与整体之间存在着内在联系。这与康德、谢林的有机主义美学理论紧密联系。康德主要讨论观赏者对艺术作品的感受过程，未深入涉及艺术活动的其他方面。谢林则作了进一步的发展，使其完整化、系统

---

① 转引自［德］曼弗雷德·弗兰克：《德国早期浪漫主义美学导论》，聂军等译，长春：吉林人民出版社，2005年，第202页。

② 转引自［德］曼弗雷德·弗兰克：《德国早期浪漫主义美学导论》，聂军等译，长春：吉林人民出版社，2005年，第199页。

③ 转引自李伯杰：《弗·施勒格尔的"浪漫反讽"说初探》，《外国文学评论》1993年第1期。

化。谢林认为文学创作过程是有意识与无意识的结合，从创作的角度看自我是有意识的，从作品的角度看则是无意识的。艺术创作是一种审美直观，它从个体意识出发，但又超越个体意识，以有限的感性形式表现无限的内在精神。谢林把哲学思维同诗性思维统一起来，以诗性的直觉取代概念、逻辑的认知方式，从而取消了"理性至上"的古典主义诗学话语。

既然浪漫派推崇直觉，自然就看重"巧智的灵感"。施勒格尔反复提到"巧智"，认为它是精神得以自由的重要媒介。他所说的"巧智"并不是我们常说的理智的产物，而是想象力的产物，"巧智是想象力的显现及想象力在外部的闪电"①。断片就是对这种闪电般的"巧智的灵感"的及时记录，这意味着每一个断片都只是自我思考的一个过程，而不是结果。每一次思考，都可能是对前一次的否定，并等待着被后一次否定，思维就是这样在不断地否定中运动，通过反思从有限迈向无限。

第二，"阿拉伯式图案"。

反讽包含着有限与无限的冲突，是自我创造与自我毁灭的交替。这落实到文本风格上，就是混乱的美。② 施勒格尔反复强调混乱的重要意义："反讽，就是清醒地意识到永恒的灵活性和无限充实的混沌。""只有从中能够产生出一个新世界的杂乱无章，才称得上是混沌。""最高级的美、最高的秩序恰恰是混乱的秩序。"③ 他借用绘画艺术中的"阿拉伯式图案"④（arabesque）来描述这一思想。"阿拉伯式图案"原指一种装饰性图案，其线条纷繁复杂、缠绕交错、绵延不绝。它是人们有意制造的混乱，所以是乱中有序，乱中有义。

施勒格尔认为"阿拉伯式图案"风格最适合浪漫诗，这与浪漫诗的特点有关，比如他说：

> 浪漫诗是渐进的总汇诗。它的使命不仅是要把诗的所有被割裂开的体裁重新统一起来，使诗同哲学和修辞学产生接触。它想要、并且也应当把

---

① 转引自李伯杰：《"断片"不断——德国早期浪漫派的断片形式评析》，《外国文学评论》1997年第1期。
② ［德］施勒格尔：《浪漫派风格：施勒格尔批评文集》，李伯杰译，北京：华夏出版社，2005年，第114页。
③ 转引自李伯杰：《弗·施勒格尔的"浪漫反讽"说初探》，《外国文学评论》1993年第1期。
④ ［德］施勒格尔：《浪漫派风格：施勒格尔批评文集》，李伯杰译，北京：华夏出版社，2005年，第200～209页。

诗和散文、天赋和批评、艺术诗和自然诗时而混合在一起，时而融合起来。

总汇性就是所有的形式和所有的材料交替地得到满足。自由凭借诗与哲学的结合，总汇性才能达到和谐。①

由此可见，所谓浪漫诗，不是一种体裁，而是一种品格——总汇性，包括将各种体裁总汇起来，将诗与哲学、修辞学总汇起来。施勒格尔认为在现代各种体裁当中，只有小说才具备浪漫诗的特点。而对于小说，他也从来没有为其下一个明确的定义，事实上他也无法下定义，因为他将前述的众多异质因素都融入小说。他的小说《路琴德》就是对这一理论的实践。这部小说将书信、田园诗、对话、寓言等各种体裁融合在一起，叙述人称和语言风格也丰富多变。但在这貌似混乱的形式后面，又有一定的秩序。这部小说一共有十三章，第七章为"男性的学习时代"，讲述了主人公尤里乌斯的成长过程，是篇幅最长的一章，构成小说的中轴，前后分别有六章形成对称。全书基本上没有可供叙述的情节，只是传达一种感受，一种"精神的情感"②。尤里乌斯是一个分裂的主体，他在时间的河流中不断地自我否定，在否定中升华，他的自我教化之路充分体现了反讽精神。

第三，元叙述。

施勒格尔有时又把浪漫诗叫做"超验诗"，"有一种诗，它的全部内容就是理想与现实的关系，所以按照有哲学韵味的艺术语言的相似性，它似乎必须叫做超验诗……超验哲学是批判性的，在描述作品的同时也描述创作者，在超验思想的体系中同时也包含对超验思维本身的刻画"。③ 他强调的超验诗，有一个重要的特点就是在描述作品的同时也描述创作者，在呈现思想的同时也呈现思想产生的思维过程，目的是摧毁被创造对象的神秘性，使创造者摆脱被创造物的束缚，获得精神自由。这一特点与"元叙述"非常相似，普林斯在《叙述

---

① ［德］施勒格尔：《浪漫派风格：施勒格尔批评文集》，李伯杰译，北京：华夏出版社，2005年，第71、451页。
② ［德］施勒格尔：《浪漫派风格：施勒格尔批评文集》，李伯杰译，北京：华夏出版社，2005年，第204页。
③ ［德］施勒格尔：《浪漫派风格：施勒格尔批评文集》，李伯杰译，北京：华夏出版社，2005年，第81~82页。

学词典》中对元叙述的界定即是："关于叙述的；描述叙述。将叙述作为（其中之一的）话题的叙述即是（一个）元叙述。更为具体地说，它是一种自我指涉自身及其构成和交际元素的叙述、讨论自身的叙述、自我反思性叙述等。"①元叙述体现了反讽精神，也就是施勒格尔所说的——"自我创造和自我毁灭的经常交替"。它一方面创造文本，另一方面又要在文本中埋下消解、毁灭它的因素，打破文本的有限性、封闭性，使文本在不断否定中朝着无限性、开放性的方向运动。

《路琴德》的开篇是尤利乌斯给女友路琴德写信，但是写着写着就中断了，然后他宣称自己有制造混乱的权利："对于我和这篇文字，对于我对她的爱以及她本身的修养，再没有什么比这一目的更加适宜的了：一开始我便摧毁我们称之为秩序的东西，远远地离开它，毫不含糊地为自己获取诱人的制造迷乱的权利，并用行动来维护它"②。蒂克的许多剧作也运用了浪漫反讽，最典型的如喜剧《颠倒的世界》。它的"颠倒"不仅表现在内容上，比如开场时有人上台道收场白，收场时有人上台道开场白；还表现在形式上，剧中人物可以评论自己在演戏，观众也可以进入戏里评论戏。作者一方面表现剧情，另一方面又表现创作行为本身，在自我创造与自我毁灭中享受着精神的自由。它消除了观众的幻觉，让他们意识到虚构的存在；让作者凌驾于作品之上，不为作品所拘囿，就如蒂克本人所说的："确切地说，它（按：指反讽）是一种最深沉的严肃，同时又与玩笑和真正的欢快紧密相连。它不仅仅是消极的东西，而完全是积极的东西。它是让诗人掌握素材的一种力量，让他不至于迷失在素材当中，而是凌驾于其上。因此，反讽使诗人避免了片面性和空洞的理想化"③。

浪漫派理论的关键词是反讽，它意味着"自我创造和自我毁灭的经常交替"。元叙述创造作品的同时又暴露作品背后的形成机制，建造一个虚构世界的同时又打破它的自足性，吸引读者的同时又不让读者沉浸其中，表现出反讽精神。艾布拉姆斯（M. H. Abrams）的《欧美文学术语词典》中对"浪漫反

---

① ［美］杰拉德·普林斯：《叙述学词典》，乔国强、李孝弟译，上海：上海译文出版社，2011年，第121页。

② 转引自冯亚琳：《"浪漫的书"——论施勒格尔的小说理论与小说试验》，《外国文学研究》2003年第12期。

③ 转引自［德］曼弗雷德·弗兰克：《德国早期浪漫主义美学导论》，聂军等译，长春：吉林人民出版社，2005年，第342页。

讽"（romantic irony）的界定是：

> 由弗·施莱格尔和十八世纪末期与十九世纪初期的其他德国作家提出，以表示戏剧和小说创作的一种手法。其中作家先是酿成一种艺术幻象，然后披露自己作为艺术家是在随心所欲地创造及拨弄笔下的人物角色，从而打破原来的艺术幻象。这种表现手法源于斯特恩在《项狄传》里所使用的信笔而来的叙述方法。拜伦的长篇叙事诗《唐璜》为了求得讽刺效果也反复运用了这个手法。诗人在向读者泄露个人隐私的同时又故意表明自己是在编造，故意显得不知道该如何延续情节讲完故事。①

断片、"阿拉伯式图案"、元叙述这三种形式特征在后现代小说中非常普遍。这与后现代文化的根本特征——意义的不确定性紧密相关。伊哈布·哈桑认为在后现代社会中，"我们不确定任何事物，我们使一切事物相对化。各种不确定性渗透在我们的行为、思想、解释中，不确定性构成了我们的世界"②。从他的话语里我们仿佛听到了施勒格尔用断片来反抗人们描述事物时所追求的确定性、准确性、系统性的思想的回音。

四、浪漫反讽的影响

浪漫派在历史上的评价数起数落，这正说明它是一座思想的富矿，值得人们反复发掘。人们对于它的核心范畴——反讽的态度也是褒贬不一，绝对自我、主体自由成为争论的焦点。首先对浪漫派展开批判的是黑格尔，他的态度激烈而彻底。他认为费希特的"自我"学说把一切自在自为的东西都看成是抽象的自我显现，表现在美和艺术中，就是艺术家对于内容以及内容的表现都抱着滑稽（irony，即反讽）否定的态度。一方面他们认为事物都是虚幻无价值的，有价值的只有"自我"本身的主体性，而这种主体性其实是空洞的；另一方面，他们对这种空洞感到不满足，渴望追求客观性，但是又无法摆脱这种抽象的内心生活，不敢搅扰自己内心的和谐，是"病态的心灵美和精神上的饥渴

---

① ［美］M. H. 艾布拉姆斯：《欧美文学术语词典》，朱金鹏、朱荔译，北京：北京大学出版社，1990年，第164页。
② ［美］伊哈布·哈桑：《后现代转向》，刘向愚译，上海：上海人民出版社，2015年，第292页。

病"①。他认为反讽艺术家把对人有意义有价值的东西都毁灭为虚无,其自身也必将被毁灭,"如果把滑稽态度作为艺术表现的基调,那就是把最不艺术的东西看作艺术作品的真正原则了"②。

克尔凯郭尔也同样批判了浪漫派对客观现实的忽略和对主观性的过分张扬,认为他们把经验的、有限的自我与永恒的自我混为一谈,把形而上学的现实与历史的现实混为一谈。他说:"费希特想建构世界;可他的意思是系统的建构。施勒格尔和蒂克想无中生有地创造一个世界。由此可见,这种反讽是不为世界精神服务的。我们所看到的并非既定现实的一个环节被一个新的环节所否定、所排挤;这种反讽所否定的是所有历史现实,以便为自我创造的现实腾出地方。这里出头露面的并非主观性,因为主观性在世界状况中已经存在了;这里所出现的是一种过分的主观性,是主观性的第二个因次。"③ 克尔凯郭尔认为反讽在本质上对现实具有批判性,但是像浪漫派那样把批判的锋芒指向整个现实是绝对说不过去的。所以,浪漫派虽然获得了无限自由,却没有现实的忧虑、现实的快乐和现实的祝福。

德曼在《反讽的概念》④一文中说施勒格尔的小说《路琴德》总是会激起黑格尔、克尔凯郭尔等人异常的愤怒和不安,甚至整个《德国语言文学》规则的形成只是为了一个目的,即躲避弗里德里希·施勒格尔,其原因是他的文本包含了两种极不相容、互相分裂的符码——哲学符码和描写性行为符码,这给人们关于文本应该成为什么样的所有假想带来了威胁。所以,人们将其纳入已有系统来研究,方法有三种:将反讽归纳为审美实践或艺术家的技巧,一种艺术手段;纳入自我辩证法;把反讽的要素或反讽的结构纳入历史辩证法中考虑。德曼通过对施勒格尔的断片 37 和断片 42 的分析对此一一质疑。

在断片 37 中,施勒格尔将创作视为绝对自由和自我限制两种因素和谐地

---

① [德] 黑格尔:《美学》(第一卷),朱光潜译,北京:商务印书馆,1996 年,第 83 页。
② [德] 黑格尔:《美学》(第一卷),朱光潜译,北京:商务印书馆,1996 年,第 85 页。
③ [丹] 索伦·奥碧·克尔凯郭尔:《论反讽概念——以苏格拉底为主线》,汤晨溪译,北京:中国社会科学出版社,2005 年,第 238 页。
④ [美] 保罗·德曼:《反讽的概念》,罗良清译,柏敬泽校,见刘纲纪主编:《马克思主义美学研究》第六辑,桂林:广西师范大学出版社,2003 年,第 309—327 页。

结合在一起，德曼认为这样的结合"更多的是混乱，更多的是处于危险中"①。因为施勒格尔所依据的费希特自我哲学中的"自我"是一个逻辑范畴，"自我""非我"最初是通过语言来假定的，与任何形式的经验自我或现象自我无关，或者至少不是原初的、首要的。费希特的自我创造、自我毁灭、自我限定的理论体系首先是一种比喻理论，其次是一个表述行为的体系，而非认识行为，所以它只是费希特讲述的一个令人兴奋的故事。在断片 42 中，施勒格尔提出了修辞性反讽，其外在形式上常常表现为意大利滑稽歌手（buffo）的表情。德曼认为这里的滑稽歌手与修辞学术语"错误基调"（parabasis）②或"词语错格"（anacoluthon）意思相通，是一种叙事话语的中断，一种奇特错综图饰的中断或费希特已经建立起来的话语中断，但对施勒格尔而言，用"错误基调"形容是不够充分的，而应该是"永久的错误基调"，因为他认为反讽无处不在，叙事会被完全打断。这与施勒格尔所持的语言观有关。他认为浪漫主义诗歌奇妙的巧智与神话有极大的相似处，真正的语言所照亮的是"错误、疯狂、头脑简单的行为"，就像黄金，是真正有价值的。③ 德曼认为："真正的语言证明不仅仅是像黄金一样的东西，而是更像金钱——也就是说，不像自然而像金钱的循环已经无法控制，它是一个绝对的循环，一个能指的绝对的循环或能指的绝对活动，正如你们所了解的，它是错误的根源，疯狂的根源，愚蠢的根源及其他所有的罪恶的根源。"④ 既然言语只是能指的绝对循环，那么就必然破坏叙述话语的一致性，破坏反身的和辩证的模式。

作为对理性、普遍性、抽象性的反抗，浪漫派强调感性、个体性、具体性，但无限夸大后者，言多混淆形而上学的现实与历史的现实，所以他们不能改变现实，只能改变自我。反讽作为把握世界的一种思维方式，如果不能与现实拥抱，只是心灵中的一种主观存在，就很容易导致自我崇拜和神秘主义。比

---

① ［美］保罗·德曼：《反讽的概念》，罗良清译，柏敬泽校，见刘纲纪主编：《马克思主义美学研究》第六辑，桂林：广西师范大学出版社，2003 年，第 316 页。
② "parabasis"一词，不同的书有不同的译法，如"错误基调""旁白""合唱的颂歌"等。"parabasis"是指古希腊喜剧演出中的主要合唱部分，穿插在剧情中，是诗人通过歌唱向观众传递的演说。
③ ［美］保罗·德曼：《反讽的概念》，罗良清译，柏敬泽校，见刘纲纪主编：《马克思主义美学研究》第六辑，桂林：广西师范大学出版社，2003 年，第 324 页。
④ ［美］保罗·德曼：《反讽的概念》，罗良清译，柏敬泽校，见刘纲纪主编：《马克思主义美学研究》第六辑，桂林：广西师范大学出版社，2003 年，第 324、325 页。

如施勒格尔在《关于神话的谈话》中说:"如果说,现代神话只能从精神最内在的深处产生出来,就好像是自己创造自己一样,那么对于我们正在寻找的东西,正是在唯心论这个当代伟大的现象中,我们发现了一个很有意义的暗示,它证实了我们正在寻找的东西。唯心论仿佛从虚无中缘起,现在已经在精神世界中构筑起一个牢固的据点,人的力量可以以加速度从这里向一切地方扩展……这个令人惊诧的伟大事实会提请你们注意到时代隐秘的关联和内在的统一。""我之所以如此重视斯宾诺莎……是因为借助于这个例子,我可以最醒目、最清楚地表达我关于神秘主义的价值和尊严及其与诗的关系的思考。"①

但浪漫派也有其重要的历史意义。浪漫派所提出的理论,是为了批判在启蒙主义影响下日益理性化、机械化的冰冷的社会现实,解决近代资本主义文明中人与世界、人与他人、人与自身的分裂,人性的物化、异化等社会问题,实现审美救赎、诗化人生。就如被认为是德国浪漫派理论代表的谢林所说的——"超脱凡俗现实只有两条出路:诗和哲学。前者使我们身临理想世界,后者使现实世界完全从我们面前消逝。我们看不出为什么对哲学的了解恰恰一定要比对诗的了解更为普及一点,尤其是在那类或因死记硬背(直接戕害创造性东西的莫过于此)或因从事死板的、毁灭全部想象力的思辨而完全丧失了美感官能的人们中间。"② 审美救赎是后世美学发展史上的重要内容,也是人类历史进程中必不可少的实践。从审美救赎到社会实践救赎之间并不存在不可逾越的鸿沟,两者相辅相成,共同服务于人类的自由解放事业。

第三节 一种结构原则:新批评派的反讽

"新批评"是20世纪流行于英美的一个文学理论派别。所谓"新批评",只是学术界沿袭的一个名称,并不是一种自觉的理论主张。该派成员的观点虽然分歧比较大,但也有共同点,即提倡文本中心论,形式主义色彩鲜明。从新批评的发展史来看:早期为20世纪20至30年代,以英国艾略特、瑞恰慈、燕卜荪为代表,中后期为20世纪30至50年代,主要代表为美国的兰色姆

---

① [德]施勒格尔:《关于神话的谈话》,李伯杰译,见孙凤城编选:《德国浪漫主义作品选》,北京:人民文学出版社,1997年,第402、407页。
② [德]谢林:《先验唯心论体系》,梁志学、石泉译,北京:商务印书馆,2009年,第18页。

(John Crowe Ransom),以兰色姆三个学生为代表的"南方集团",以维姆萨特、韦勒克(René Wellek)为代表的"耶鲁集团"以及20世纪40年代后长期执教于耶鲁大学的布鲁克斯和沃伦,除此之外,还有一些相关人物,如布拉克墨尔(R. P. Blackmur)、伯克,20世纪50年代后,结构主义兴起,新批评退出文论界的主导地位。由于"形式主义"在20世纪西方文论界颇受争议,所以新批评成员从不直接说自己主张的是形式主义理论,而是另外寻找一些名称来代替,比如"本体论批评""张力诗学""客观主义批评""现代新古典派的反讽批评""反讽诗学"等。

反讽是新批评理论的一个核心词,不仅是微观的语言技巧,而且是宏观的文本结构原则,后者更是代表了新批评派对反讽理论发展的重大贡献。新批评理论主要建立在对玄学派诗歌的研究上,维姆萨特认为:"有充分理由可以说玄学派的比喻不协调之合——在当代一些批评家看来,正是诗歌结构原则的原型和顶点。"[①] 从这句话可以看出作为语言修辞的反讽与作为文本结构的反讽之间的紧密关系。

一、反讽是诗歌的结构原则

新批评派对反讽研究直接作出重要贡献的是布鲁克斯。他不仅有大量的批评实践,还有数篇理论文章。1939年,布鲁克斯在《现代诗与传统》一书中深入讨论了"巧智"(wit[②])这一概念,并辟有专章《巧智与高度严肃》。这是对艾略特巧智理论的发展。有些人认为巧智只能出现于嘲讽文、讽刺诗、喜剧中,而与抒情诗、悲剧等高级文学无关。布鲁克斯认为这样的观点是不恰当的,因为文学语言本身就是隐喻性的,巧智是对类比的敏锐感知,是语言的本质使然,而不是仅仅作为语言表达的一种辅助手段。他认为巧智具有包含相异成分的能力,能统一各种经验、态度等,更忠实于经验本身,所以它是严肃的。他总结巧智具有三种功能:精确(precision),即能准确地表达微妙的心理,呈现关于给定情境的复杂矛盾的态度;集中(concentration),能达到戏

[①] 转引自赵毅衡:《新批评——一种独特的形式主义文论》,北京:中国社会科学出版社,1986年,第145页。
[②] "wit"一词,赵毅衡译为"理趣",李赋宁译为"才气",颜元叔、杨自伍译为"机智",裘小龙译为"巧智"。为统一行文,本书一律采用"巧智"。

剧化的集中效果，各种对立态度的并置使每一方的观点都同时得到鲜明的体现；反讽能包含各种态度，使其相互转化、相辅相成。①

布鲁克斯在1942年的《悖论语言》一文中研究诗歌语言的悖论本质，认为它是表现真理的必然要求，与上述关于巧智的论述一脉相承。他说："在某种意义上，悖论适合于诗歌，并且是其无法规避的语言。科学家的真理需要一种肃清任何悖论痕迹的语言；显然，诗人表明真理只能依靠悖论。""悖论是从诗人语言的真正本质中涌出的。"② 他以一向主张简单质朴的华兹华斯为例，说明其诗歌仍旧以悖论的情景为基础，虽然华兹华斯未必是自觉的。比如诗句："甜美的夜晚，安然、随意，这神圣的时刻，静如修女屏息膜拜。""屏息"暗示了巨大的激越，与前面的"安然、随意"形成悖论，相互限制，唯有这样才能表达诗人所感受到的夜晚的本真状态。布鲁克斯认为诗歌中的悖论语言一方面赋予日常事物以奇妙的魔力，能达到惊奇、反讽或两者兼具的效果，另一方面能简练、准确地表达真理，用莎士比亚的一个比喻来形容就是"斜线，尝试以迂回的方式明了方向"③。不过，布鲁克斯在此处提到"反讽"，是将其与"惊奇"并列，视为悖论的审美效果。他还分析了邓恩的诗歌《成圣》，认为作者对爱情和宗教都很看重的思想只有通过悖论语言才能准确地表现，直接的表达只会削弱并扭曲它。由此可见，布鲁克斯的"悖论"是指两种矛盾的思想、态度并存于诗歌语言中，与"反讽"的内涵是一致的。

在1947年的《释义异说》中，布鲁克斯将反讽从诗歌的语言层面提升到结构层面。这里的"结构"，不是指诗歌的韵律、节奏、意象组合等传统意义上的结构，而是指"意义、评价和阐释的结构，是指一种统一性原则，似乎可以平衡和协调诗的内涵、态度和意义的原则……这一原则是将相似和不同的元素统一起来"④。"结构"在这里指统一性原则，用来处理进入诗歌的各种元

---

① Cleanth Brooks: *Modern Poetry and the Tradition*. Chapel Hill: The University of North Carolina Press, 1939, p.28. 本书中所引外文文献均为本书作者译，后不赘注。

② [美]克林斯·布鲁克斯：《精致的瓮：诗歌结构研究》，郭乙瑶、王楠等译，上海：上海人民出版社，2008年，第5、11页。

③ [美]克林斯·布鲁克斯：《精致的瓮：诗歌结构研究》，郭乙瑶、王楠等译，上海：上海人民出版社，2008年，第12页。

④ [美]克林斯·布鲁克斯：《精致的瓮：诗歌结构研究》，郭乙瑶、王楠等译，上海：上海人民出版社，2008年，第183页。

素，生成文本的内涵、态度和意义。所以，布鲁克斯将诗歌的结构与建筑、绘画等空间艺术类比，说它是"分散压力的格局"；与芭蕾、作曲等时间艺术类比，说它是"通过时间顺序而展开的一种和解、平衡与协调的格局"。他认为与诗歌结构最相似的是戏剧的结构，"因为戏剧的本质是表演——是通过解决冲突最终获得结局的过程——是一个形成冲突的过程。简言之，戏剧的能动性允许我们把它看作是行动而非行动的固定模式，亦非关于行动的表述"。伯克和布拉克墨尔也表达了同样的观点，前者认为要把诗歌当作诗歌来读，就应该把它当作一种"行为模式"，后者建议把诗歌作为一种姿势来考虑，即"内部的、形象化意义的外部的戏剧性表达"①。由此可见，布鲁克斯是用"结构"来描述诗歌各种元素相互交织、相互限定、相互修正，最终达到平衡以生成意义的动态过程。他说自己找不到合适的术语来指称这种结构，只能求助于"反讽""悖论"，"求助于这样的术语的必要性也是很明显的，因为反讽是我们对从上下文中获得的一种语境中的多种限定因素加以限定的术语。如我们所看到的，这种限定在任何一首诗中都是极其重要的。另外，反讽是我们用来承认不协调因素的最常见的术语，而不协调因素遍布一切诗歌，其程度远远超过到目前为止我们的传统批评所愿意允许的范围"②。

布鲁克斯对诗歌反讽特征的论述建立在他企图区分科学语言与诗歌语言的基础上。他认为科学语言是不会由于语境压力而改变的抽象符号，而诗歌却没有这样的抽象符号，它的任何表述都得承受语境的压力，其意义都得受到语境的修正，就像浸在水池中的手杖，弯曲变形。在1948年发表的《反讽——一种结构原则》中，布鲁克斯就直接对反讽下了定义——"语境对于一个陈述语的明显的歪曲，我们称之为反讽"③。"明显的"这个修饰语非常重要，因为任何陈述语在语境中意义都会相应地发生变化，唯有意义走向它的反面，才能称为反讽，否则这样的定义就太宽泛了。

总之，布鲁克斯对反讽的研究，既涉及语言层面，又涉及结构层面，而且

---

① [美]克林斯·布鲁克斯：《精致的瓮：诗歌结构研究》，郭乙瑶、王楠等译，上海：上海人民出版社，2008年，第189~190页。
② [美]克林斯·布鲁克斯：《精致的瓮：诗歌结构研究》，郭乙瑶、王楠等译，上海：上海人民出版社，2008年，第194页。
③ [美]克林思·布鲁克斯：《反讽——一种结构原则》，见赵毅衡编选：《"新批评"文集》，北京：中国社会科学出版社，1988年，第335页。

经常将两者混在一起论述。但他明确提出反讽是诗歌的结构原则，即诗歌在"内涵、态度和意义"上包含对立面的统一，"诗的结论是由于各种张力作用的结果，这种张力则是由命题、隐喻、象征等各种手段建立起来的"①，对反讽理论发展作出了重要贡献。

二、与反讽相关术语的共同内涵：对立面的统一

反讽是诗歌的结构原则，而且是一切伟大诗歌的结构原则。这并非布鲁克斯一人的观点，而是诸多新批评学者的共识。只是他们所用术语不同，论述的层面也有些微区别。艾略特的"巧智"、瑞恰慈的"包容诗"、燕卜荪的"含混"、退特的"张力"、沃伦的"不纯诗"，都包含与反讽相通的思想，都是指诗歌语言中的冲突元素相互作用，最终实现对立面的统一。兰色姆即使反对有机统一论，提出"构架-肌质"二元论，仍然认为诗歌的魅力来源于两者的障碍赛。

巧智是玄学派诗学的关键词，塞缪尔·约翰逊（Samuel Johnson）是为玄学派命名的人。他撰写的《考利传》首次围绕巧智概念论述了以考利和多恩为代表的玄学派诗人的创作。在17、18世纪，巧智的含义众多。德莱顿、蒲伯用巧智表示诗歌思想的自然和语言的得体；洛克认为巧智是"把相似相合的观念以敏捷多样的手段组配起来，在想象中构成一幅惬意的图景和可意的视象"的能力；艾迪生在继承洛克思想的基础上，认为巧智不仅源于相似观念的组合，也源于相异观念的并置。约翰逊延续洛克、艾迪生的观点，认为巧智是"把不相似的观念组合在一起，从显然不相同的事物中发现隐密的相似性"，是"蕴含和谐的不和谐"。② 这样的定义就与反讽的定义无二了。约翰逊认为巧智必然会令诗歌的思想大于情感，解析大于整体呈现，因此他贬低玄学派。但是到了20世纪，随着美国现代诗的出现，玄学派诗歌地位东山再起，新批评派更是将其奉为英语诗的最高峰。艾略特著文《玄学派诗人》，认为玄学派诗歌

---

① ［美］克林思·布鲁克斯：《释义误说》，赵毅衡编选：《"新批评"文集》，北京：中国社会科学出版社，1988年，第200页。

② 叶丽贤：《"玄学巧智"：塞缪尔·约翰逊与玄学派经典化历史》，《国外文学》2016年第2期。

是一种思想的感性认识，能使读者"像闻到一朵玫瑰的芳香似地感到他们的思想"①，将感性与理性很好地结合起来。他在研究玄学派诗人安德鲁·马维尔时说："时至今日，虽然我们偶尔也看到好的反讽或讽刺，但是这些东西缺少巧智的内在的平衡。"② 这里虽然同时出现"反讽"和"巧智"两个概念，但其中反讽指话语的功能，与讽刺意思相近，巧智指话语的结构特征，类似新批评派的反讽。

瑞恰慈以"冲动"为核心范畴，将心理学引入文学批评。他认为在诗人那里，"通常相互干扰而且是冲突的、独立的、相斥的那些冲动，在他的心里相济为用而进入一种稳定的平稳状态"，诗人组织冲动的方式有两种：一类是排斥、消除，一类是包括、综合。两者不仅使经验获得稳定性和条理性的途径不同：一是缩小反应，一是拓宽反应；而且反映经验的结构也不同：一是由平行发展而方向相同的冲动构成的，一是由异质的甚至是对立的冲动构成的。两者比较，后者才经得起反讽的观照，成为伟大的诗——"包容诗"（poetry of inclusion），"对立冲动的均衡状态，我们猜测这是最有价值的审美反应的根本基础"③。瑞恰慈认为，冲动是由人们称之为"形式因素"的东西唤醒的，"形式因素"具有对生活中杂乱无章的经验进行统一的作用，读者在阅读时也是凭借形式因素产生反应的统一性。诗人如何把所有形式因素的各自效果组合成一个单整反应？他认为靠的是想象力，"想象力在一切艺术中最突出的显示就在于把一团纷乱的互不连贯的冲动变为一个有条理的单整反应的这种化解能力"④。瑞恰慈以及整个新批评派均受到柯尔律治"想象"观念的影响。柯尔律治说想象"这种力量，首先为意志与理解力所推动，受着它们的虽则温和而难于察觉却永不放松的控制，在使相反的、不调和的性质平衡或和谐中显示出自己来；它调和同一的和殊异的、一般和具体的、概念和形象、个别的和有

---

① ［英］T. S. 艾略特：《玄学派诗人》，裘小龙译，见赵毅衡编选：《"新批评"文集》，北京：中国社会科学出版社，1988年，第33~45页。
② ［英］艾略特：《论安德鲁·马维尔》，李赋宁译，见［英］艾略特：《艾略特文学论文集》，李赋宁译，天津：百花文艺出版社，1994年，第46页。
③ ［英］艾·阿·瑞恰慈：《文学批评原理》，杨自伍译，南昌：百花洲文艺出版社，1992年，第221、228页。
④ ［英］艾·阿·瑞恰慈：《文学批评原理》，杨自伍译，南昌：百花洲文艺出版社，1992年，第223页。

代表性的、新奇与新鲜之感和陈旧与熟悉的事物、一种不寻常的情绪和一种不寻常的秩序；永远清醒的判断力与始终如一的冷静的一方面，和热忱与深刻强烈的感情的一方面；并且当它把天然的与人工的混合而使之和谐时，它仍然使艺术从属于自然；使形式从属于内容；使我们对诗人的钦佩从属于我们对诗的感应"①。

瑞恰慈将对立面的平衡从想象范畴扩展到审美范畴，成为新批评思想的重要源头。退特认为："毫无疑问，想象力在他（指瑞恰慈）的手中变成了一种与柯尔律治的观念不同的东西。它非常像黑格尔学派的综合。这种综合把两种对立的东西在新的提法中结合起来了，在那新提法中这两种东西所包含的真实不再相互矛盾了，因此也就被保留下来了。"② 布鲁克斯也说："我曾经在别处说过，一首通得过艾略特式考验的诗也就是瑞恰慈所谓'综合的诗'——即是，不排斥与其主导情调显然敌对的因素的诗；这种诗，由于能够把无关的和不协调的因素结合起来，本身得到了协调，而且不怕反讽的攻击。"同样是强调对立面的协调，瑞恰慈的理论基点是心理学，研究对象是诗人，布鲁克斯的研究对象则是诗歌本身。

退特的"张力"（tension）术语源自将逻辑术语"外展"（extension）和"内包"（intension）去掉前缀："我所说的诗的意义就是指它的张力，即我们在诗中所能发现的全部外展和内包的有机整体。"③ 这里的外展可理解为词语的"词典意义"，或指称意义，内包即词语的暗示意义。④ 一个词的暗示意义与词典意义相差越大，张力就越大。比如多恩的诗句："因此我们两个灵魂是一体，虽然我必须离去，然而不能忍受破裂，只能延展，就像黄金被锤打成薄片。"黄金是有限的，灵魂是无限的，从表面意义看，两者是矛盾的，但是深入想一下，又是不矛盾的，有延展性的黄金可以按数学上的二分之一方法无限

---

① 柯尔立治：《文学生涯》第十四章，刘若端译，见刘若端编：《十九世纪英国诗人论诗》，北京：人民文学出版社，1984年，第69页。
② [美]艾伦·退特：《作为知识的文学》，王竞、徐乔奇译，见赵毅衡编选：《"新批评"文集》，北京：中国社会科学出版社，1988年，第155页。
③ [美]艾伦·退特：《论诗的张力》，见赵毅衡编选：《"新批评"文集》，北京：中国社会科学出版社，1988年，第117页。
④ 赵毅衡：《新批评——一种独特的形式主义文论》，北京：中国社会科学出版社，1986年，第57页。

延展下去，两者又有着相似点。隐喻的两级拉得很长，以至于看起来似乎风马牛不相及，但如此可以增强表达的新奇感。这也是玄学派诗人的共同特征，从相异中看到相似性，所用意象总是很新奇，如维姆萨特所说："'反讽'一语，不必一定有强烈的情感与道德的意味。我们可以把'反讽'看成一种认知的原理，'反讽'原理延伸而为矛盾的原理，进而扩张成为语象与语象结构的普遍原理——这便是文字作新颖而富于活力使用时必有的张力。"① 退特的"张力"概念不仅被新批评派引申，成为诗歌内部各种矛盾因素对立统一现象的总称，而且在其他文学理论中也广为应用。

沃伦的"不纯诗"概念是在对纯诗论的批判中建立起来的。自古以来关于纯诗的理论很多，但并没有一个明确的界定。所以，沃伦认为任何企图从诗中排除一些东西的理论都可称之为纯诗论，但也都是行不通的，因为"诗歌本质上不属于任何个别的成分，而是取决于我们称之为一首诗的那一整套相互关系即结构"。而结构的本质特征是冲突，或曰张力，它存在于诗的各种元素中，比如诗的韵律和语言的韵律、韵律的刻板性与语言的随意性、具体与抽象、各个概念之间……所以，诗歌的结构是一种戏剧性的结构，是一种通过动作朝向静止，通过复杂性朝向效果的简单性发展的一种运动，"换言之，一首诗要成功，就必须要赢得自己。它是一种朝着静止点方向前进的行动，但是如果它不是一种受到抵抗的运动，它就成为无关紧要的运动"②。沃伦关于诗歌结构的观念与布鲁克斯的完全一致，强调了结构中对立因素的运动、平衡，"诗人用以证明自己的观点的方法却是不那么引人注目地把它放进反讽的火焰——他的结构的戏剧——中去，并期望他的观点在火焰中会得到精炼。换言之，诗人希望说明他的观点已经立住脚，以及他的观点能够对照经验的复杂与矛盾之后仍然存在。而反讽就是对照这些东西的一种手段"③。沃伦认为，诗必须"不纯"，必须包含各种复杂的、矛盾的因素，才能表达人类的经验。

燕卜荪的著作《含混七型》论述了诗歌语言的复杂多义现象。他对含混

---

① [美]卫姆萨特、布鲁克斯：《西洋文学批评史》，颜元叔译，北京：中国人民大学出版社，1987年，第692页。
② [美]罗伯特·潘·沃伦：《纯诗与非纯诗》，见赵毅衡编选：《"新批评"文集》，北京：中国社会科学出版社，1988年，第181~182页。
③ [美]罗伯特·潘·沃伦：《纯诗与非纯诗》，见赵毅衡编选：《"新批评"文集》，北京：中国社会科学出版社，1988年，第184页。

(ambiguity)的界定是:"任何语义上的差别,不论如何细微,只要它使同一句话有可能引起不同的反应,就同本书的主旨有关。"① 他所论述的七个类型中的后两个类型属于反讽表意,即"陈述语字面意义累赘而且矛盾,迫使读者找出多种解释,而这多种解释也互相冲突";"一个词的两种意义,一个含混语的两种价值,正是上下文所规定的恰好相反的意义"②。燕卜逊的这一理论受到兰色姆、瑞恰慈、布拉克墨尔等众多学者的推崇,布鲁克斯更是将他的反讽论溯源至含混论,称之为"功能性含混",因为这种含混具有独特的审美功能。

艾略特的"巧智"、瑞恰慈的"包容诗"、燕卜苏的"含混"、退特的"张力"、沃伦的"不纯诗"以及布鲁克斯的"反讽",其核心内涵都是指诗歌语言中包含相互冲突的元素,对立面的统一成为诗歌或者说伟大诗歌的结构原则,但是各人论述的角度有所不同:有的从诗人的角度,有的从文本的角度;从文本角度论述的,有的偏重语言,有的偏重文本结构,有的又偏重文本结构与经验世界的关系。所以,将新批评派的反讽视为一种诗学理论更恰当。

三、反讽是诗歌结构原则的深层原因

新批评派的理论立场比较模糊。赵毅衡认为它的一只脚踩在唯美主义船上,另一只脚又羞羞答答地向亚里士多德的"模仿论"伸过去。③ 伊格尔顿认为:"新批评在走向一种纯粹的形式主义时半途而废,因为它笨拙地给自己掺进了某种经验主义,即这样一种信念:诗的话语已经经某种方式在自身之内'包括'了现实。"④ 反讽之所以能够成为新批评理论的关键词,与形式论、模仿论都有关。

第一,诗是"完整的客体的知识"。

新批评认为反讽是诗歌的结构原则,首先是因为他们的诗歌功能观。新批

---

① [美]威廉·燕卜苏:《复义七型》,见赵毅衡编选:《"新批评"文集》,北京:中国社会科学出版社,1988年,第305页。
② 转引自赵毅衡:《新批评——一种独特的形式主义文论》,北京:中国社会科学出版社,1986年,第164、165页。
③ 赵毅衡:《新批评——一种独特的形式主义文论》,北京:中国社会科学出版社,1986年,第19页。
④ [英]特雷·伊格尔顿:《二十世纪西方文学理论》,伍晓明译,北京:北京大学出版社,2007年,第46页。

评反对浪漫主义关于诗歌是情感产物的观点，认为诗歌是一种知识，而且是一种不同于科学知识的特殊知识。退特的观点最为鲜明，在《作为知识的文学》一文中，他批判了阿诺德、莫里斯、柯尔律治、瑞恰慈（早期的）等人的诗歌功能说，提出了自己的观点：诗歌是"带有感情色彩的描述性科学或相应的经验"，诗歌的价值在于认识，"在诗里面我们得到的是关于一个完整的客体的知识……它给我们的完整的知识和整体的经验"。① 但他没有说明什么是"完整的客体的知识"，布鲁克斯、兰色姆、沃伦等人对此则有进一步论述。

布鲁克斯认为诗人和科学家处理经验的方式有所不同：前者重分类，后者重统一。他说："科学家们把经验分成几部分，区分各部分的异同，并将各部分分门别类。诗人最终的任务是统一各种经验。他呈现给我们的应是经验自身的统一体，正如人们可以通过自身经验而感知的一样。诗，假如是真正的诗，就是现实的幻象——在这一点上，至少是'仿象'——它应该是一种经验，而非仅仅是关于经验的表述或是纯粹从经验中抽象出来的东西。"② 他在与维姆萨特合著的《西洋文学批评史》中也强调"诗提供一种特殊的知识。经由诗，人才能了解他自己在真实存在中之意义，便是智慧"③。兰色姆也对诗歌与科学处理现实世界的不同进行了论述："这种种世界（指科学所处理的世界）只是我们这一世界的简化的、经过删削、易于处理的形式。诗歌旨在恢复我们通过自己的感觉和记忆淡淡地了解的那个复杂难制的世界。就此而言，这种知识从根本上或本体上是特殊的知识。"④

从布鲁克斯、兰色姆的论述中我们可以看出，诗歌提供一种特殊知识，即一种具有统一性的、完整性的、复杂的经验，它是现实的"幻象"，就像退特所说的，《哈姆莱特》的完整不是实证主义科学所追求的那种实验所决定的状态，而是被体验到的状态。那么，如何达到这种状态？布鲁克斯给予了回答：

---

① ［美］艾伦·退特：《作为知识的文学》，见赵毅衡编选：《"新批评"文集》，北京：中国社会科学出版社，1988年，第128、156页。

② ［美］克林斯·布鲁克斯：《精致的瓮：诗歌结构研究》，郭乙瑶、王楠等译，上海：上海人民出版社，2008年，第197页。

③ ［美］卫姆萨特、布鲁克斯：《西洋文学批评史》，颜元叔译，北京：中国人民大学出版社，1987年，第555页。

④ ［美］约翰·克娄·兰色姆：《征求本体论批评家》，见赵毅衡编选：《"新批评"文集》，北京：中国社会科学出版社，1988年，第74页。

"我们所必须要求的是诗篇应当使情景得到准确的、真实的戏剧性表现,应当十分忠实于整个的情景,这样就不再是我们信仰的问题,而是我们进入诗经验的问题了。"① 诗人在创造中,应该撇开自己的信仰,撇开对世界的理性分析,而忠实于自己的感受,并为之找到文字上的对应物。在这一点上,布鲁克斯与新批评前驱者艾略特的"非个性"论接通了:"诗人没有什么个性可以表现,只有一个特殊的工具,只是工具,不是个性,使种种印象和经验就在这个工具里用种种特别的意想不到的方式来相互结合。"② 由此可见,新批评理论与传统的"模仿论"有密切关系,只不过他们排斥对现实进行机械的自然主义式模仿,强调诗歌中的经验世界具有一定的自足性,与读者最深层的生命状态发生感应。对此,沃伦说得非常形象:"诗的知识给予人他自己的形象,因为它给予他的经验的模式,他的内在生命的范式,他的命运的节奏,他的宿命的音调。这个我们最深层的生命的召唤、对质和阐明,在新的自我意识里将使我们度过更深刻的生活。"③

既然新批评认为诗是对"完整客体的知识"表达④,而客体也即经验本身又必然是多元的、复杂的,充满着矛盾,所以诗歌的统一只能是多样化的统一,是通过结构让异质的、对立的元素取得平衡后的统一,呈现出反讽的状态。在这一点上,新批评与德国浪漫派是一致的,如韦勒克所言,施勒格尔推崇反讽是因为他认识到"世界就其本质言,是似非而是的;只有凭借一种矛盾态度才能抓住其互相抵牾的总体性"⑤。只不过德国浪漫派反讽强调的是主体的哲学立场,而新批评派反讽强调的是文本的结构原则。反讽是现代诗的典型策略,布鲁克斯认为原因有三条,前两条都跟现实经验世界的变化有关,即

---

① [美]克林思·布鲁克斯:《反讽——一种结构原则》,见赵毅衡编选:《"新批评"文集》,北京:中国社会科学出版社,1988年,第349页。
② [美]T. S. 艾略特:《传统与个人才能》,见赵毅衡编选:《"新批评"文集》,北京:中国社会科学出版社,1988年,第30页。
③ Louise Cowan. *The Southern Critics: An Introduction to the Criticism of John Crowe Ransom, Allen Tate, Donald Davidson, Robert Penn Warren, Cleanth Brooks, and Andrew Lytle*. Irving: The University of Dallas Press, 1972, p. 66. 转引自臧运峰:《新批评反讽及其现代神话》,北京师范大学博士学位论文,2007年,第131页。
④ [美]艾伦·退特:《作为知识的文学》,见赵毅衡编选:《"新批评"文集》,北京:中国社会科学出版社,1988年,第156页。
⑤ [美]雷纳·韦勒克:《近代文学批评史》第二卷,杨自伍译,上海:上海译文出版社,2009年,第17页。

论反讽

"共同承认的象征系统粉碎了；对于普遍性，大家都有怀疑"①，反映在诗歌中就是反本质、反理性、反权威、反秩序等，用一个词形容，就是意义的不确定性。瑞恰慈从心理学角度出发，认为经得起反讽观照的诗歌更能发挥诗人的个性作用，更能感知世界的多面，"我们不再被定位于一个明确的方向；心灵更多的侧面暴露出来了，而且可谓相同的是，事物更多的方面能够感染我们；心灵作出反应，不是通过兴趣单一的狭隘渠道，而是同步且又连贯地通过诸多渠道"②。

第二，好诗是无法释义的。

总体来说，新批评派继承了浪漫主义的有机主义文论观，常用植物有机体来比喻诗歌，如布鲁克斯说："一首诗里的种种因素是互相联系的，不像排列在一个花束上面的花朵，倒像与一棵活着的草木的其他部分相联系的花朵。"③新批评派认为诗歌应当被视作各种关系组成的有机系统，它的各个部分、各种元素（比如意象、节奏）相互交织，形成语境，诗歌中每一句话的意义都在语境压力下得到限定和修正，所以诗歌的意义不是产生于某句陈述语，而是来自它们之间的关系，所以好诗是无法释义的。布鲁克斯的"释义误说"观要表达的就是这个意思："在一首统一和谐的诗歌中，诗人已经同他的体验'达到和谐一致'。这首诗不只是归结在一种逻辑家的结论里。诗的结论是由于各种张力作用的结果，这种张力则是由命题、隐喻、象征等各种手段建立起来的。统一的取得是经过戏剧性的过程，而不是一种逻辑性的过程；它代表了一种力量的均衡，而不是一种公式。"④ 这些力量之间不是选择关系，而是包容关系，反讽就是用来描述力量之间的平衡状态。名篇佳作的精髓就在于它的结构，而不在于它说了什么。正是因为诗人无法简单地用一个概括性命题或陈述来表达自己想要表达的，所以才写诗，"诗本身是传达诗人想要传达的'东西'的

---

① ［美］克林思·布鲁克斯：《反讽——一种结构原则》，见赵毅衡编选：《"新批评"文集》，北京：中国社会科学出版社，1988年，第345页。

② ［英］艾·阿·瑞恰慈：《文学批评原理》，杨自伍译，百花洲文艺出版社，1992年，第229页。

③ ［美］克林思·布鲁克斯：《反讽——一种结构原则》，见赵毅衡编选：《"新批评"文集》，北京：中国社会科学出版社，1988年，第334页。

④ ［美］克林思·布鲁克斯：《释义误说》，赵毅衡编选：《"新批评"文集》，北京：中国社会科学出版社，1988年，第200页。

'唯一媒介'……诗歌言说它所言说的东西"①。人们为了某种需要，可以用一些惯用语来表述诗歌言说了什么，但不要以为这是在接近它，其实这是在远离它，"这样的惯用语类似于脚手架，可供我们为某种目的而随意搭建在建筑物周围；我们不能将它们误认为是建筑物自身具备的内部和基础的结构"②。这就接通了其先驱者艾略特的思想，即诗中的意义就好比盗贼在进入房子之前，丢给看门狗的那块肉。

第三，诗歌隐喻的"远距"原则。

新批评理论主要建立在对玄学派诗歌的分析上，该派诗歌有个鲜明特点，即喜欢用新奇的意象，擅长从看起来绝不相似的事物中发现相似点。瑞恰慈提出比喻的"远距"原则，认为喻体和喻旨之间距离越大，隐喻效果就越好。兰色姆表示："比喻的两造之间，不但距离越远越好，而且如果他们的联结是完全违反逻辑的逻辑，那含义就更见丰富。"③

伯克在《对历史的各种态度》（Attitudes Toward History）中提出"不相容透视"（perspective of incongruity）概念，即将互不相容的事物并置于同一格局中。赵毅衡对玄学派诗歌的比喻特征进行了精彩的概括，即"远距、异质、产生智力型关系"④。比喻中的两个事物所属的概念域越远，就越能产生强大的张力。两者的距离远到一定程度，比如上文所说的多恩用黄金比喻灵魂，就会具有反讽效果。因为比喻的目的虽然是用 B 说明 A 的某个特点，但是当 A 与 B 并置时，发生作用的是这两个概念的所有层面。在一个层面上两者可能相似，在另一个层面上两者则可能相互矛盾，而接收者的感知是同时产生的，所以会从隐喻中感知反讽意味，如维姆萨特所说："在理解想象的隐喻的时候，常要求我们考虑的不是 B（喻体），如何说明 A（喻旨），而是当两者被放在一起并相互对照、相互说明时能产生什么意义。强调之点，可能在相似

---

① ［美］克林斯·布鲁克斯：《精致的瓮：诗歌结构研究》，郭乙瑶、王楠等译，上海：上海人民出版社，2008年，第72页。
② ［美］克林斯·布鲁克斯：《精致的瓮：诗歌结构研究》，郭乙瑶、王楠等译，上海：上海人民出版社，2008年，第186页。
③ 赵毅衡：《新批评——一种独特的形式主义文论》，北京：中国社会科学出版社，1986年，第142、143页。
④ 赵毅衡：《新批评——一种独特的形式主义文论》，北京：中国社会科学出版社，1986年，第145页。

之处，也可能在相反之处，在于某种对比或矛盾。"① 试想，如果诗人使用比喻的目的仅仅是说明两者的相似，那距离越近的比喻必然越准确，就没必要使用远距离比喻了。所以玄学派诗人要让读者首先感知到的是两者的距离产生的新奇感，然后才是运用智慧思考其相似性，获得新的认知。因为使语言脱臼，进入新的语境，才能产生诗意，彰显语言的永恒魅力。布鲁克斯在说到为什么现代派诗人喜欢用反讽时就说道："广告术和大量生产的艺术、广播、电影、低级小说使语言本身失血了，腐败了。现代诗人负有使一个疲沓的、枯竭的语言复活的任务，使它再能有力地、准确地表达意义。"②

第二次世界大战后新批评在美国进入极盛期，当时文学理论教科书几乎全是新批评派的著作。到了20世纪50年代末，结构主义兴起，新批评受到强烈冲击，但该派仍有少数成员活跃于文论界，不过他们的理论主张与之前相比有所缓和。前期新批评认为反讽是诗歌语言的本质，科学语言与诗歌语言势不两立，后期则主张两者应该互补。在具体研究中，也不再严格坚持以文本为中心，而兼顾文本外的世界。布鲁克斯在1975年的一次采访中说："当然，任何头脑正常的人都不会真正对空虚的形式感兴趣。词语扩展到情感、思想与行动的整个世界中去。因此'词语的安排'……是对丰富多彩的人性的一种特殊反映。词语不仅仅是即兴的语音拼凑；它们有丰富的意义。"③ 伯克也说："细读在其最佳状态时将对一件艺术品的凝神观照推进到这步境界，读者不仅开始深刻地观察到艺术品的内部，而且越过它将目光朝向有关艺术种类及艺术优越性的一般概论，甚至探讨人的思维原理及普遍的人类经验。"新批评在西方文论发展史上具有重要意义，影响深远。赵毅衡在《重返新批评》一书中详细论述了这个问题，提出"形式论的必要性"：

> 可以说，形式论是自我涨破形式主义的。从批评理论的"大历史"来看，以形式研究为跳板，从语言转折到文化－伦理转折，既是历史的过程，也是逻辑的序列。说得再清楚一些，文化－伦理转折，是语言转折的

---

① ［美］威廉·K·维姆萨特：《象征与隐喻》，见赵毅衡编选：《"新批评"文集》，北京：中国社会科学出版社，1988年，第357页。
② ［美］克林思·布鲁克斯：《反讽——一种结构原则》，见赵毅衡编选：《"新批评"文集》，北京：中国社会科学出版社，1988年，第346页。
③ 转引自蒋显璟：《试论新批评》，《对外经济贸易大学学报》1993年第3期。

最新一折,语言转折并没有过时,只是采取了新的方式。这听起来有点奇怪,语言转向似乎是转向形式,伦理转向似乎是转向内容。实际上,它们是一个问题的两个方面。形式论不仅是表意方式的构筑,更是借形式的构筑给予经验一个伦理目的论:伦理判断是经验的形式构筑过程中不可能减省的部分。正是因为形式上的构筑(例如讲通一个叙述,构造一首诗的意义),才彰显了伦理问题。①

第四节 一种交流艺术:新修辞学的反讽

新修辞学是相对于古典修辞学和新亚里士多德修辞学而言的。自文艺复兴时期的拉米斯派将修辞学概念狭义化后,修辞学的研究重点转到文体风格上来。到了20世纪,随着演讲、辩论在西方社会及高等教育中的复兴,修辞学迎来了又一个春天。1925年,赫伯特·维切恩斯(Herbert Wichelns)发表《演讲的文学批评》("The Literary Criticism of Oratory")一文,提出一种新的修辞学批评原则,也就是后来所说的"新亚里士多德主义"(Neo-Aristoteleanism)批评。该派成员继承亚里士多德将修辞学看成"在每一事例上发现可行的说服方式的能力"的思想。1965年,艾德温·布拉克(Edwin Black)著文《修辞学批评:方法之研究》("Rhetorical Criticisim: A Study of Method")对新亚里士多德主义批评进行批判,指责其过于机械化、狭窄化,忽略了批评活动的主体性、创造性。随后,修辞学领域出现了一系列新的观点、新的批评模式,人们称之为"新修辞学",领军人物为肯尼斯·伯克。新修辞学的出现与20世纪哲学的语言学转向紧密相关,新修辞学家,如肯尼斯·伯克、钱姆·佩雷尔曼(Chaim Perelman)、斯蒂芬·图尔明(Stephen Toulmin)、恩内斯托·格拉斯(Ernesto Grassi)等,要么是哲学家,要么有深厚的哲学功底。

在新修辞学中,修辞的本质、功能、研究对象、批评模式等与古典修辞学相比,都发生了变化。其中一个重要变化是用双向交流说代替了单向规劝说,目的是消除隔阂,取得认同,促进社会的和谐。比如瑞恰慈在《修辞哲学》一

---

① 赵毅衡:《重访新批评》,天津:百花文艺出版社,2009年,第12页。

书中认为："修辞学……应该是对误解及其纠正法的研究。"西蒙斯（Herbert W. Simons）也说："新修辞学的重点应该是在信息的发送者和接收者之间双向的相互交流作用上，在对分歧双方互相满意的解决上，在对解决社会问题的推论性方法的寻求上。"① 伯克的观点具有代表性："如果要用一个词来概括旧修辞学与新修辞学之间的区别，我将归纳为：旧修辞学的关键词是'规劝'（persuasion），强调'有意'的设计；新修辞学的关键词是'认同'（identification），其中包括部分的'无意识的'因素。'认同'就其简单的形式而言也是'有意的'，正如一个政客试图与他的听众认同。从这个角度看，它在亚里士多德的《修辞学》中有许多对应部分。但是，认同还可以是目的，正如人们渴望与这个或那个组织认同一样。这种情况下，他们并不一定由外界某个有意的人物作用，而是他们可能完全主动地去为自身而行动。"② 从伯克的话可以看出，新修辞学是对传统修辞学的拓展。

反讽作为古典修辞学中的一个重要范畴在新修辞学者中也被赋予了新的内涵，即一种交流艺术，以肯尼斯·伯克、韦恩·布斯和琳达·哈琴的理论为代表。

一、伯克：反讽是交流主体的辩证立场

新修辞学的研究对象由古典修辞学的演讲、论辩、文体扩大到人类一切交流活动。"1970年，美国全国修辞学发展大会取得这样的共识：对任何人类的行动、过程、产品和人工制品都可以进行修辞批评，因为它们都可以导致态度的形成、加强或改变。"③ 伯克的戏剧主义修辞批评是其中一种重要批评范式。1941年他发表论文《希特勒的"战斗"修辞》（"The Rhetoric of Hitler's 'Battle'"），分析希特勒如何运用不同的认同方式使自己的反犹观念和独裁政治为德国人民所接受，开创了这一批评范式的先河。伯克把世界看成舞台，把人类所有的行动看作舞台上的一场戏剧，认为行动是戏剧的关键，有行动必然

---

① 转引自胡曙中：《西方新修辞学概论》，湘潭：湘潭大学出版社，2009年，第112、113页。
② 转引自常昌富：《导论：20世纪修辞学概说》，见肯尼斯·博克等：《当代西方修辞学：演讲与话语批评》，常昌富、顾宝桐译，北京：中国社会科学出版社，1998年，第17页。
③ 邓志勇：《修辞理论与修辞哲学：关于修辞学泰斗肯尼斯·伯克的研究》，上海：学林出版社，2011年，第53页。

有行动者、场景、工具和目的。"行动"不同于"运动",前者是有目的、有意图的意志行为,后者则是无目的、无意图的自然现象。戏剧主义修辞批评就是要对这五要素之间的关系进行分析,以发现人们行动的动机。动机始终是伯克众多理论研究的旨归。

伯克的戏剧主义修辞批评是建立在他的语言戏剧性哲学观基础上的。他把语言看作行动,而不是传递信息的手段①,并由此把"修辞"界定为"一些人对另一些人运用语言来形成某种态度或引起某种行动"②,目的是诱发合作(induce cooperation),取得认同。在伯克看来,一切语言都具有修辞性质,人只要使用语言就不能回避修辞,这也是新修辞学界普遍的观点。比如另一位修辞学家道格拉斯·埃宁格(Douglas Ehninger)说:"那种将修辞看作话语调味品的观念在当代已被淘汰,取而代之的是这样的认识:修辞不仅存在于人类的所有交往中,而且它组织和规范人类的思想和行为的各个方面。人不可避免地是修辞动物。"③ 新修辞学大大拓展了研究对象,伯克将之形象地归纳为:"哪里有劝说,哪里就有修辞;哪里有意义,哪里就有劝说"④,"修辞情景"可以上升到"普遍的'人的环境'"⑤。

伯克的语言戏剧性哲学观又是建立在其特殊的人性论和认识论上的。伯克认为:"人是使用和误用符号(symbol)⑥ 的动物;否定的发明者;通过自己设计的工具与自然相隔离;受等级观念的驱使;在追求完美的过程中消亡。"⑦ 世界上本没有否定的事物,任何事物呈现出来的都是它本身的状态,是因为有了语言才能说"你不是""你不能""你不应该"……,也因此才有了否定的观念、道德伦理观念;也是因为有了语言人才将自己与自然区分开来,才会有等

---

① Kenneth Burke. *Language as Symbolic Action*. Berkeley: University of California Press, 1966, p. 54.
② Kenneth Burke. *A Grammar of Motives*. Berkeley: University of California Press, 1969, p. 41.
③ Douglas Ehninger. *Comtemporary Rhetoric: A Reader's Coursebook*. Glenview, IL: Scott, Foresman & Company, 1972, pp. 8—9.
④ Kenneth Burke. *A Rhetoric of Motives*. Berkeley: University of California Press, 1969, p. 172.
⑤ 参见肯尼斯·博克:《修辞情景》,见肯尼斯·博克等:《当代西方修辞学:演讲与话语批评》,常昌富、顾宝桐译,北京:中国社会科学出版社,1998年,第155页。
⑥ 有的书译为"象征"。
⑦ Kenneth Burke. *Language as Symbolic Action*. Berkeley: University of California Press, 1966, p. 16.

级秩序。语言是人类最重要的符号,不仅是人类交流的工具,而且是人类赖以存在的家园,人类的知识、真理、现实都是语言建构起来的,他说:

> 我们是否能够意识到……我们所说的"现实"绝大多数是由我们的符号系统所建构起来的。把我们的书拿掉,我们对历史、自传,甚至对所谓的"实实在在"的事物如海洋与大陆的相关位置又有多少了解呢?今天的"现实"是什么,如果不是关于过去的一簇符号与我们主要通过地图、杂志、报纸等关于现在所知道的东西相联系的呢?……不管我们亲身经历的一点现实有多么重要,整个"图画"只不过是我们的符号的建构物。①

人们用语言建构世界,但语言并不是透明的、客观的,而是充满主观性、片面性。人一出生就落入语言的牢笼,通过语言来接受教育、认识世界、与人交往,会出现"训练出来的无能"(trained incapacity)、"职业病"(occupational psychosis)②,每个人也会因为掌握的词语不同而形成不同的"术语屏"(terministic screen)。伯克说:

> 我们必须使用术语屏,因为我们不用术语就没法说任何事情;不管我们使用什么术语,这些术语必定形成一个相应的屏,任何这样的屏都将把人的注意引向某个领域而不是其他领域。在这个领域里,可能还有不同的屏,每个屏都各有引导注意的方法,决定观察的范围,因为这个范围蕴含在特定的词汇之中。③

以上这些因素都会制约人们的认知。鉴于此,伯克提出了一种新的认识论——"不协调而获视角"(perspective by incongruity),即"通过用话语/词语'击碎原子'的办法,也就是说,通过理性的安排,把本属于一个特定范畴

---

① Kenneth Burke. *Language as Symbolic Action: Essays on Life, Literature, and Method*. Berkeley:University of California Press, 1969, p.5. 译文源自邓志勇:《修辞理论与修辞哲学:关于修辞学泰斗肯尼思·伯克的研究》,上海:学林出版社,2011年,第95页。

② 参见 Kenneth Burke. *Permanence and Change*, New York:New Republic, Inc, 1935, pp.14—19, 54—70.

③ Kenneth Burke. *Language as Symbolic Action: Essays on Life, Literature, and Method*. Berkeley:University of California Press, 1969, p.50. 译文源自邓志勇:《修辞理论与修辞哲学:关于修辞学泰斗肯尼思·伯克的研究》,上海:学林出版社,2011年,第101页。

的词语硬是挪开，并隐喻式地将它用于一个不同的范畴里，从而获得新的理解"。① "隐喻式地"，即用另一个事物来看待某一个事物，将一个术语从一个领域挪到另一个领域，这样的视角必然是不协调的，但正是这样的不协调建构起关于人和物的现实。伯克从这个角度出发，重新考察传统意义上的四大修辞格——隐喻（metaphor）、转喻（metonymy）、提喻（synecdoche）和反讽（irony）。他说："我主要关注的不是它们纯粹的修辞格用法，而是它们在发现和描述'真理'中的角色"②，认为隐喻即"视角"（perspective），换喻即"简约"（reduction），提喻即"表征"（representation），反讽即"辩证"（dialectic）。③

反讽在伯克的理论中被赋予了新的内涵："当一个人试图通过术语之间的相互作用来产生一种所有术语都在场的整体状态，反讽产生了。因此，从这一整体状态来看（即许多视角构成的视角），这些参与的分视角（sub-perspectives）没有一个应该被当作严格意义上的正确或错误。他们是相互影响的声音、个性或立场。当辩证法形成时，他们是许多要素（characters）生成的整体状态。"④ 这些相互影响的要素还可以扩大到相互对立的因素，比如疾病－治愈、英雄－坏人，对立双方是共存的，没有"疾病"就不存在"治愈"，没有"英雄"就没有"坏人"。反讽就是这些相互矛盾、相互对立的要素达至包容、平衡的整体状态，这与新批评的反讽观是相通的，只不过后者的研究局限于诗歌上，而伯克则把它上升到哲学高度，将反讽视为意义生成的一种途径，建构知识、"真理"的一种方式。

伯克认为反讽者必须避免三种诱惑。一是相对主义（relativism）。意思是说，在交流中，如果你孤立了戏剧中的任何一个行动者，或者任何一个主张对话的人，仅仅从他的立场来看，你就陷入纯粹的相对主义。因为事物本来可以用多套术语来描述，你却只允许用一套术语来描述，那就必然导致描述的主观

---

① Kenneth Burke. *Permanence and Change*, pp. 95—112. 译文源自邓志勇：《修辞理论与修辞哲学：关于修辞学泰斗肯尼思·伯克的研究》，上海：学林出版社，2011年，第98页。
② Kenneth Burke. *A Rhetoric of Motives*. Berkeley: University of California Press, 1969, p. 503.
③ Kenneth Burke. *A Grammar of Motives*. Berkeley: University of California Press, 1969, pp. 503—517.
④ Kenneth Burke. *A Grammar of Motives*. Berkeley: University of California Press, 1969, pp. 511—512.

性和相对性。此外，伯克认为声明任何术语（根据隐喻-视角）都可以从其他术语的角度来看待，也是一种相对主义。但是，只要鼓励术语参与有序地协商（an orderly parliamentary development），这种参与的辩证法就会产生一种不同性质、必然具有反讽意味的"确定性"（在从所有术语的参与角度而不是从任何参与者角度来看待整体的观察者中）。因为它要求所有的次确定（sub-certainties）都不被认为是真实的，也不被认为是虚假的，而是具有贡献性的（contributory）。

二是优越感（superiority）。伯克认为真正的反讽应该具有谦逊的品质："真正的反讽，谦逊的反讽，是建立在对敌人的根本的亲缘感基础上的，因为一个人需要敌人的存在，并感激他，而不能把自己看作存在于敌人身外的一个观察者，他与敌人应该是同体的（being consubstantial）。"① 他认为唯有在这样的意义上才有可能产生优越感，即一个人可能会感觉到他需要更多的要素（characters），而没有忽略最愚蠢的要素。但在某种意义上，这也不足以让他有优越感，因为他必须认识到他需要愚蠢这个要素，因为没有愚蠢，就没有智慧，愚蠢和罪恶是实现拥有智慧和美德的不可或缺的动机。在伯克看来，反讽为我们提供了一种"原罪说技术上的等同物"（technical equivalent for the doctrine of original sin）。

三是简化字面意义。伯克认为反讽状态中的所有要素都是必要的，但通常有一个要素是首位的，它是作为汇总的容器（summarizing vessel），或提喻的代表（synecdochic representative）。例如，苏格拉底在柏拉图式对话中的角色，无产阶级在马克思主义历史观中的角色，因为他们不仅像其他要素一样是同等的参与者，还代表了整个发展的逻辑或终结。因此，这个"最具代表性"的要素具有双重功能：一是"形容词性的"（adjectival），一是"本质性的"（substantial）。前者体现了整个定义所必需的条件之一，后者体现了整个发展的结论。当这个要素的二元性被忽视时，反讽就不存在了。伯克以奴隶制为例，在马克思主义的自由主义哲学中，奴隶制是"不好的"，在无产阶级的解放修辞学中也是如此；然而伯克认为必须从整个历史发展角度反讽地看待此类

---

① Kenneth Burke. *A Grammar of Motives*. Berkeley: University of California Press, 1969, p. 514.

问题，就像恩格斯所说的："没有古代的奴隶制，就没有现代的社会主义。"①因为奴役被征服者，对之进行利用，比起残杀被征服者来说是一种巨大的文明进步。

伯克所开启的研究使修辞学的本质发生了变化。修辞学诞生于古希腊，本与辩证法各司其职，前者用来有效地传播真理，属于方法、技巧，后者用来创造真理，前者是后者的补充。但在伯克以及众多新修辞学家看来，修辞学是用来创造真理的，其本质是认知性的，如修辞学家罗伯特·司各特（Robert Scott）所说："真理不是固定的、最终的，而是在我们身处其中并与之相适应的环境中不断被创造的……那么在人类事务中，修辞学就是一种了解事物的方式：它是认知性的。"②伯克从发现和描述"真理"的角度对反讽等四大修辞格重新赋义，是为了批判语言的透明性，真理、知识的客观性、唯一性、永恒性等，从中可以看出他深受尼采的语言修辞性本质观、对理性和真理的批判、视角主义等思想的影响，体现了鲜明的后现代色彩。但两者又有所不同，就反讽而言，新修辞学将反讽视为交流中的一种立场，一种方法，目的是消除隔阂，取得认同，建构知识和"真理"，而后现代主义则用反讽来指称反形而上学、反逻各斯中心主义、反理性等思想，目的是批判现代文化。

二、布斯：反讽是作者与读者之间的一种交流技巧

古希腊时期，修辞学与文学是不同的学科，亚里士多德就分别著有《修辞学》和《诗学》，前者研究演讲的艺术，后者研究文学尤其是悲剧和史诗。文艺复兴时期，拉米斯派将修辞学概念窄化，主要关注文体风格，修辞学成为文学研究的一种方法。20世纪初新亚里士多德派又将演讲研究和文学研究分开，修辞学的研究重点又回到演讲。到了新修辞学阶段，出现了相反的趋势，修辞学包含诗学。布斯的《小说修辞学》即是代表。他说："我撰写这部《小说修辞学》，主要兴趣不在于论述那些用来宣传或教诲的教谕小说。我想研究的是非教谕小说的技巧，这种技巧可视为同读者交流的艺术，也就是史诗和小说的作者在自觉或不自觉地把读者引入他的虚构世界时使用的修辞手段。将修辞看

---

① 《马克思恩格斯选集》第3卷，北京：人民出版社，1995年，第220页。
② Robert Scott. "On Viewing Rhetoric as Epistemic". *Central States Speech Journal* 18, 1967 (1). pp. 9—17.

作小说技巧，会引起一系列值得讨论的问题。"① 布斯将小说技巧视为修辞，认为写作者应该追求说话者、听众与论点之间的平衡。他说："我所欣赏的所有写作中——姑且不论小说、戏剧与诗歌——有一个共同的成分，我姑且只能称之为修辞形态，这种形态取决于在任何写作情景中都能找到并保持的三要素之间的恰当平衡，这三要素是指任何交流行为中都存在的三个基本要素，即与题材有关的所有能找到的论点，读者（听众）的兴趣与癖好，以及说话者的语气，即语气中显示出的个性。我认为正是这种平衡，这种修辞形态（尽管难以描述）才是我们修辞教师应追求的主要目标。"②

布斯将小说技巧视为修辞，认为作者使用修辞的目的是把读者引入他虚构的世界。这一提法也并非无源之水。俄国的语言哲学家施佩特曾提出把长篇小说排除在诗作之外，而归于纯粹的雄辩术形式。追根溯源，古希腊的雄辩术即修辞学，一种说服的技艺。不过长篇小说与雄辩术并不能等同，如巴赫金所说："雄辩术形式对理解长篇小说的特殊意义，也同样是巨大的。整个艺术散文和长篇小说，都同雄辩术形式有着密切的亲缘关系。就是后来，在整个长篇小说的发展史上，长篇小说同现有雄辩术体裁（政论、道德、哲理等体裁）间密切的相互作用（无论是和谐还是斗争），都从未停止过，而且可能不亚于它同艺术体裁（叙事、戏剧、抒情等）间的相互作用。不过，在这种延续不断的相互关系中，长篇小说的话语总保持着自己质的特殊性，不可归结为雄辩术的话语。"③ 在巴赫金看来，雄辩术属于独白语，长篇小说则属于"杂语"。

布斯的小说修辞研究拓展了修辞的内涵，使这个古老的概念在 20 世纪又焕发青春。反讽正是在这样的背景下进入布斯的研究领域。他在专著《反讽修辞学》中说："18 世纪之前，反讽只是许多修辞手段中的一个，而且是最不重要的一个。至浪漫主义末期，它成了一个具有本质和内容的黑格尔哲学概念，或者浪漫主义的同义词，甚至是上帝的一个本质特征。到了我们这个世纪，像新批评的克林斯·布鲁克斯所说的，反讽就已成为所有文学，或至少是所有优

---

① ［美］韦恩·布斯：《小说修辞学》（序），付礼军译，南宁：广西人民出版社，1987 年，第 1 页。
② ［美］韦恩·布斯：《修辞形态》，顾宝桐译，见［美］大卫·宁等著：《当代西方修辞学：批评模式与方法》，常昌富、顾宝桐译，北京：中国社会科学出版社，1998 年，第 248 页。
③ ［苏］巴赫金：《小说理论》，白春仁、晓河译，石家庄：河北教育出版社，1998 年，第 47 页。

秀文学的一个标志性特征。"① 他的《反讽修辞学》对反讽进行了全面的研究。

布斯将反讽分为"稳定反讽"（stable irony）和"不稳定反讽"（unstable irony）。读者普遍能读出来的反讽是稳定反讽，反之则为不稳定反讽。稳定反讽有四个标志：第一，意图性（intended），即被人有意创造出来并致力于使别人听到、读懂和精确理解的反讽；第二，隐秘性（covert），即需要重建不同于其表面意义的意义，而不仅仅是公开声明"这是反讽的"，或者直接断言"事物"或"宇宙"是反讽的；第三，稳定或固定性（stable or fixed），一旦重建了意义，读者就不会被邀请通过进一步的拆迁和重建来破坏它；第四，应用的有限性（finite in its application），它划定一个话语世界，在这个世界中，我们可以非常安全地说出一些与话语表面意思不一样的话。②

那么，读者如何重构稳定反讽的意义？布斯提出了"四个步骤"：拒绝字面意义，尝试另一些解释，根据对作者的知识或思想的了解来决定意义，最终选择一个或者一系列新的、可以明确表达的意义。实行这"四个步骤"的前提是文本给读者提供了可以进行反讽阐释的线索，布斯将其归纳为"五种"：第一，作者用自己的声音发出的直截了当的警告，比如作者在标题、开篇引语、附言中直接陈述；第二，宣布众所周知的错误，比如故意说一些与流行表达、历史事实或常识性判断不相符的话；第三，作品内部事实互相冲突，即故事、戏剧、诗歌或散文揭示出我们所接受的事实，然后与它相矛盾；第四，风格冲突，即说话人的风格明显脱离读者认为它应该有的正常说话风格；第五，思想观念（belief）冲突，比如作品所表达的思想观念、逻辑与读者所持有的思想观念、逻辑明显冲突。③

布斯所列出的这五种线索从发生层面看有所不同：第一、第三种的意义冲突发生在文本中；第二、第五种的冲突发生于文本外，取决于读者的意义-价值观，不同的读者对文本的意义解读方向不同；第四种可能发生于文本内，比如内容与体裁的矛盾，也可能发生于文本外，是否是反讽仍然取决于读者。所

---

① Wayne C. Booth. *A Rhetoric of Irony*. Chicago and London: The University of Chicago, 1974, p. ix.

② 参见 Wayne C. Booth. *A Rhetoric of Irony*. Chicago and London: The University of Chicago, 1974, pp. 3—8.

③ 参见 Wayne C. Booth. *A Rhetoric of Irony*. Chicago and London: The University of Chicago, 1974, pp. 49—76.

以哈琴认为:"这份清单提供了一个意向派、形式主义派、推论派的混合;它还把情境的、文本的和互文的'语境提示'结合起来。"① 由此可见反讽表意的复杂性。它涉及作者意向、文本形式和读者认知三个因素,而且这三个因素不会总是一致的。也许作者有反讽意向,也以为已经表现在文本中,读者却没有认识到;也许作者没有反讽意向,读者却从文本中找出线索,认为作者是在反讽。读者获得反讽认知,仅仅依靠文本是不够的,还需要语境,而语境本身又与读者的认知有关。

为什么几乎每种文化背景下的人都在尝试稳定反讽,也即意图性(intended,也有译为"目的性")反讽?反讽表意的功能是什么?关于意图性,布斯总结出一些理由:第一,为了保护自己,使用反讽手法掩盖真相——一个对自己不利,或令自己难堪,或不敢大胆公开的真相;第二,为了娱乐,直言直语枯燥无趣,反讽可以妙趣横生;第三,为了提高交流效率和效果,反讽一方面可以传递更大的信息量,另一方面可以让读者深陷作家的思维网络;第四,为了增强凝聚力和身份认同,在有效反讽交流的瞬间,很多内容并没有被表达,其言外之意却能被领会,这比平铺直叙地交流更容易让双方认同。所以布斯认为:"反讽是建立最紧密的友谊纽带的关键!没有它,真正的亲密是不可能实现的!"② 当我们运用反讽表意时,意味着存在一个思想共同体,反讽具有社群建构功能。③

布斯的研究涉及反讽的类型、认知、功能等多个方面。正如他在《反讽修辞学》的序言中所说的,他属于"芝加哥批评学派"(Chicago critics)。该学派反对新批评的文本中心主义思想,提倡采用亚里士多德的观点和方法,主张一种全面的批评。布斯对反讽的研究超越了文本。他认为反讽作为一个术语,"可以代表演讲者或作家的品质或天赋,可以代表作品中的某些东西,也可以

---

① [加]琳达·哈琴:《反讽之锋芒:反讽的理论与政见》,徐晓雯译,开封:河南大学出版社,2010年,第195页。

② 参见 Wayne C. Booth. *A Rhetoric of Irony*. Chicago and London: The University of Chicago, 1974, pp. 10—14.

③ 参见 Wayne C. Booth. *A Rhetoric of Irony*. Chicago and London: The University of Chicago, 1974, pp. 14—19.

代表读者和作者身上发生的事情"①。当然，他的研究重点，如其自己所说，还是在修辞上，研究的主要问题是"作者和读者如何实现交流"（How authors and readers achieve it together）。② 他基于自己的修辞观——"将修辞看作小说技巧"，将反讽研究从语言修辞格层面扩展至文本叙事技巧，拓展了反讽的内涵，在反讽发展史上具有重要意义。他所秉持的修辞的内涵主要还是亚里士多德的"规劝说"，只不过他将规劝的主体和客体从过去的演讲者和听众转为文学作品的作者和读者，也因此他的研究主要以作者为中心，对反讽意义的重构强调"就作者的信仰作出决定"，认为反讽表意可以有唯一正确的解读，错误的解读是由于解释者的原因，如无知、注意力不集中、偏见、缺少实践和情感不健全等。③ 对此，有些学者有不同见解。读者反应批评的代表斯坦利·费什（Stanly Fish）在《顺其自然》（*Doing What Comes Naturally*）一书中不认同他的"唯一解释"论。费什认为解释反讽的依据是字面意义，而字面意义本身就是主观解释的结果，因人而异，所以它并不能成为解释的基础；反讽的解释有确定性，但不可能每个人的解释都相同，这体现了他的"解释社群"（interpretative communities）观。从结构主义走向解构主义的乔纳森·卡勒（Jonathan D. Culler）在《结构主义诗学》中研究"程式与归化"问题时，认为反讽是读者的一种阅读期待。后现代理论家哈琴（Linda Hutcheon）在《反讽之锋芒：反讽的理论与政见》中也特别强调接收者在反讽意义生成过程中的重要作用。这些研究说明反讽是一个非常复杂的问题，不同学者不同角度的研究才能让我们大致看到它的全貌。

三、哈琴：反讽是有锋芒和风险的交流行为

琳达·哈琴④在后现代主义诗学研究方面成果颇多，反讽是其中一个重要部分，她认为："在当代北美，几乎很难忽略反讽，因为它是后现代文化本质

---

① Wayne C. Booth. *A Rhetoric of Irony*. Chicago and London：The University of Chicago，1974，pp. xiv.

② Wayne C. Booth. *A Rhetoric of Irony*. Chicago and London：The University of Chicago，1974，pp. xiii.

③ 参见 Wayne C. Booth. *A Rhetoric of Irony*. Chicago and London：The University of Chicago，1974，pp. 222—227.

④ 有的译作"哈钦"，本书一律作"哈琴"。

的一部分。"① 她对反讽的研究不像布斯那样集中于语言文本，而是扩大到各种符号文本，研究对象包括建筑、音乐、文学、电影、表演、视觉艺术、博物馆展览等多种文化形态，主要研究反讽如何被使用和被诠释。

第一，反讽是呈现的还是诠释的？

布斯在《反讽修辞学》一书中提出"稳定反讽"和"不稳定反讽"的概念，认为两者的区别就在于反讽者的意向是否能被接收者读出。哈琴在《反讽之锋芒：反讽的理论与政见》一书中认为："反讽如果能够如反讽者可能意想的那样得到理解，几乎就是个奇迹；实际上，所有的反讽可能都是不稳定的反讽。"② 所以她认为，除非被诠释为反讽，否则就不能成其为反讽，"诠释者是促使所有反讽发生的活跃因素，但是作为意向行动体的反讽者却只是在某些反讽中才是必要的和有功用的"③。反讽是诠释者的意向性行为，这是哈琴反讽研究的突出特点。

第二，诠释者如何认定反讽？

哈琴认为语境和文本标记往往会引导诠释者的判断，语境可分成三类：情景语境（涉及社会和物质的语境）、文本语境、互文语境。这又引发另一个问题，即语境是预先存在、固定不变的吗？哈琴援引卡勒的理论说明事实并非如此。卡勒认为语境不是规定的，而是逐渐产生的；属于语境的东西是由诠释策略来决定的；语境和事件一样，都需要阐明；而语境的意义则由事件决定。当人们解释符号文本时，可以试图不去考虑语境，而是考虑符号的框定：符号是怎么由不同的话语实践、制度安排、价值体系和符号运作机制来构成的呢？④ 哈琴认为框架改变了语境，框架理论对语境是个很好的补充，诠释者会把何者放进框架，这与诠释者的期待有关。

那么，在既定语境中，诠释者又如何认定反讽呢？有没有办法能确保反讽

---

① ［加］琳达·哈琴：《反讽之锋芒：反讽的理论与政见》中译文序Ⅰ，徐晓雯译，开封：河南大学出版社，2010年。
② ［加］琳达·哈琴：《反讽之锋芒：反讽的理论与政见》，徐晓雯译，开封：河南大学出版社，2010年，第251页。
③ ［加］琳达·哈琴：《反讽之锋芒：反讽的理论与政见》，徐晓雯译，开封：河南大学出版社，2010年，第149、155页。
④ ［加］琳达·哈琴：《反讽之锋芒：反讽的理论与政见》，徐晓雯译，开封：河南大学出版社，2010年，第186页。

者的意向被诠释者接收呢？这就涉及反讽的标记。哈琴说："我对于反讽信号的观点，与对于反讽的语义和意向的作用的观点一样，是一种语用的观点：不管它们是什么，要称之为反讽标记，诠释者就得要先确定它们在语境中发挥了触发反讽诠释的作用。"① 也就是说，一个符号是否为反讽的标记，是由诠释者决定，而不是由发出者或文本决定，它不是固定不变的。所以，关于标记，重要的不是它的种类，而是它的功能。哈琴将其概括为四类：第一，"元反讽"功能，即建立起一系列期待来框定言语，使其具有潜在的反讽性。它本身并不构成反讽，只具有触发功能，比如戏剧中标志嬉戏开始的提示语。第二，建构语境的功能，比如一些普遍公认的标记：声音起伏的不同变化、夸大其词/轻描淡写、矛盾/不和谐、文字化/简单化、重复/回声式复述。第三，建构推论反讽基础的功能（而且有时候还可以发挥元反讽的功能），包括集聚在矛盾、不和谐、对比、组合概念周围的一整套东西。第四，将比喻加以字面化理解，如"齿饰"，本来是指门窗横梁上垂下的牙齿状突出造型，如果真的用牙齿模型做成这样的装饰，就有了反讽意义。哈琴对反讽标记功能的这些分类并不是很清晰。反讽形成的关键是语境，所有标记的功能都是建构语境，使符号本义发生"明显的歪曲"，只是有些标记是提醒互文本的存在，有些则是直接显现在符号周围。

第三，反讽诠释是如何发生的？

反讽诠释的意向性需要标记来触发，但反过来，标记能否成功触发反讽诠释的意向性又是由诠释者决定，那什么样的诠释者易于被触发呢？哈琴认为："作为成功的'标记'的存在，始终要首先决定于一个承认它的话语的共同体，然后才能在一个特殊的共享语境中，激活反讽的诠释：没有任何反讽信号本性就是如此。"② 也就是说，反讽的诠释者与发出者必须属于同一个话语共同体是反讽发生的前提。这与布斯、施勒格尔、艾布拉姆斯、乔纳森·卡勒、约翰·福尔斯（John Fowles）等人的观点不同，他们认为是反讽创造了共同体，而不是先有共同体然后反讽才能产生。哈琴认为："很多人创造出某种普遍的

---

① ［加］琳达·哈琴：《反讽之锋芒：反讽的理论与政见》，徐晓雯译，开封：河南大学出版社，2010年，第199页。

② ［加］琳达·哈琴：《反讽之锋芒：反讽的理论与政见》，徐晓雯译，开封：河南大学出版社，2010年，第205页。

文化能力,用来涵盖反讽者和诠释者之间共享的那些预测、背景信息、假定、信念、知识和价值观。不过,回到我最初的假设上,倘若这些东西果然得以分享,那么与其说反讽创造共同体,倒不如说它是因共同体中已经存在共有的价值观和信条而形成。因此,这可能就是一个在很多不同层次上共享各种假定的问题,而不是一个诠释者的'能力'问题。"[1] 每个人都同时生活在很多的话语共同体中,比如同一时间,你可以是加拿大人、教师、天主教徒、白人、女性、中产阶级……每一个身份都可以成为话语共同体的基础,使你跟别人得以共享足够的背景和信息,从而决定反讽是否得当、是否存在以及如何诠释。

第四,反讽的锋芒与风险是什么?

反讽区别于隐喻、暗喻、含混、双关等其他表意方式的地方在于它的"锋芒",即不仅要表达意义,还要表达评价、态度,如哈琴所言:"反讽或许可能通过语义学把陈述的和未曾陈述的加以对立而形成,但却是'有所侧重'的一种话语模式,因为它不对称、不平衡,偏向于默然的言外之意。天平的倾斜之所以发生,部分地是通过来自反讽者或诠释者的态度中隐含的东西;反讽包括认定一种评价甚至是判断的态度,而这就是情感或者感性层面介入的地方。"[2] 哈琴认为从这个角度看,反讽可以属于言语行为理论中的"言后行为",即对接收者的情感、思想和行为产生后果性影响。哈琴用一张图详细地分析了反讽的这一功能[3](如图1-1):

---

[1] [加] 琳达·哈琴:《反讽之锋芒:反讽的理论与政见》,徐晓雯译,开封:河南大学出版社,2010年,第119页。
[2] [加] 琳达·哈琴:《反讽之锋芒:反讽的理论与政见》,徐晓雯译,开封:河南大学出版社,2010年,第39页。
[3] [加] 琳达·哈琴:《反讽之锋芒:反讽的理论与政见》,徐晓雯译,开封:河南大学出版社,2010年,第53页。

第一章　西方文化中反讽内涵的变迁

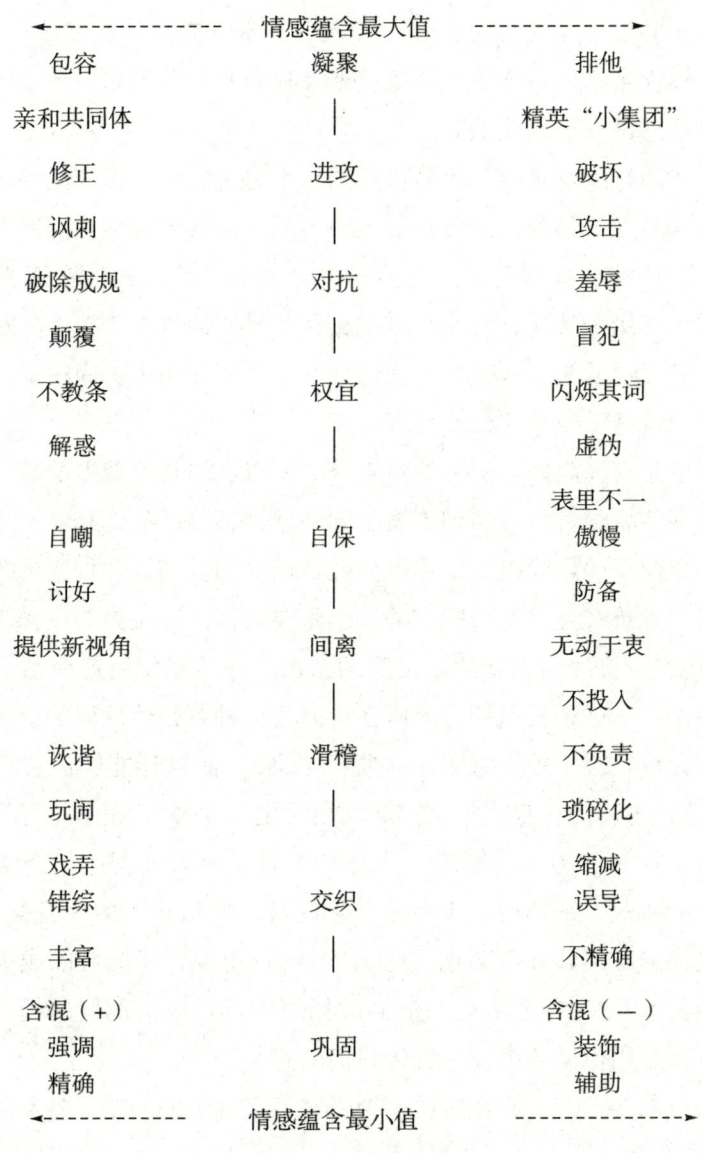

图 1-1　反讽的功能

她按照情感度量的大小来排列，每一种功能左边是肯定表述，右边是否定表述。以情感蕴含最大值的"凝聚"功能为例，它对应两组词语："包容—排他"，"亲和共同体——精英'小集团'"。领会反讽的人团结在一起，感觉自己成为一个"小小的、精挑细选的、秘密的团伙"，实现了厄文·高尔曼所说的"共谋性交际"；在这种交际里，"里面的人织就一张共谋的网，而网所对抗的，就是被排除在共谋之外的人"①。领会反讽的人常常有一种优越感、精英意识，表现出一种知性姿态、贵族姿态，这就涉及权力和权威问题，也正因如此，哈琴将其放到情感度量的最顶端。

此外，政治维度也是哈琴反讽研究的一个特色。她在最广泛的意义上使用"政治"这个词："与其他大部分话语策略不同，反讽公开地在反讽者和观众之间建立联系，这种关系本质上是政治性的，因为'反讽即便在逗人发笑的时候，也要援引等级和从属、判断甚或道德优越感的理念'。"② 她在回顾戏仿式反讽理论发展史后认为反讽具有跨观念性——既可以用来巩固权威，也可以用来反对和颠覆权威。她关注的是后者。

使用反讽是有风险的。由于意在言外，所以它需要诠释者的高度介入，对语境的依赖又特别强，一旦遇到不属于同一话语共同体的诠释者，或是离开了特定语境，被曲解的风险极大。尽管如此，反讽的委婉性和批判锋芒仍然使其成为无权者"抵抗文化"军火库中的一个重要武器。这是因为反讽表意有其优越性："反讽和所挑战的主流话语之间的亲密——反讽使用这些话语的语言作为自己的言语——就是反讽的力量所在，因为这种亲密使反讽的话语得以赢得时间（得到允许，甚至被人听取，即便听不懂），而且还能够通过部分地收用其权力，'把（主流的）权威和稳定加以相对化'。所以，正是这种亲密使反讽潜在地成为一种有效的对抗策略。"③ 比如女性、黑人等群体就经常使用反讽这种"严肃的游戏"来解构主流话语。它既可以使边缘化的声音被中心听见，又保持了批评的距离，如费斯克（John Fiske）所说，反讽可以成为一种"权且利用"的艺术，"这种艺术会在他们的场所内部，凭借他们的场所，建构我们的空间，并且用他们的语言，言传我们的意义"④。

反讽表意的多重性、不稳定性也会带来意义含混的问题。哈琴以麦当娜为

---

① 转引自［加］琳达·哈琴：《反讽之锋芒：反讽的理论与政见》，徐晓雯译，开封：河南大学出版社，2010年，第64页。
② ［加］琳达·哈琴：《反讽之锋芒：反讽的理论与政见》，徐晓雯译，开封：河南大学出版社，2010年，第12页。
③ ［加］琳达·哈琴：《反讽之锋芒：反讽的理论与政见》，徐晓雯译，开封：河南大学出版社，2010年，第29页。
④ ［美］约翰·费斯克：《理解大众文化》，王晓钰、宋伟杰译，北京：中央编译出版社，2001年，第36页。

例。麦当娜是一切尽在掌握中的强大女性,还是一个物质女孩?她与父权社会、资本主义社会是共谋还是反抗的关系?这取决于是否以反讽的角度来理解其行为。麦当娜曾经攻击女性主义者忽略她作品中的反讽:"我最爱反讽……我所做的每一件事都意味着含混、意味着具有多种意义。"① 哈琴认为含混和反讽是不同的,反讽有批判的锋芒,但是她也说反讽所带来的意义的含混、态度的模棱两可是无法避免的,像铁熨斗——既可以伤人,也可以留印,所以使用反讽是有风险的,她以1989年11月到1990年8月期间皇家安大略博物馆举办的大型展览《深入非洲的心脏》为例进行了说明。这个展览的初衷是反思殖民主义,批判加拿大在非洲传教和从事的军事行动,结果却被认为是在抹黑非洲和非洲人民的形象。一场本意是反种族主义的行为最后却被指控为种族主义行为。博物馆方面所声称的举办展览的意图与参观者的诠释背道而驰,其所引发的争议达到了令人吃惊的程度。哈琴认为这一现象除了与反讽的语义和情感的复杂性有关,还与反讽文本标记不清晰、话语共同体、语境等有关。诠释者所归属的话语共同体决定了他们从展览文本中建构何种意义,一名黑人律师、一名自我描述为"加拿大自由主义者白人"、一名人类学者、一名普通公民……不同的人在解读同一个文本时的态度、体验和期待是各不相同的。至于文本所涉及的语境就更复杂了,比如加拿大具有殖民地与殖民者的双重历史身份,由此可见反讽诠释的复杂性殖民者以及反讽的锋芒和风险。

第五节　一种文化形态:后现代理论的反讽

反讽与后现代的关系非常密切。伊哈布·哈桑在区别现代主义和后现代主义时将反讽与形而上学作为一组相互对立的范畴。② 琳达·哈琴认为"反讽已成为后现代艺术最主要的修辞策略"③。保罗·德曼④和 J. 希利斯·米勒认为文

---

① 转引自〔加〕琳达·哈琴:《反讽之锋芒:反讽的理论与政见》,徐晓雯译,开封:河南大学出版社,2010年,第34页。
② 〔美〕伊哈布·哈桑:《后现代的转向:后现代理论与文化论文集》,刘象愚译,上海:上海人民出版社,2015年,第184页。
③ Linda Hutcheon. *Splitting Images: Contemporary Canadian Ironies*. Don Mills: Oxford University Press, 1991, p. 32.
④ 沈勇翻译的《阅读的寓言》一书中将其译为"保尔·德·曼"。

本是"反讽之永久性悬置"。克莱尔·克尔布鲁克（Claire Colebrook）说"我们如何理解和评价后现代主义，在很大程度上有赖于我们如何定义和评价反讽"①。新实用主义理论家理查德·罗蒂认为反讽主义在自由主义社会中具有普遍性。后现代理论家从哲学维度思考反讽，赋予它以新的思想内涵、表现形态及价值诉求。

一、后现代主义反讽的思想内涵：反形而上学

被誉为"后现代主义之父"的哈桑用22对范畴区别现代与后现代，"形而上学/反讽"是其中一对。这22对范畴涉及修辞学、语言学、文学、哲学、人类学、政治学、神学等诸多领域。②综观这些范畴，前者大部分都与形而上学的思维方式有关，后者则是与之相对的反形而上学，所以"形而上学/反讽"在这22对范畴中具有统领性。形而上学的一个别称是"逻各斯中心主义"。它既指事物内在的本质和规律，也指语言对内在本质和规律的表现，与之相关的词有存在、本质、本源、真理、绝对、必然、秩序、权威等，其根源是对理性的崇拜，所谓"反形而上学"，就是反对、解构这一切，反讽也因此被赋予了新的内涵。

德曼、米勒等解构主义者认为语言的本质是修辞性（trope③）的，所以不存在人们理想中的指称明确、意义清晰的文本。文本本身存在着同时肯定和否定自身的因素，具有强烈的不稳定性，是"反讽之永久性悬置"④，所以解构主义阅读并不是读者添加给文本某种东西，而是发掘构成文本的某种东西，其深层目的就是反形而上学，如米勒所言："旨在颠覆那些界定对话性的术语所隐含的等级制度。它将独白性和逻各斯中心主义的东西界定为从对话性中衍生出来的效果，而非对于对话性所干扰之物的崇高肯定，对话性绝非附属于阳光的阴影。解构主义的方法之一是颠倒西方形而上学中的前后顺序，从而振荡性

---

① Claire Colebrook. *Irony*. London and New York: Roudedge. 2004, p.53.
② ［美］伊哈布·哈桑：《后现代的转向：后现代理论与文化论文集》，刘象愚译，上海：上海人民出版社，2015年，第184~185页。
③ "trope"在英文中有比喻、转义、修辞三个意思，所以学界在翻译时有点混乱，用词不一；但从宽泛的意义上看，三者意思相通，可以互相替代。
④ ［美］J.希利斯·米勒：《解读叙事》，申丹译，北京：北京大学出版社，2002年，第147页。

地替代整个西方形而上学的系统。"①

新实用主义理论家理查德·罗蒂在构建自由主义乌托邦思想时，也始终将反讽与形而上学对立。罗蒂说："以我的定义，反讽主义者必须符合下列三个条件：（一）由于他深受其他语汇——他所邂逅的人或书籍所用的终极语汇——所感动，因此他对自己目前使用的终极语汇，抱持着彻底的、持续不断的质疑；（二）他知道以他现有语汇所构作出来的论证，既无法支持，亦无法消解这些质疑；（三）当他对他的处境作哲学思考时，他不认为他的语汇比其他语汇更接近实有，也不认为他的语汇接触到了在他之外的任何力量。"② 罗蒂所谓"终极语汇"是指每个人随身携带的一组词语，用来为自己的行动、信念和生命提供理据，即使有一天他对这些词语的价值产生怀疑，也不得不求助于循环论证，因为他别无他种词语可用。罗蒂认为，反讽主义者将语言看成是偶然性的产物，认为任何东西都没有内在的本性或真实的本质，任何东西都可以通过语言的再描述而显得好或坏，所谓自我、真理、本质、道德等都是语言建构起来的，并不是客观的、唯一的、永恒的，所以需对其保持彻底怀疑的精神。形而上学者则相信在表象背后一定有一个永远不变的实在等着人们去发现，总想用逻辑论证的办法发掘种种常识之间的关联，总认为种种推论最终汇合一致，趋近世界的本质。

后现代理论的形成与对语言本质的重新认识密切相关，是20世纪哲学的语言学转向的产物，其核心观点可以概括为：语言不是用来再现世界的一种透明媒介，而是用来创造世界的一种工具。比如哈桑，他概括后现代性的两种倾向是不确定性和内在性，不确定性寓于内在性中。内在性是指心灵通过符号概括自身、干预自然的能力。内在性的表现就是符号化，符号在社会中的作用日益增加。语言是人类最重要的符号，在后现代文化中，"语言不论是相宜的还是虚假的，都在重建宇宙——从类星体到夸克、从夸克到类星体、从知识界的无意识到空间的黑洞——都在按照他们自己的建构方式把宇宙重建成符号，也就是把自然转变成文化，把文化转变成具有内在性的符号系统。语言动物出现

---

① [美] J.希利斯·米勒：《解读叙事》，申丹译，北京：北京大学出版社，2002年，第141页。
② [美] 理查德·罗蒂：《偶然、反讽与团结》，徐文瑞译，北京：商务印书馆，2003年，第105页。

了，他/他的语言成了衡量一切生命互文性的尺度"①。内在性使后现代主义在本质上具有强烈的想象性、虚构性，消费社会、大众媒介的发达又推波助澜，内在性因此可能变得毫无预见性甚至毫无意义，"恰如波德里亚所说，它们全都变得'猥亵'，变成一种'中性化集体眩晕，一种向纯和空形式的猥亵中的进一步逃遁'"②。

　　德曼的解构主义理论直接受尼采语言观的影响。尼采认为："语言本身就是纯粹修辞游戏和手段的产物……语言之所以是修辞学是因为它只打算传达一个见解（opinion），而不打算传达一种真实（truth）……各种修辞手段不是某种可以随心所欲地从语言中增加或减去的东西；它们是语言的最真实的本质。根本就不存在仅仅在一定特殊情况下才能被传达的本义。"③ 德曼认为尼采对同一性、因果关系、主客体概念、真实概念等形而上学思想的批判，关键在于语言的修辞本质。尼采颠覆了语言的传统观点，即指称功能比修辞功能优先；颠覆了"真实"的含义，认为真实"是一群移动的隐喻、换喻和拟人说，总之是人类关系的总结"④。德曼将语言的修辞界定为"语法与指称意义之间的背离"，"我们称文本为任何一个可以从这个双重观点考虑的实体：作为一个发生的、无尽的、非指称的语法系统和作为一个被先验的含义封锁起来的修辞系统，这个先验的含义颠覆了文本赖以存在的语法规则。文本的'定义'说明了文本存在的不可能性，并预示了这个不可能性的寓言叙述"⑤。所以文本无法有明确的指称和清晰的意义，而只能是"寓言"，这也是德曼将其著作命名为《阅读的寓言》的原因。

　　罗蒂秉承戴维森的语言哲学观，批判传统的语言媒介论的思想，即认为语言是自我与实在之间的一个媒介，用来表现自我或再现世界。这无疑预设了一个前提——世界或自我有一个内在本性，它在那里，等待我们去认知。罗蒂否

---

① [美]伊哈布·哈桑：《后现代的转向：后现代理论与文化论文集》，刘象愚译，上海：上海人民出版社，2015年，第297页。
② [美]伊哈布·哈桑：《后现代的转向：后现代理论与文化论文集》，刘象愚译，上海：上海人民出版社，2015年，第297页。
③ [美]保尔·德曼：《阅读的寓言——卢梭、尼采、里尔克和普鲁斯特的比喻寓言》，沈勇译，天津：天津人民出版社，2008年，第112页。
④ [美]保罗·德曼：《解构之图》，李自修等译，北京：中国社会科学出版社，1998年，第117页。
⑤ [美]保尔·德曼：《阅读的寓言——卢梭、尼采、里尔克和普鲁斯特的比喻寓言》，沈勇译，天津：天津人民出版社，2008年，第288页。

定了这一点。他认为世界在那里,但世界不能言说,只能由人去言说,然后世界才变成我们的世界,"世界不说话,只有我们说话。惟有当我们用一个程式语言设计自己之后,世界才能引发或促使我们持有信念"。① 所以,世界与语言同在。那么,语言是被创造的还是被发现的?如果是被发现的,那就意味着世界被某个存在物创造,而该存在物有一套属于它自己的语言,我们只能去发现它;如果认为是被创造的,那就意味着这个世界上根本没有"语言"这种东西。后者正是罗蒂的观点。他认为世界无法为我们应该说什么语言提出建议,但这并不意味着我们可以主观随意地选择哪一种语言,也不意味着我们内心深处某个东西在决定我们的选择,而是意味着在从一个语言游戏到另一个语言游戏的转换中,判断和选择是没有意义的,因为一切都是偶然的结果。罗蒂推崇戴维森的语言哲学观,戴维森的观点又接近维特根斯坦,他们都认为不同的语汇犹如不同的工具,而不是如拼图游戏的方块。人们在玩拼图游戏之前知道有一个完整的图预先存在那里,游戏的目的就是再现那幅图;但人们发明工具是用来创造新事物的,去做这个工具未出现之前无法做的事。罗蒂强调语言的创造功能。他认为思想文化史就是不断地用一种新语汇代替旧语汇重新描述的历史,所以思想史也即隐喻史。语言是被创造的,自我、真理、道德等也同样是被创造的,都是用语言再描述的结果。罗蒂认为弗洛伊德、尼采、维特根斯坦、海德格尔等人都肯定再描述是一种工具,肯定语言能够使新的、不同的事物成为可能,表现出共有的一种嬉戏和反讽精神。他在此基础上"提出一个自由主义乌托邦的可能性,在这个乌托邦中,反讽主义在某种意义上具有普遍性"②。

二、后现代主义反讽的表现形式:不确定性

后现代主义反讽的思想内涵是反形而上学,它在各种文化形态中的表现,如果用一个词来概括,那就是"不确定性"。

哈桑认为后现代文化"具有反讽意味的不确定-内在性(Indeterminanence)"③,

---

① [美]理查德·罗蒂:《偶然、反讽与团结》,徐文瑞译,北京:商务印书馆,2003年,第15页。
② [美]理查德·罗蒂:《偶然、反讽与团结》,徐文瑞译,北京:商务印书馆,2003年,第7页。
③ [美]伊哈布·哈桑:《后现代的转向:后现代理论与文化论文集》,刘象愚译,上海:上海人民出版社,2015年,第298页。

表现在认识论、新科学、艺术等各个领域。在认识论方面,福柯发现了语言的分散、知识的不确定性、人的消失,这些都是后现代精神的一部分。新科学领域的很多发现,如爱因斯坦的相对论、海森堡的测不准原理、波尔的波粒二象性、哥德尔的有限性定理,不仅是物理、数学上的观念,也是文化语言的观念,它们都是建立在不确定性和内在性之上的知识新秩序的部分。艺术中的不确定性表现在:"杂凑拼贴式、蒙太奇式、偶然即兴式音乐、即兴即地表演、计算机和拓扑艺术、地景艺术和身体艺术、过程和动态艺术、观念艺术、最小主义、具体诗、随手拈来现成物品、自毁式雕塑、荒诞派作品、古怪和奇异的形式以及形形色色不完全的、不连续的、减少的、荒唐的、反身的形式……上述种种'艺术'都力图通过不同的方式延缓封闭,挫败期望,鼓励抽象,保持一种嬉戏的多元角度,转换观众的意义场。"① 文学中的不确定性表现出同样的特征:"因为缺乏一个基本的原则或范式,我们转向游戏、相互作用、对话、多声部对话、寓言、自我反思,简言之,反讽。这个反讽具有不可确定性、多价性……"② 从哈桑的这些话语中我们可以看出,后现代主义对此前在逻各斯中心主义主导下的极权文明持一种嬉戏的多元化立场,反对一切领域里的本质论、整体论、权威论、秩序论,不确定性是其共同特征。

  解构主义是后现代主义的一个突出表现。一些解构主义理论家从德国浪漫派反讽理论中获得启示,比如德曼、米勒。德曼认为浪漫派所倚重的费希特的自我哲学首先是一种比喻理论,是一个寓言、一个故事,其次是一个表述行为系统,而不是认识论;认为施勒格尔所说的浪漫诗的自我否定性的外在表现形式——一个滑稽歌手(buffo),相当于修辞学术语"错误基调"(parabasis)或"错格"(anacoluthon),指一种叙事话语的中断。他说:"在对弗里德里希·施勒格尔的公式的略微扩展中,错格成了寓言(修辞手段)的合唱颂歌,也就是说,成了反讽。反讽不再是一个修辞手法,而是对一切修辞手法认识的解构寓言的消解,换句话说,是对理解的系统的消解。"③ 米勒也说:"就像没

---

① [美]伊哈布·哈桑:《后现代的转向:后现代理论与文化论文集》,刘象愚译,上海:上海人民出版社,2015年,第154页。
② [美]伊哈布·哈桑:《后现代的转向:后现代理论与文化论文集》,刘象愚译,上海:上海人民出版社,2015年,第294页。
③ [美]保尔·德曼:《阅读的寓言——卢梭、尼采、里尔克和普鲁斯特的比喻寓言》,沈勇译,天津:天津人民出版社,2008年,第319页。

有本义作为基础的喻义一样,'永久性错误基调'缺乏理性。它是一种疯狂,因为它身为悬置,却没有悬置任何可确定之物。可以说,它是'真空中的悬置',这一短语恰到好处地描述了反讽所具有的强烈的不稳定性。""'非逻各斯'另有他名,即'反讽之永久性悬置'。"① 德曼、米勒均认为文本内部存在自我解构的因素,换句话说,文本的存在状态就是反讽式的。文本中不存在任何可以确定的逻各斯,关于文本意义的统一性、确定性的阐释是虚幻的,因为文本意义的本源是缺失的。

德曼的解构主义思想主要体现在理论建构上,而米勒的则体现在文本,尤其是文学叙事文本的分析上。德曼认为语言的修辞性本质体现在两个方面:第一,语法意义和修辞意义偏离。语法和修辞之间既相辅相成又相互矛盾。他的《允诺〈社会契约论〉》一文中有关于两者关系的解释——"没有语法就不可能有文本。虽然语法逻辑只有在指称意义不存在的情况下才产生文本,但是每个文本又产生颠倒语法规则的指称,尽管文本将它的构成归功于语法规则。"② 传统观念认为,语法控制意义的产生,即便是修辞意义,也被认为是对语法的偏离造成的,但德曼认为并非如此:"语法译码无论怎样纯化,都不能断言达及了一个文本的决定性的修辞维度。在一切文本中,都有绝非不合语法的因素,但是它的语义功能,无论就它本身还是就语境上说,都不能从语法上做出界定。"③ 也就是说,语法虽然产生了文本,却不能控制意义的产生,文本的指称意义是不确定的。德曼举了两个例子:阿契·班克的妻子问丈夫愿意把保龄球鞋的鞋带系在上面还是下面,班克说:"这有什么不同?"叶芝的诗歌《在学童中间》的结尾句——"舞者和舞蹈叫人怎能分别?"这两个问句,一般都会被解读为反问修辞格,但德曼认为将其解释为一般问句同样可以,所以它们到底属于哪一种是无法确定的。第二,表述功能与行为功能分裂。德曼认为语言的修辞性本质使它的表述功能和行为功能相互掣肘,导致意义不确定,误读成为必然;比如卢梭的《忏悔录》,从语言的表述功能来看是在忏悔,从语言的行为功能来看则是在辩解,两者的掣肘导致文本意义的不确定,"既然在这

---

① [美] J. 希利斯·米勒:《解读叙事》,申丹译,北京:北京大学出版社,2002年,第31、147页。
② [美] 保尔·德曼:《阅读的寓言——卢梭、尼采、里尔克和普鲁斯特的比喻寓言》,沈勇译,天津:天津人民出版社,2008年,第287页。
③ [美] 保罗·德曼:《解构之图》,李自修等译,北京:中国社会科学出版社,1998年,第108页。

个描述中，罪恶是语言的认识功能，辩解是语言的行为功能，所以我们正在重申认识功能同行为功能的分裂"①。

米勒通过对一些经典文本的修辞性阅读来表达他的解构主义思想。他首先解构了被视为逻各斯中心主义的经典文本——亚里士多德的《诗学》。他认为亚里士多德用《俄狄浦斯王》来证明他的理论观点，结果只会背道而驰，原因是：第一，亚里士多德将情节放在悲剧的首位，因为他认为悲剧是对行动的模仿。但《俄狄浦斯王》基本上是由对话组成的，所谓行动，只是通过语言来实施的，剧中充满祈祷、承诺、咒骂、预言、诅咒等言语行为。第二，亚里士多德强调理性、意义的统一性，但《俄狄浦斯王》有很多非理性因素，意义含混。第三，《俄狄浦斯王》剧中有很多语言模棱两可，意义含混，使其不可能成为亚里士多德所说的首尾完整、合乎逻辑、意思明晰的故事。②

米勒在《解读叙事》一书中还研究了叙事线条的多重化如何打破叙事的连贯性、完整性以及意义的单一性，造成"反讽之永久性悬置"。这主要表现在：第一，故事与叙述行为的双重化。任何叙事文本都必然包含故事与叙述行为双重线条。由于受逻各斯中心主义的影响，叙事被视为因果相接的一串事件，用亚里士多德的话说就是有开头、中部、结尾。米勒分别一一予以解构。他认为任何叙事的开头都只能从故事的中间开始，必须巧妙地遮盖源头的缺失所造成的空白。同样，故事也不可能有真正的结尾，结尾具有双重性——打结/解结，而不是如亚里士多德所说的只是解结。很难判断结尾究竟是打结还是解结，根源是很难判断叙事是否完整。故事的中部涉及故事的连贯性，人们会用连续不断的空间曲线或锯齿形线形象地描述这种连贯性。米勒认为真正有价值的、能够吸引读者的作品是无法用线条图来表示的。因为线条越直，表述人类经验方面的意义就越小；线条传递的信息量越大，越弯曲缠结，就越难以图示化，而只能用一团断纱残线或者一团尘埃来比喻。第二，文本之间叙事线条的多重化。米勒认为阅读、写作都是追踪一根已经生产出来的线条，既是沿着旧路走，又是开拓新路径，这个过程中就会出现引语、戏仿、颠覆等表现形式。所以，文本意义不仅受文本本身的线条影响，也受它与其他文本之间关系的线条

---

① ［美］保尔·德曼：《阅读的寓言——卢梭、尼采、里尔克和普鲁斯特的比喻寓言》，沈勇译，天津：天津人民出版社，2008年，第318页。
② ［美］J. 希利斯·米勒：《解读叙事》，申丹译．北京：北京大学出版社，2002年，第1～42页。

影响，所以文本意义是不确定的。第三，文本内叙事线条的多重化。詹姆斯在为《罗德里克·赫德森》写的序言中论述了叙事三要素——连贯性、完整性和有限形式，但米勒认为永远无法真正达到与有限形式相符的对于完整性和必要性的要求。① 因为对于一个特定的主题来说，并不存在内在的限制，要想充分表达主题，就必须从四面八方追踪一个由相互关系组成的无穷网，而这种追踪是没有边际的。而且，即使人为地将无限变为有限，自己设定一个小圈子，在这个小圈子内仍会出现无限性的问题。所以，对于小说家来说，连贯和完整意味着一切，但是他又必须忽略连贯和完整，否则他根本无法写作。第四，叙述声音从独白到对话。文本会由于叙述者的双重性、叙述的层层相嵌、引言、卷首引语、序言等原因形成叙述声音的多元化。传统观点将所有声音的源头都归于小说家，认为小说家就像一个善意的口技表演者，虽然他以不同的身份说话，但文本性质归根结底还是"独白"，不影响意义的明晰。米勒认为小说中或许存在一种"激进的多方聚谈"的内在可能性，"'激进的多方聚谈'意指在文本中存在无数互不相容的逻各斯，读者无论采用什么规约法，都无法将它们归至一个统一的单一视点，或单一大脑。这些逻各斯将永远互不相容，互为异类，犹如具有不同大气层、不同生活原则和不同植物区系和动物区系的星球"。② 这就如巴赫金的复调理论所指出的，文本中的多种声音是对话型的，没有一个完整意识能统一所有声音。

解构主义在文学批评史上具有一定的积极意义。它打破了文学批评中的逻各斯中心主义，打破了文本的封闭性和意义的单一性，有利于建设一种更加开放、宽容的文学批评生态，正如米勒所说："解构论在其所有的多样性中实现了对'逻各斯中心主义'的解放性批判，其目的并不只是为了拆除和毁坏，而是一种意在指向新的体制形式和文化形式的肯定性吁求。这种'前瞻性肯定'（prospective affirmation）就是话语行为。它们呼唤有待成形的学科研究、新型的民主、新型的义务和创造性责任。"③ 米勒的很多文本分析实践蕴含真知灼见，使人眼前一亮。但是，每一种理论都有其长处和短处，正确的态度是对

---

① [美] J. 希利斯·米勒：《解读叙事》，申丹译，北京：北京大学出版社，2002年，第89页。
② [美] J. 希利斯·米勒：《解读叙事》，申丹译，北京：北京大学出版社，2002年，第117页。
③ [美] J. 希利斯·米勒，金惠敏：《永远的修辞性阅读——关于解构主义与文化研究的访谈对话》，《外国文学评论》2001年第1期。

之扬长避短，对于解构主义亦是如此。解构主义先预设一切文本具有反讽本质、不确定性、无法指涉现实等，然后解读文本，难免有削足适履之嫌，因为并非所有文本的意义都是如此，就如申丹所说："解构主义学者往往将宏观层次的理论用于解释微观层次的具体交流和阐释行为，将宏观层次上的不确定性强加于微观层次，这必然会导致理论与实践的脱节。"① 米勒认为文本意义的不确定性是一种本质性的存在，任何企图在理性之光的照耀下去追求意义的确定性、统一性都是一种幻想，任何阐释都会走向失败。这使解构主义本身也陷入了自我解构的反讽境地，比如，米勒一边认真地梳理叙事线条，一边又认为这是在"企图掌握根本无法掌握的东西"。退一步说，即使文本意义是不确定的，人们还是要努力从文本中追寻意义。正如赵毅衡所言："人必须存在于意义之中，追求意义是人之存在的重大特征。"② 所以，解读的不可能性与解读的必须性是并存的，忽略任何一个都是不切实际的。如何解读文本的意义，符号学给我们很多启示，"符号学即意义学"③。米勒的有些思想与符号学相通，只是所取态度不同。赵毅衡的符号学认为"意义就是一个符号可以被另外的符号解释的潜力，解释就是意义的实现"④。虽然符号解释是个无限衍义的过程，符号意义在潜力上是无限开放的，但实际上不可能永远延续下去。就符号解释者来说，每一次具体的解释行为，都会受到解释者的能力、语境等因素的限制，从而停在某一点。从符号发出者来看，也有个"意图定点"⑤的问题，即发出者设法让大部分接收者的解释落在某一点上，这一点是其意图中期待解释的理想终止点。米勒认为文本的存在状态是反讽式的，文本意义解读的统一性、确定性是虚幻的，唯有阐释者的武断才能让它停止，"反讽存在于任何叙事线条的开头、中部和末尾，而不是构成一个高潮或者指导性质的终极目的。只有当阐释者武断地让无法静止的意思处于静止状态并无视其他可能的意思时，反讽才有可能得到稳定"⑥。符号学认为这种停止是必须的，是符号传达意义的关键所在，而解构主义则认为这是符号无法传达意义的表现。

---

① 申丹：《结构与解构：评 J. 希利斯·米勒的"反叙事学"》，《欧美文学论丛》2003 年第 6 期。
② 赵毅衡：《符号学与人的生存意义》，《华南师大学报》（哲学社会科学版）2016 年第 2 期。
③ 赵毅衡：《符号学》，南京：南京大学出版社，2012 年，第 3 页。
④ 赵毅衡：《符号学》，南京：南京大学出版社，2012 年，第 2 页。
⑤ 赵毅衡：《符号学》，南京：南京大学出版社，2012 年，第 184 页。
⑥ ［美］J. 希利斯·米勒：《解读叙事》，申丹译，北京：北京大学出版社，2002 年，第 170 页。

三、后现代主义反讽的价值诉求

后现代主义反讽的反形而上学立场以及由此带来的意义的不确定性,在价值上既有消极的一面,也有积极的一面。

消极性之一:无自我性,意义的熵。

反讽在后现代文化中作为与形而上学对立的范畴,必然涉及主体性问题。哈桑深受尼采思想的影响,认为后现代反讽无自我,丧失了主体性,"自我在语言游戏中丧失,在多样化的种种差异中丧失,还将这种丧失拟人化为死亡悄然追踪它的猎物。它以无深度的主体向四面八方飘散,回避解释,拒绝解释"。"反讽变成激进的自我消耗的游戏、意义的熵。"① 熵最早是物理学概念,用于度量一个热力学系统的无序程度。熵值越大,系统的无序状态越明显。哈桑借用熵指反讽作为激进的自我消耗的游戏,造成了文化的混乱,导致意义逐渐减小甚至消失。

詹明信认为在从现代主义到后现代主义的文化演变中,"主体的疏离和异化已经由主体的分裂和瓦解所取代……主体的灭亡——也就是指不假外求、自信自足的资产阶级独立个体的结束。这也意味着'自我'作为单元体的灭亡。在主体解体以后,再不能成为万事的中心;个人的心灵也不再处于生命中当然的重点"②。随着"自我"的消失,个人的情感也就消失了,由此带来了文化产品风格的消失,剽窃、拼凑无处不在。詹明信对此持激烈的批判态度,认为"剽窃是空洞的戏仿,是失去了幽默感的戏仿:剽窃就是要戏仿那有趣的东西,那空洞反讽的现代手法","拼凑是一种空心的摹仿——一尊被挖掉眼睛的雕像"。③ "空洞""空心"意味着自我放弃对意义的追寻,文本沦为能指的狂欢。

消极性之二:绝对反讽是一种有关疯狂的意识。

德曼认为"自我"问题是研究反讽的关键:"我们讨论反讽时所要打交道

---

① [美]伊哈布·哈桑:《后现代的转向:后现代理论与文化论文集》,刘象愚译,上海:上海人民出版社,2015年,第293、104页。
② [美]詹明信:《晚期资本主义的文化逻辑》,张旭东编,陈清侨等译,上海:上海三联书店,1997年,第447页。
③ [美]詹明信:《晚期资本主义的文化逻辑》,张旭东编,陈清侨等译,上海:上海三联书店,1997年,第401、453页。

的，并不是某个错误的历史，而是存在于自我之内的一个问题。"① 他认为波德莱尔所描述的一个人失足跌落街头的情景最能揭示反讽主体的特征："滑稽，即笑的力量在笑者，而绝不在笑的对象。跌倒的人绝不笑他自己的跌倒，除非他是一位哲学家，由于习惯而获得了迅速分身的力量，能够以无关的旁观者的身份看待他的自我的怪事。"② 德曼认为"分身"这个词对于理解反讽非常重要，"分身（复制）所指的，便是人把自己从非人类世界中分化出来的那种意识活动……"③ 这种分身能力十分少见，只属于艺术家或哲学家这类人。对于他们的职业来说，语言就像是鞋匠或木匠的斧头，不是作为素材本身，而是作为一种工具来发挥作用。"这种反省性分离，不但凭借作为特许范畴的语言产生，还把自我从经验世界转移到一个由于语言并利用语言而构成的世界里去。它发现，语言仿佛是各种实体当中的一种实体，而且，由于借语言才能把它自己从世界上分化出来，因此也依然是独一无二的。于是，这样想象的语言，就把主体分为沉浸于世界的经验自我，以及在试图分化和界定自我时，似乎变为一个符号的自我。"④ 但是德曼认为，这种反省性分离并不是一个让人去掉疑虑走向澄明的过程。因为存在世界的无邪或可靠性是经不住反省诘问的，而反讽却是要无休止地反省诘问下去，所以最后只能让人走向疯狂："绝对反讽是一种有关疯狂的意识，它本身就是全部意识的终结（目的）；它是一种无意识的意识，是从疯狂自身内部对疯狂所做的一种反思。"⑤

反讽主体借助语言进行分身，用符号自我代替经验自我，这种行为是否有益于化解其与世界之间的张力，使其能更好地回归现实世界？德国浪漫派把反讽看作凭借艺术使自我和世界达成妥协的一种途径，德曼的观点与之相反。他认为施勒格尔将反讽视为自我创造和自我毁灭的辩证关系，他所追求的不是一个没完没了的过程，而是这一过程所带来的自我创造的自由。虽然从时间上看，这一过程指明了一个事实：反讽产生了一种无尽无休的意识行为的时间序列，但它不是时间性的，而是重复性的，是意识自我升华的重复产生。它永远

---

① ［美］保罗·德曼：《解构之图》，李自修等译，北京：中国社会科学出版社，1998年，第30页。
② ［法］波德莱尔：《波德莱尔美学论文选》，郭宏安译，北京：人民文学出版社，1987年，第311页。
③ ［美］保罗·德曼：《解构之图》，李自修等译，北京：中国社会科学出版社，1998年，第32页。
④ ［美］保罗·德曼：《解构之图》，李自修等译，北京：中国社会科学出版社，1998年，第32页。
⑤ ［美］保罗·德曼：《解构之图》，李自修等译，北京：中国社会科学出版社，1998年，第34页。

第一章 西方文化中反讽内涵的变迁

只能停留于意识层面,而不能使这种认识应用于现实世界。德曼将之生动地描述为:"它消融在一个语言符号的愈来愈狭窄的螺旋形之中,而这一螺旋形则变得益愈远离它的意义;它找不到逃避这一螺旋形的办法。"① 由此可见,反讽会将人们带回意识主体的困境中,所以它是一种不恰当的意识。主体借助反讽努力超越自身却又无法超越,最后只能跳出语言,进入信仰,如施勒格尔自己所言:"有哪些神祇能把我们从这些反讽中解救出来?"②

积极性之一:反讽包含辩证思维,是现代社会最合适的文化状态。

新修辞学认为修辞本质上是认知性,其代表人物肯尼斯·伯克从修辞格所具有的认知世界、建构"真理"功能的角度将"反讽"解释为"辩证",即通过类似于辩证法的正、反、合的思维模式达到不同观点的包容、并存的整体状态。这看似与他的"认同"说相矛盾,其实不然。因为认同不可能是双方观点的绝对等同,而只能是在保持差异的前提下的认同,"与B同一的同时,A仍然保留着自己独特的、个人的动机中心。因此,他既与之结合又与之分离,既是一个独特的个体又与他人同体"③。由此可见,反讽思维下的社会文化应该保持同一下的多元化。这与理查德·罗蒂所构建的自由主义乌托邦思想有相通之处。他认为自由主义乌托邦中的反讽主义者的核心品质就是承认偶然,即承认不存在具有绝对性、普遍性的本质、自我、真理、道德,一切都是用语言"再描述"的结果,都是创造出来的。既然真理是人类对世界的描述,只是语句的一个性质,那么它就不是被发现的而是被创造的,它所指涉的不是某种先在的普遍本质和规律,而是在自由开放的交往中被相信的一切东西。因此,抵达真理的途径不是暴力,而是说服;自由主义社会中的文化英雄是布鲁姆所说的"强健诗人"(strong poet),而非武士、祭师、圣人或科学家;自由主义文化是一种诗化的文化,"所谓诗化的文化,就是不再坚持要我们在描画的墙背后再寻找真实的墙,在纯粹由文化建构出来的试金石之外再寻找真理的真正试金石。正由于诗化的文化肯定所有的试金石都是文化的建构,所以它会把它的

---

① [美]保罗·德曼:《解构之图》,李自修等译,北京:中国社会科学出版社,1998年,第42页。
② [美]保罗·德曼:《解构之图》,李自修等译,北京:中国社会科学出版社,1998年,第42~43页。
③ Kenneth Burke. *A Grammar of Motives*. Berkeley: University of California Press, 1969, p. 21.

目标都放在创造更多不同的、多彩多姿的文化建构上"①。

赵毅衡也认为反讽是现代社会最合适的文化状态。他说:"人性的完美演出必是悖论的,文化的成熟也必然是反讽的:在这个以反讽为主调的时代,多元文化不应当是存异谋同,而应当是同中得异。"② 进入反讽社会,人与人之间、不同群体之间的意见冲突越来越严重,要取得社会共识,只有把所谓的"公共领域"变成反讽表现的场地;矛盾表意不可能被消灭,也不可能被调和,人们只能用相互矫正的解读来取得和谐。一个积极的反讽主义社会,只有靠艺术符号的模式才能建立起来。这与罗蒂关于自由主义社会中的文化英雄是"强健诗人"、自由主义社会的文化是诗化的文化的思想相通。他还进一步从社会经济角度探讨了反讽文化产生的原因。现代社会中,"人之间的联系不再基于部族－氏族的身份相似性(比喻),不再基于宗法社会部分与整体的相容(提喻),不再基于近代社会以生产关系形成的阶级认同保持接触(转喻)。当代文化的基础是商品消费,人与人之间没有生活方式的联系,从而形同陌路,而在这个基础上要建立社群意识,就只有在不同意见中互相阅读对方的意见,由此,当代文化必然走向反讽主义"③。

积极性之二:形式上的反讽是新形式诞生的必经阶段。

后现代主义体现在各种文化形式中,文学是其中重要的一个,其核心表现是自我解构。哈桑用"沉默"这个隐喻来概括。"沉默"意味着文学不把自己当文学,主动解构自己的文学身份,放弃文学的一些传统的、公认的功能、特征和创作规范。他列举了文学沉默的种种表现,如文学作为荒唐的游戏;文学作为单纯的行动;文学上的猥亵;否定文学以时间为特征的功能,渴求一种不可能实现的具体性;机会和即兴等。其中有一个就是——"激进的反讽"(radical irony),"这种反讽主要指带有反讽意味的自我否定"。④ 他举了很多例子对此进行说明,比如,梅勒的《一场美国梦》用坦率而谐谑的模仿手法把小说变成通俗艺术,实际上否定了小说这种体裁;萨洛特的小说《黄金果》中的

---

① [美]理查德·罗蒂:《偶然、反讽与团结》,徐文瑞译,北京:商务印书馆,2003年,第80页。
② 赵毅衡:《符号学》,南京:南京大学出版社,2012年,第222页。
③ 赵毅衡:《符号学》,南京:南京大学出版社,2012年,第222页。
④ [美]伊哈布·哈桑:《后现代的转向:后现代理论与文化论文集》,刘象愚译,上海:上海人民出版社,2015年,第50页。

小说也被命名为《黄金果》，在阅读的过程中，伴随着这部小说中的小说的渐渐湮灭，小说本身也取消了自己；贝克特的小说则将这一反身技巧发展到极致，《是如何》实际上讲的是"何以不如何"。

依据弗莱对西方文学发展的分期：罗曼史—悲剧—喜剧—反讽，哈桑认为文学形式从封闭发展到开放，然后再发展到反形式。综观当今文坛，反形式特别普遍，如安托南·阿尔托（Antonin Artaud）所说："如果我们这个时代还要一个该死的、地狱般的东西，那就是对形式的高超戏弄，这种戏弄比牺牲者被绑在火刑柱上焚烧，通过火焰传达信号的把戏更令人痛恨。"[1]哈桑试图探讨产生这种弊端的种种可能。一是借用弗洛伊德的思想，即社会建立在本能压抑的基础上，文明最核心的动力要求越来越多的压抑。哈桑由此推论，压抑产生文明，文明产生更多的压抑，更多的压抑产生抽象，抽象产生死亡。所以，他认同新弗洛伊德主义者的观点，即解决压抑和抽象的途径是建立酒神式的本我。二是借用尼采的思想，即认为现代世界罪恶的根源不仅来自本能的压抑，还来自有意识地追求意义的虚无主义，体验虚无主义是追求新价值的必要阶段。

现代社会中，人变成了单向度的人，表情达意的语言也因此而大为贬值。对语言表述的反叛说到底是对权威和抽象的反叛，对日神主宰的极权文明的反叛。从这个角度看，激进的反讽一方面是意义危机的一种表现，说明艺术处于穷途末路；另一方面也是后现代文化重建的一种途径，是追求真理过程的必经阶段，如哈桑所言："反讽、视角主义、自我反思：这些术语表达了心灵在追求真理的过程中的再创造，心灵要追求真理，而真理总是避开它，于是留下的只能是一种反讽或过量的自我意识。"[2]但是，激进的反讽以致一切旧形式被自我解构之后，文学的出路在何方，哈桑没有进一步回答。

弗莱将反讽与隐喻、转喻、提喻这四种修辞格分别对应不同的文学类型，即隐喻—浪漫英雄型，转喻—悲剧型，提喻—喜剧型，反讽—反讽。赵毅衡将它们之间的否定性递进关系概括为隐喻（异之同）——转喻（同之异）——提

---

[1] 转引自［美］伊哈布·哈桑：《后现代的转向：后现代理论与文化论文集》，刘象愚译，上海：上海人民出版社，2015年，第65页。

[2] ［美］伊哈布·哈桑：《后现代的转向：后现代理论与文化论文集》，刘象愚译，上海：上海人民出版社，2015年，第294页。

喻（分之合）——反讽（合之分），并称之为符号修辞的"四体演进"①，认为几乎可以说它是人类各种表意体裁的共同发展规律，其原因是："任何一种表意方式，不可避免走向自身的否定。形式演化就是文化史，随着程式的成熟，必然走向自我怀疑，自我解构。任何教条，任何概念，甚至任何事业，本质上都是一种符号表意模式，只要是一种表意方式，就很难逃脱这个演变规律。"②对于反讽之后，文化向何处去的问题，弗莱的答案是回归，开始新一轮的循环。赵毅衡认为一种表意形式走到尽头后不可能复活，而是被另一种新的表意形式取代："用反讽结束自身的，是每一种表意形式，而不是人类的符号生存。"③

由上述可见，后现代主义反讽不是一种修辞，而是一种文化形态，表现在各种具体的符号表意形式中，集解构、建构功能于一体，需理性地对待。它的思想内涵是反形而上学、反逻各斯中心主义，无限地怀疑、否定既存现实，这对于人类文明的进步是有益的。但是这种怀疑、否定不能肆无忌惮地发展下去。如何正确地对待反讽，使之服务于现实的社会和人生，存在主义哲学先驱克尔凯郭尔的观点具有启示性。他认为人们必须掌握它，限制它，将它作为自我发展的一个环节，以辩证的态度来看待它："我们必须警告人们提防反讽，就像我们警告人们提防引诱者一样，但我们也必须把它当作引路人予以赞颂……作为消极的东西，反讽是道路；它不是真理，而是道路。"④

第六节 一种存在立场：从苏格拉底到存在主义、新实用主义反讽

追溯反讽最古老的源头，是古希腊文化，是苏格拉底式反讽。苏格拉底一生未曾留下任何著述，后世对他的了解主要来源于同时代戏剧家阿里斯托芬的喜剧《云》、其弟子柏拉图的对话集、色诺芬的回忆录以及亚里士多德著作中

---

① 赵毅衡：《符号学》，南京：南京大学出版社，2012年，第218页。
② 赵毅衡：《符号学》，南京：南京大学出版社，2012年，第220页。
③ 赵毅衡：《符号学》，南京：南京大学出版社，2012年，第221页。
④ [丹麦]索伦·奥碧·克尔凯郭尔：《论反讽概念——以苏格拉底为主线》，汤晨溪译，北京：中国社会科学出版社，2005年，第284页。

零星的记载。在苏格拉底以前,希腊哲学主要研究宇宙的本源是什么、世界是由什么构成等问题。苏格拉底认为研究这些问题对于国家、社会没有现实意义,所以他转而研究人类本身的伦理。他的研究不是著书立说,而是与人交谈、辩论,其目的可以用他自己在被法庭审判时所说的话来概括:"我向你们保证,这是我的神的命令,我相信在这座城市里没有比我对神的侍奉更大的善行了。因为我把自己所有的时间都花在试探和劝导你们上,不论老少,使你们首要的、第一位的关注不是你们的身体或职业,而是你们灵魂的最高幸福。我每到一处便告诉人们,财富不会带来美德(善),但美德(善)会带来财富和其他各种幸福,既有个人的幸福又有国家的幸福。"①

一、苏格拉底式反讽:理念的"助产师"

"苏格拉底式反讽"这个概念第一次出现于苏格拉底与塞拉西马柯关于正义问题的辩论中。这场辩论是从苏格拉底与波勒玛库斯的辩论开始的。波勒玛库斯认同西摩尼得对正义的界定,即正义就是借东西要还。苏格拉底先表示自己的谦虚和无知:"我必须承认我们不能随便怀疑西摩尼得,因为他是一个聪明人,又有神灵凭附。不过,波勒玛库斯,你无疑知道他说这句话是什么意思,但我不明白。"② 然后他就开始一连串地反问:当一个人疯了的时候,你归还他在头脑清醒时交你保管的武器,是正义的吗?亏欠敌人的东西要不要还呢?如果按照正义就是把有益的东西提供给朋友,把有害的东西提供给敌人,那么对朋友行善和对敌人作恶就是西摩尼得所说的正义吗?……一个又一个的诘问逼得波勒玛库斯步步后退,全无招架之力,最后不得不信服地说:"苏格拉底,我想你说得完全正确。""我准备与你并肩作战。""你说得很对。"③ 塞拉西马柯听到这里,气得大声吼道:"你们在这里胡说些什么?就像两个傻瓜一样相互吹捧?苏格拉底,如果你真的知道什么是正义,那么就不要老是提问题,再用驳倒人家的回答来逞能……"苏格拉底于是又非常谦虚地表达自己求知的迫切心情,赞扬塞拉西马柯的聪明。塞拉西马柯听了这一番话后乐呵呵地

---

① [古希腊] 柏拉图:《柏拉图全集》第1卷,王晓朝译,北京:人民出版社,2002年,第18页。
② [古希腊] 柏拉图:《柏拉图全集》第2卷,王晓朝译,北京:人民出版社,2002年,第278页。
③ [古希腊] 柏拉图:《柏拉图全集》第2卷,王晓朝译,北京:人民出版社,2002年,第286~287页。

说:"神灵在上,你用的是出了名的苏格拉底反诘法,这套办法我早就领教过了。我料到你会拒绝回答问题,而宁可承认自己无知。"① 然后苏格拉底又采用同样的方法,不断诘问塞拉西马柯为正义所下的定义——"正义无非就是强者的利益"②,逼得他无可奈何地推翻了自己的定义。辩论结束时,苏格拉底总结说:"因此到头来,我还是一无所知,在这场讨论中我一无所获。因为既然我连什么是正义都不知道,那么我就难以知道正义是不是一种德性,难以知道正义的拥有者是不是幸福。"③

苏格拉底与人谈话,总是以宣称自己无知、承认对方的观点开始,然后进行一连串的反诘,使对方一步一步陷入困境,最终发现自己之前的观点站不住脚或是引出荒谬结论,发现自己的无知,这就是人们所说的苏格拉底式反讽。如何理解苏格拉底式反讽,成为后世反讽哲学研究的重要内容,并由此引发关于反讽与主体、真理、世界、人生等关系的思考。存在主义哲学先驱克尔凯郭尔的专著《论反讽概念》的副标题即是"以苏格拉底为主线"。关于苏格拉底式反讽,黑格尔认为它"是主观形式的辩证法,是社交的谦虚方式;辩证法是事物的本质,而反讽是人对人的特殊往来方式"④。克尔凯郭尔则认为反讽是苏格拉底的立场,原因是:

第一,苏格拉底没有到达理念,只是使理念的出现成为可能。

黑格尔认为苏格拉底式反讽的伟大就在于他表明意识开始反省自身。在这之前,人们在追求善的过程中发生的各种义务冲突,必须由国家的法律、礼俗作出决定。在苏格拉底那里,出现了认识的自由,开始由自己决定什么是公正,什么是善。黑格尔认为苏格拉底的反讽不同于施勒格尔的反讽,后者把一切归于虚无,而前者要把人引向真正的善,自在自为的善,也就是理念。克尔凯郭尔认为苏格拉底总是试图把现象引导到理念上去,但屡次受挫,最终只能收回主观性的努力。形象地说,苏格拉底总是跃跃欲试,却只是在原地跳跃,从未跳往他处。克尔凯郭尔用古希腊神话中把死人送往冥河的船夫卡隆来比喻

---

① [古希腊]柏拉图:《柏拉图全集》第2卷,王晓朝译,北京:人民出版社,2002年,第287页。
② [古希腊]柏拉图:《柏拉图全集》第2卷,王晓朝译,北京:人民出版社,2002年,第289页。
③ [古希腊]柏拉图:《柏拉图全集》第2卷,王晓朝译,北京:人民出版社,2002年,第312页。
④ [德]黑格尔:《哲学史讲演录》第二卷,贺麟、王太庆译,北京:商务印书馆,1983年,第54页。该书把"irony"都翻译成"讽刺",为了表述的一致性,本书全部改为"反讽"。

第一章　西方文化中反讽内涵的变迁

苏格拉底："卡隆把人从丰茂的人世送往影影绰绰的阴间，为了使他轻巧的船不至于超重，他便让旅客抛掉具体生活所有的各色各样的规定，如头衔、威严、紫袍、大话、忧伤、顾虑等等，只剩下纯粹的人；苏格拉底也是这样，他也划船，把个体从实在性送往理想性，而理念的无限性，作为无限的否定性，是虚无，他让实在性的缤纷繁复都消失在这个虚无之中。"①

第二，苏格拉底的守护神是消极的。

苏格拉底的主观性是以守护神的形式出现的。黑格尔认为："灵机（也即苏格拉底的保护神）是介于神谕的外在的东西与精神的纯粹内在的东西之间；灵机是内在的东西，不过被表象为一种独特的精灵，一种异于人的意志的东西，——而不是被表象为人的智慧、意志。"②克尔凯郭尔的理解与黑格尔一致，即守护神是主观意识的形象化，并没有涉及真实的、自在自为地存在的东西，而只是涉及特殊性。但两人对其意义的理解不同。黑格尔高度评价守护神的意义，"苏格拉底的原则造成了整个世界史的改变，这个改变的转捩点便是：个人精神的证明代替了神谕，主体自己来从事决定"③。克尔凯郭尔则从反讽的角度来理解守护神，认为它是消极而非积极的。虽然守护神与旧希腊文化的关系是一种主观性的规定，但这个主观性并不完善，仍有不少外在的东西，而且它只关心特殊情况，只起到警告的作用，止步于特殊人格。"苏格拉底在与其时代的关系中深具论战意识；借助其消极的然而无限的自由，他在由理念这一边界所勾勒的无际地平线下轻松而舒畅地呼吸；他深信，只要托庇于其守护神，在生活纷杂的现实中就不至于误入迷途，如果我们兼顾这一切，那么苏格拉底的立场就被再次证明是反讽"④。

第三，苏格拉底的无知既是当真的，又是不当真的。

苏格拉底的守护神标志着他和希腊城邦宗教之间的消极关系，因为他抛弃

---

① [丹]索伦·奥碧·克尔凯郭尔：《论反讽概念》，汤晨溪译，北京：中国社会科学出版社，2005年，第202页。
② [德]黑格尔：《哲学史讲演录》第二卷，贺麟、王太庆译，北京：商务印书馆，1983年，第89页。
③ [德]黑格尔：《哲学史讲演录》第二卷，贺麟、王太庆译，北京：商务印书馆，1983年，第89页。
④ [丹]索伦·奥碧·克尔凯郭尔：《论反讽概念》，汤晨溪译，北京：中国社会科学出版社，2005年，第140页。

了既存的现实，局限于自己的内心。这成为他被控诉的一个原因。他不信奉城邦所信奉的神，把自己说成是无知的。克尔凯郭尔认为："无知既是一个哲学立场，同时却也是一个完全消极的立场。"① 苏格拉底知识渊博，所以他的无知肯定不是经验意义上的无知，而是哲学上的无知，是对万物根基、永恒、神圣东西的无知，是对什么是正义、勇敢、节制、美德等的无知。也就是说，苏格拉底知道那些东西的存在，但是不知道它究竟是什么，就像前述的他与波勒玛库斯和塞拉西马柯关于什么是正义的辩论的总结。所以苏格拉底使理念处于生成的可能性中，却从未使之成为现实。他的使命就是受神的委托让每个人看到自己的无知，而不是去建立一种哲学。黑格尔认为苏格拉底讲自己无知是当真的，所以反讽于他是一种社交的谦虚方式。克尔凯郭尔则认为苏格拉底讲自己无知既是当真的，即对于理念他确实无知，又是不当真的，即对现存知识、传统观念、成规习俗等他不是无知的。如果他的知识的确是对某种事物的知识的话，那么他的无知就是假装的，反讽就是一种谈话技巧，但事实并非如此，所以反讽只能是他的立场。

克尔凯郭尔认为苏格拉底的名言"认识你自己"和他的"无知说"同样是消极的。所谓"认识你自己"，只是意味着苏格拉底将自我与他人进行区分，意识向自身回归，自我成为认识的对象，但是他没有赋予这个分化出来的认知对象——自我以实质性的内容，"因为他生活的任务和志趣就在于确立这种消极立场——不是通过思辨，这样的话他就必须更进一步，而是在实践上从每个单独个人着手"②。他把人一个接着一个从城邦实质性的现实中弹射出去，然后就扔下他们不管，又赶着去做新一轮的实验。他不仅在理论上的立场是消极的，在实践上同样如此，因为他无力与现存的东西建立某种实在的关系，所以他走出城邦，却找不到返回城邦的路。

苏格拉底的思想和行为在他那个时代不能得到人们的理解，这通过阿里斯托芬的喜剧《云》可以窥见一斑。苏格拉底的命运也很悲惨，于公元前399年被判处死刑。他对超越现象世界的绝对知识的追求，成为古希腊哲学的分水岭

---

① [丹]索伦·奥碧·克尔凯郭尔：《论反讽概念》，汤晨溪译，北京：中国社会科学出版社，2005年，第142页。
② [丹]索伦·奥碧·克尔凯郭尔：《论反讽概念》，汤晨溪译，北京：中国社会科学出版社，2005年，第149页。

和理性主义的源头。关于他的重大意义，克尔凯郭尔的"助产师"比喻、"起点"说既形象又准确："他协助个体在精神上分娩，他割断实质性的脐带。作为助产师，他可谓是出类拔萃，但他也只不过是个助产师而已。""他在世界历史发展过程中的重大意义也就在于他是个无穷无尽的起点，在这个起点之中蕴含着许许多多、各色各样的新的起点。作为起点，他是积极的，但仅仅作为起点，他是消极的。"① 对于苏格拉底式反讽的伟大，黑格尔和马克思分别进行了论述——"苏格拉底式反讽的伟大之处，就在于它能使抽象的观念具体化，使抽象观念得到发展。"② "这种'讥讽'（即反讽，笔者按）不是别的，正是哲学在其对普通意识的主观关系方面所固有的形式。它在苏格拉底身上以一个讥讽的人、哲人的形式表现出来，这是从希腊哲学的基本性质和它同现实的关系中产生的。"③

二、克尔凯郭尔：反讽是主体无限绝对的否定性

克尔凯郭尔的反讽研究立足于对人的存在的思考，而这一研究是建立在对黑格尔哲学重体系、思辨，轻个体、体验的批判上，同时又离不开黑格尔的影响，他曾说："黑格尔也曾在一处说过，苏格拉底的哲学与其说是思辨，毋宁说是个人生活；我大胆把这看做对我在整个探究中所采用的行事方式的认可。"④

第一，反讽者的主观自由是消极的。

克尔凯郭尔认为反讽是主观性的一种规定，苏格拉底式反讽是主观性的首次出现。这种主观性的表现形式是什么？他将其概括为"无限、绝对的否定性"。"它是否定性，因为它除否定之外，一无所为；它是无限的，因为它不是否定这个或那个现象；它是绝对的，因为它借助于一种更高的事物进行否定，但这个更高的事物其实并非更高的事物。它是一种神圣的疯狂。在某种程度

---

① [丹]索伦·奥碧·克尔凯郭尔：《论反讽概念》，汤晨溪译，北京：中国社会科学出版社，2005年，第161、173页。
② [德]黑格尔：《哲学史讲演录》第二卷，贺麟、王太庆译，北京：商务印书馆，1983年，第55页。
③ [德]马克思、恩格斯：《马克思恩格斯全集》第40卷，北京：人民出版社，1972年，第139页。
④ [丹]索伦·奥碧·克尔凯郭尔：《论反讽概念》，汤晨溪译，北京：中国社会科学出版社，2005年，第140页。

上，每个世界历史性的转折点必定都具有这种思想潮流。"① 无限绝对的否定性带来的是消极自由。因为它既逃避外在经验，又逃避内在思辨，"反讽砍断了系着思辨的绳索，协助它离开经验的沙滩，冒险远航，这是一种消极的解放"②。反讽主体挣脱了既存现实的束缚，但是能够给予它内容的新的现实还不存在，它只能摇摆不定地漂浮着，找不到任何支撑物，所以它所获得的自由只能是消极自由。就像苏格拉底，他与别人关于善、美德、正义等的谈话最终都不会有一个确切的解释，不会有最终的结论，正如克尔凯郭尔所言："苏格拉底方法并不在于提问形式中的辩证因素本身，而在于由反讽为出发点并归回反讽的、由反讽所支撑的辩证法……反讽就像那个老巫婆一样，永远可望而不可即地试图吞噬一切，然后吞噬自己，或者就像关于这个巫婆的传说所载，试图吞噬她自己的肚子。"③ 也就是说，反讽的"无限绝对的否定性"不仅适用于外在经验，也必然适用于反讽本身，所以反讽不可能宣称自己发现了真理，那样的话，就违背它的"无限绝对的否定性"原则了，所以它只能永不停止地否定。"主体进行反讽的目的不是为了获得有关事物本质的真理，而毋宁是确证主体与客体之间的辩证关系。""为反讽所表征的辩证法，实则是关于人的主体性生存辩证法。"④

反讽作为一种主观性的规定，它的首次出现形式是苏格拉底式反讽，之后向着更高层次发展，这就是主观性的第二因次——"反思之反思的主观性之性"⑤，也就是德国浪漫派反讽。克尔凯郭尔对之进行了批判，首先从对费希特自我哲学的批判开始。克尔凯郭尔认为费希特哲学的重大意义是无限地解放了思维，由此主观性成了无限的、绝对的否定性，具有无限的张力和渴求。但是这种无限性是消极的无限性，一种毫不具有有限性、毫无内容的无限性。所

---

① [丹]索伦·奥碧·克尔凯郭尔：《论反讽概念》，汤晨溪译，北京：中国社会科学出版社，2005年，第225页。
② [丹]索伦·奥碧·克尔凯郭尔：《论反讽概念》，汤晨溪译，北京：中国社会科学出版社，2005年，第97页。
③ [丹]索伦·奥碧·克尔凯郭尔：《论反讽概念》，汤晨溪译，北京：中国社会科学出版社，2005年，第43页。
④ 温权：《反讽：主体性辩证法——从克尔凯郭尔的〈论反讽概念〉谈起》，《学习与探索》2014年第6期。
⑤ [丹]索伦·奥碧·克尔凯郭尔：《论反讽概念》，汤晨溪译，北京：中国社会科学出版社，2005年，第208页。"因次"为数学术语，一般叫乘方，此处指主观性的更高层次、环节。

以，他得到的不是真理，而是确信；不是积极的追求——幸福，而是消极的追求——应该。"费希特想建构世界；可他的意思是系统的建构。施勒格尔和蒂克想无中生有地创造一个世界。由此可见，这种反讽是不为世界精神服务的。我们所看到的并非既定现实的一个环节被一个新的环节所否定、所排挤；这种反讽所否定的是所有历史现实，以便为自我创造的现实腾出地方。这里出头露面的并非主观性，因为主观性在世界状况中已经存在了；这里所出现的是一种过分的主观性，是主观性的第二个因次。"① 所以克尔凯郭尔认为浪漫派把经验的、有限的自我与永恒的自我混为一谈，把形而上学的现实与历史的现实混为一谈，这种反讽是完全不合理的。它具有随心所欲的权力，既支配理念又支配现象，并用一个来摧毁另一个。就反讽与现实的关系而言，反讽的趋向在本质上是批判性的。但像施勒格尔、蒂克把批判的锋芒指向整个现实是绝非说得过去的。现实是过去的延续，是过去献给人们的一个不可回绝的礼物，但是对于反讽来说，根本没有什么过去，历史在他的手中转眼间都变成了神话、传说、童话。所以，浪漫派反讽虽然获得了无限自由，却没有现实的忧虑、现实的快乐、现实的祝福。

第二，反讽应成为自我发展的一个环节。

克尔凯郭尔在《附言》一书中说："什么是生存？生存就是有限与无限、瞬间同永恒所缔造出来的孩子，因而它是一场持续的抗争。"② 处于生存中的自我不是一个抽象的概念，而是一种关系，一种处于无限与有限、瞬间与永恒的相互冲突之间的关系。反讽就是用来处理这种关系的。

克尔凯郭尔认为，反讽将否定的矛头指向现实，这个"现实"既可以在形而上学的意义上来理解，那就是与理念相对的现实，是理念的具体化；也可以在历史的意义上来理解，指实现于历史的理念，即历史现实。理念必须始终不懈地实现自己，即变得具体，而这只有通过个体才成为可能。世界发展由此显示出矛盾。既存现实对生活于这个时代的个体来说是有效的，但世界是永恒发

---

① [丹] 索伦·奥碧·克尔凯郭尔：《论反讽概念》，汤晨溪译，北京：中国社会科学出版社，2005年，第238页。

② øren Kierkegaard. *Concluding Unscientific Postscript to Philosophical Fragments*. Princeton：Princeton University Press, 1968, p. 267. 转引自郑伟：《试论克尔凯郭尔哲学的基本特征》，《东岳论丛》2007年第2期。

论反讽

展的，每个历史现实不过是理念现实化过程中的一个环节，它在自身之中已经蕴含着覆灭的萌芽，所以一个现实必然被另一个现实代替。反讽主体知道既存现实已经完全失去了有效性，必须摧毁，但是他并不占有新事物，只是仅仅知道面前的现实与理念有极大的差距。所以他是先知者，因此他不停地指向将来的事物，但是他并不知道这将来的事物是什么。它不同于预言家。预言家能瞥见将要来临的新事物，所以他不再为现实效力。预言家与这个现实的关系是和睦的，反讽者则与现实作对。所以，反讽者是世界发展所要求的牺牲品，为服务世界精神而心力交瘁，是真正的悲剧性英雄。

如何正确地对待反讽，使之服务于现实的社会和人生？克尔凯郭尔认为必须掌握它、限制它，将其作为自我发展的一个环节。"反讽曾在狂妄的无限性中四下奔突，耗尽了精力。掌握反讽，阻止它在无限性中肆无忌惮地奔腾绝不意味着它将丧失其重大意义，或者被全盘抛弃。与此相反，只有当个体采取正确的态度之时——这不是别的，乃是对反讽予以限制——反讽才获得其确当的意义、其真正的效用。"① 这正是克尔凯郭尔与德国浪漫派的不同之处。浪漫派反讽否定一切现实，视自我创造与自我毁灭的永恒交替中所获得的无限自由为唯一有价值的存在。克尔凯郭尔则将反讽与现实紧密联系起来，以辩证的态度来看待它："我们必须警告人们提防反讽，就像我们警告人们提防引诱者一样，但我们也必须把它当作引路人予以赞颂……作为消极的东西，反讽是道路；它不是真理，而是道路。"②

掌握反讽，将其视为现实中的自我发展的一个环节，才能克服浪漫主义者遁世的念头、病态的追求、无聊的情绪，拥有对现实的一种积极健康的爱。反讽与个人生活之间的关系和怀疑与科学之间的关系相似："恰如科学家们声称，没有怀疑就不可能有真正的科学，我们可以同样声称，没有反讽就不可能有真正的人生。只有当反讽被掌握了，它才会扭转未被掌握的反讽所倡导的生活。反讽分辨是非、确定目标、限制行动范围，从而给予真理、现实、内容；它责打、惩罚，从而给予沉着的举止和牢固的性格。反讽是个严师，只有不认识他

---

① [丹]索伦·奥碧·克尔凯郭尔：《论反讽概念》，汤晨溪译，北京：中国社会科学出版社，2005年，第283页。
② [丹]索伦·奥碧·克尔凯郭尔：《论反讽概念》，汤晨溪译，北京：中国社会科学出版社，2005年，第284页。

的人才害怕他，而认识他的人热爱他。谁要是压根儿不懂得反讽、听不见它的轻声低语，他当然也就缺乏可称作是个人生活的绝对起点的东西。"①

三、罗蒂：自由主义社会的公民是反讽主义者

理查德·罗蒂（Richard Rorty）是新实用主义哲学的代表。2005年，罗蒂来中国访问，在《东方早报》记者对其的专访中说："后现代主义并不意味着虚无主义和相对主义，这两个词是政治保守主义制造出来吓唬那些想要改革的人，希望中国的知识分子不要浪费太多时间讨论它们，西方曾经在这方面花费了很多时间却没有实在的意义。后现代主义其实没有什么新的东西，差不多就是85年前杜威来中国时讲的那些实用主义的东西。杜威有个很主要的观点，就是希望不要妨碍人家进行试验，不要妨碍他人的自由，不用担心你的行动是否符合什么普遍主义的真理。杜威的看法是：'民主''自由'并非建立在固有人性的基础上，只是社会实践的一种方式，行就行，不行就不行"②。罗蒂认为后现代主义差不多就是实用主义，而实用主义的思想，简而言之，就是不相信世界上有什么普遍人性、普遍真理。这也是他的专著《偶然、反讽与团结》中的核心观点。他在该书的序言中说："本书的目的之一，就是提出一个自由主义乌托邦的可能性：在这个乌托邦中，反讽主义在某种意义上具有普遍性。"③

第一，反讽主义者一个重要品德就是承认偶然。

罗蒂的自由主义乌托邦的理论是从对语言本质的重新认识开始的。他摒弃了语言用来表现自我或再现世界的语言媒介论观点，认为语言具有创造自我和世界的功能。但是这并不意味着人们可以主观随意地选择哪一种语言，也不意味着人们内心深处某个东西在决定着他们的选择，而是意味着从一个语言游戏到另一个语言游戏的转换中，判断和选择是没有意义的，因为一切都是偶然的结果。语言是被创造的，而自我又是由语言创造的，即罗蒂所说的："要追根究底使自己成为自己的原因，其唯一的方式是用新的语言诉说一个关于自己的

---

① [丹] 索伦·奥碧·克尔凯郭尔：《论反讽概念》，汤晨溪译，北京：中国社会科学出版社，2005年，第283页。
② http://www.shsjcb.com/cache/books/82/bkview-82013-201444.htm.
③ [美] 理查德·罗蒂：《偶然、反讽与团结》，徐文瑞译，北京：商务印书馆，2003年，第7页。

原因的故事。"① 罗蒂认为，弗洛伊德、尼采、维特根斯坦、海德格尔等都肯定了"再描述"是一种工具，肯定了语言能够使新的、不同的事物成为可能，表现出共有的一种嬉戏精神和反讽精神（the spirit of playfulness and irony）。

与语言、自我一样，真理也是被创造的。形而上学理论认为真理是对客观事物及其规律的正确反映，罗蒂认为真理正是人类对世界的描述，它不是被发现的而是被创造的，而且它所指涉的也不是某种先在的普遍本质、规律，而是在自由开放的交往中被相信的一切东西。真理如此，道德亦如此。他援引奥克肖特和塞拉斯的思想来证明这一点。奥克肖特认为："道德既不是一套普遍规则的系统，也不是一部规则的法典，而是一个地方性的语言……道德不是一个为了陈述关于行为的判断，或为了解决所谓道德问题的设备，道德乃是我们赖以思考、选择、行动和言说的一种实务。"② 塞拉斯主张道德就是"我们—意图"。如此一来，道德哲学的形式不再是普遍原则，而是一组实务，借助历史的叙述和乌托邦的想象而形成。

在重新界定语言、自我、真理、道德后，罗蒂总结说："一旦我们把我们的语言、我们的良知，和我们最崇高的希望视为偶然的产物，视为偶然产生出来的隐喻经过本义化的结果，我们便拥有了适合这理想自由主义国家公民身份的自我认同……总之，我的自由主义乌托邦的公民们，都会对他们道德考量所用的语言抱持着一种偶然意识，从而对他们的良知和他们的社会，也抱持着相同的意识。他们都会是自由主义的反讽者。"③

罗蒂认为每个人都随身携带一组词语，用来为他们的行动、信念和生命提供理据。他称这些词语为一个人的"终极语汇"（final vocabulary）。形而上学者相信终极语汇的解释力，反讽主义者则始终对之抱有一种怀疑精神，具体表现在："（一）由于他深受其他语汇——他所邂逅的人或书籍所用的终极语汇——所感动，因此他对自己目前使用的终极语汇，抱持着彻底的、持续不断的质疑；（二）他知道以他现有语汇所构作出来的论证，既无法支持，亦无法消解这些质疑；（三）当他对他的处境作哲学思考时，他不认为他的语汇比其

---

① ［美］理查德·罗蒂：《偶然、反讽与团结》，徐文瑞译，北京：商务印书馆，2003年，第43页。
② ［美］理查德·罗蒂：《偶然、反讽与团结》，徐文瑞译，北京：商务印书馆，2003年，第86页。
③ ［美］理查德·罗蒂：《偶然、反讽与团结》，徐文瑞译，北京：商务印书馆，2003年，第89页。

他语汇更接近实有,也不认为他的语汇接触到了在他之外的任何力量。"① 反讽主义者是唯名论者(nominalist),也是历史主义者(historicist),认为任何东西都没有内在的本性或真实的本质,任何东西都可以通过再描述而表现得好或坏。

为了更加清晰地展示自己的思想,罗蒂将自己与福柯、哈贝马斯进行了比较:福柯是不愿成为自由主义者的反讽者,哈贝马斯则是不愿成为反讽者的自由主义者;他与福柯的差别是政治上的,他与哈贝马斯的差别是纯粹哲学上的。福柯致力于对偶然性的系谱学叙述,所以他是一名反讽主义者。但是福柯揭发民主社会的种种弊端,不承认现代自由主义社会所形塑出来的自我会优于以前社会创造的自我,不认为自由主义社会给成员加上的种种束缚有效地减轻了人类的痛苦,要求自律必须体现在制度当中而不是局限在私人领域,所以他不能算是一个自由主义者。哈贝马斯企图以"主体间性哲学"取代"主体性哲学",以沟通理性取代主体理性,以"无宰制的沟通"取代"对人类尊严的尊敬",来确保社会变得更民主,所以他是一个自由主义者。但是他认为对于一个民主社会来说至关重要的是它的自我意象必须体现启蒙运动的普遍主义和某种形式的理性主义,所以他不是一个反讽主义者。尽管哈贝马斯与罗蒂都主张"沟通",但前者的目的是对理性主义汰旧换新,而后者的目的是彻底瓦解理性主义。

第二,反讽主义者必须区分私人领域和公共领域。

将私人领域与公共领域、个人完美与人类自由统一起来,是从柏拉图就开始的形而上学理论的任务,所以他们都求助于某种本质性、普遍性的东西,比如上帝、理性、人性等。罗蒂认为反讽主义理论是不可能做到这一点的。反讽主义者必须接受他们的终极语汇中私人部分和公共部分势必分裂的事实,应该认识到从个人终极语汇的疑惑中获得开悟与想要帮助他人解决痛苦和侮辱的企图不存在任何特殊的关系,不应该去追求自我创造和政治之间的结合。罗蒂说:"我的自由主义的反讽主义者并非对其遇见的每个人都反讽。他把反讽留给自己。自由主义的部分是公共的,而反讽的部分是私人的。"②

---

① [美]理查德·罗蒂:《偶然、反讽与团结》,徐文瑞译,北京:商务印书馆,2003年,第73页。
② Richard Rorty. *Against Bosses*, *Against Oligarchies*. Chicago: Prickly Paradigm Press, 2002, p. 63.

凡是对语言、自我、真理、道德等的形成抱持偶然意识的都是反讽主义者，包括专门从事理论研究的反讽主义哲学家和从事具体实践的一般的反讽主义者，前者如黑格尔、尼采、海德格尔、德里达，后者如小说家、民俗学家、记者、漫画家等。罗蒂认为反讽主义哲学家属于私人的哲学家。他们在自己的私人领域尽情地从事语言游戏和自我创造，他们的成果对于个人自我意向的形成是无价之宝，但对于公共生活和政治问题大抵是英雄无用武之地的。他们不是为了人类自由、公共和谐，而是为了个人完美。

反讽主义哲学家和所有的反讽主义者一样，都希望从过去的偶然中摆脱出来，创造自己的偶然，从旧的终极语汇中摆脱出来，创造一个全新的属于他自己的终极语汇。只不过他所描述的过去是一个更大的过去，是整个人类、种族、文化的过去，它所关联到的不是偶然现实的杂烩，而是一个由种种可能性构成的领域，所以他们喜欢独撰一个大于自我的主角，利用这个主角的生涯界定他们的观点，他们想要的是崇高而不可言喻，与过去完全相异、焕然一新的东西。一般的反讽主义者所描述的过去是自我的过去，所以他关注自己的芝麻小事，建构由微不足道的偶然所构成的网络，其再描述的目的并不是追求与过去的大相径庭，而是纯粹的差异，是美丽和新奇，是为了让自己有能力说"我曾欲其如是"。

罗蒂认为尽管反讽主义哲学家所追求的不是如形而上学家那样的公共权利，而是个人完美，但其实他们仍然有一种隐秘的"权力情结"，总希望因为自己与一个伟大人物有密切关系而拥有一种特殊的权力，比如黑格尔的"世界精神"、尼采的"超人"、海德格尔的"存在"，都具有人与上帝的双重性特征，所以他们往往不能算是彻底的反讽主义者。一般的反讽主义者，比如小说家普鲁斯特，将所有权威人物都看成是偶然环境的产物，将其时间化和有限化，在这一方面反而比反讽主义哲学家表现得更彻底。

反讽主义哲学家进行再描述时，也强调过去哲学家的思想都是非常有限的时间内的思想，同时他又强调自己的超越性；他一方面说自己的再描述已经穷尽了最后的可能性，另一方面又不得不说自己只是创造了一个现实，开创了新的可能性。所以罗蒂认为他们面临着一个无法克服的问题：如何克服权威，而同时又不自立权威。对于这对紧张关系，尼采和黑格尔都有意回避，唯独海德格尔严肃对待。他所制造出的一些所谓的"最基本语词"，如"Dasein"（此在)、"Neoin"(能思)、"Physis"(显现)等,就是为了表达这种困境,"它们都要表达真诚的此在对自身的一种觉悟,也就是认识到自己不得不使用一套终极语汇,同时又意识到任何语汇都不是终极的,也就是觉悟到此在自身的'超稳定性'。换言之,'此在'就是海德格尔给予反讽主义者的名字"①。企图挣脱这种困境正是海德格尔提出哲学真理有赖于语言因素选择的原因。他想超越过去所有的理论,但又不想将自己陷入理论中。在解构权威概念的权威性上,海德格尔与普鲁斯特有相似之处,他只想倾听形上学家词语的共鸣,而不想把这些词语当作工具来使用。但是两者也有不同:普鲁斯特没有公共野心,海德格尔则相信这些词语与整个西方的公共命运息息相关。罗蒂认为他的"此在""能思""显现"其实与普鲁斯特的"盖尔芒特""贡布雷""吉尔贝特"一样,都只是私人的东西。罗蒂认为德里达继续思索海德格尔的问题——如何将反讽与理论化结合起来,其途径就是干脆抛弃理论,让那些精神先驱们成为他游戏的玩伴,对其加以恣意的狂想:"所以,我认为德里达的重要性就在于他有勇气抛开私人与公共的企图,不再试图将私人自律的追求和公共和谐与利益的努力,结为一体。"②

第三,反讽主义者可以实现自由主义政治和人类团结。

反讽主义者能否成为自由主义者?缺少了形而上学,会不会给自由主义政治带来风险?反讽与人类团结能否一致?对这些问题,罗蒂都给予了深入思考。在何为"自由主义者"问题上,罗蒂沿用了茱迪·史珂拉(Judith N. Shklar)的定义,即相信"残酷"是最坏的事的人。根据史珂拉的定义,残酷是指强者对弱者在身体或情感上施加痛苦,这里的强者不仅指个人,还指制度和法律体系。③ 罗蒂认为自由主义政治就是要避免残酷,但并不是如形而上学家所认为的需要人们对什么是普遍人性有共识,而只要对自由的可欲性具有共识即可,"自由主义政治最重要的是,人们普遍共同相信——诚如我在第三章所言——凡是经由自由讨论所得到的结果,我们都愿意称之为'真的'或'好的'——只要我们妥善照顾政治自由,真理与善将会妥善照顾他们自己。"④

---

① [美] 理查德·罗蒂:《偶然、反讽与团结》,徐文瑞译,北京:商务印书馆,2003年,第160页。
② [美] 理查德·罗蒂:《偶然、反讽与团结》,徐文瑞译,北京:商务印书馆,2003年,第179页。
③ Judith Shklar. *Ordinary Vices*. Cambridge: Harvard University Press, 1984, p.11.
④ [美] 理查德·罗蒂:《偶然、反讽与团结》,徐文瑞译,北京:商务印书馆,2003年,第120页。

反讽主义者的再描述往往会改变人或事物原来的面貌,容易带有侮辱意味,罗蒂并不否认这一点。他说:"在某种意义上,这主张潜藏着强烈的残酷性。因为要使一个人痛不欲生,最好的方法是侮辱他,把他认为最重要的东西变得一文不值、落伍过时,或毫无意义。这就像是把一个小孩的宝贝东西重新描述为'垃圾',丢弃到垃圾堆中。这也像是拿他的这些宝贝东西和另一个富裕人家小孩的宝贝东西来并排比较,使它们相形见绌,显得荒谬不堪。"① 但罗蒂认为,这种侮辱在文化的演进中是不可避免的,而且这种侮辱与反讽主义的关系不见得比与形而上学的关系密切。因为形而上学家也在做再描述的工作,不同的只在于他们标榜理性,而非想象。所以再描述是知识分子的共同特征,而非反讽主义者的专利。反讽主义者之所以尤其引发不满是因为形而上学家利用论证作幌子来掩饰他们的再描述,并且认为再描述可以增强力量,而反讽主义者则不曾提供类似的保证。

罗蒂认为自由主义的反讽主义者和自由主义的形而上学家有两点不同:"第一点牵涉到他们对于再描述对自由主义有何贡献的看法;第二点牵涉到他们对于公共希望与私人反讽的关联的看法。"②

关于第一点,反讽主义者认为能够回答"什么会构成侮辱"就是对自由主义的目标有所贡献,形而上学家还要求进一步回答"为什么我必须避免造成侮辱",并且要论证人类的慈悲愿望是由于共同本性,反讽主义者则只希望再描述能够增加我们的慈悲机会,减少我们侮辱别人的机会。形而上学家认为人的道德性就在于大家都与一个伟大的力量——例如理性、上帝、真理或历史——关联在一起;反讽主义者则认为人的道德性、人的道德主体性就在于人是"有可能遭受侮辱的东西",人类的团结感建立在对人类共有的危险的感受上,而不是基于一种共通的人性或共享的力量,后者只是形而上学家的虚构。罗蒂认为塞拉斯的观点具有合理性——"除了我们所认同的社群'我们——意图'之外,我们别无其他义务。"③ 团结是创造出来的,而不是被发现的。人类社会的道德进步必然是朝着更大的人类团结方向发展,"我们"所指涉的范围必将不断地扩大,其根源不是人类共有的核心自我或人性本质,而是人类在痛苦和

---

① [美]理查德·罗蒂:《偶然、反讽与团结》,徐文瑞译,北京:商务印书馆,2003年,第127页。
② [美]理查德·罗蒂:《偶然、反讽与团结》,徐文瑞译,北京:商务印书馆,2003年,第128页。
③ [美]理查德·罗蒂:《偶然、反讽与团结》,徐文瑞译,北京:商务印书馆,2003年,第280页。

侮辱方面的相似性。当道德义务互相冲突时，或者当道德义务与私人承诺发生冲突时，我们无法诉诸可以经由哲学法庭发现并加以运用的某种更高义务，而只能一方面利用我们现有的终极语汇来工作，另一方面要有意识地扩充或修改它。自由主义乌托邦的实现，是一个永无止境地、日新又新地实现"自由"的过程，而不是与一个早已存在的"真理"趋于一致的过程。

关于第二点，罗蒂认为私人反讽与公共希望之间有关联，关键是分清再描述的目的是公共的还是私人的。如果是私人的，那与别人毫不相干；如果是公共的，那就要警觉自己的行为侮辱他人的可能性，要凭借想象力，了解他人的终极语汇，为他人设身处地着想，提升感同身受的灵敏度，想象性地认同他人生命的细枝末节，逐渐把别人视为"我们之一"。这个过程其实就是详细地描述陌生人和重新描述我们的过程。承担这项任务的，不是理论，而是民俗学、记者的报道、漫画书、纪录片，尤其是小说。①

总之，罗蒂认为自由主义社会的反讽主义者就是承认语言、自我、真理、道德形成的偶然性，怀疑一切具有普遍性的事物。这对于反对理性、反对逻各斯中心主义、颠覆权威话语等具有重要价值，有利于形成文化的开放性、多元性。但是，这种怀疑、否定必须与现实结合起来，像克尔凯郭尔所说的，必须将反讽作为发展的一个环节，掌握它、限制它，否则可能容易走上浪漫派反讽的路，在无限绝对的否定中走向疯狂，走向虚无主义。罗蒂构建自由主义乌托邦，最主要的目的应是为私人领域争取合法性，其次是希望私人领域与公共领域并存，"友爱和正义共同作用，最终使社会形成了一幅私人领域的自我陶醉和公共领域的实用主义交织在一起错综复杂的拼图"②。罗蒂认为形而上学者总是求助于某种本质性、普遍性的东西，比如上帝、理性、人性，以图将私人领域与公共领域、个人完美与人类自由统一起来，反讽主义理论做不到，而且在实践中，除基督徒能让两者并行不悖外，其余人都无法做到，所以自由主义社会必须区分私人领域和公共领域，自由主义社会的反讽主义者必须拥有两套语汇，不能让私人领域的反讽影响到公共领域的行为。但事实上这两个领域在实践中是很难分开的。罗蒂构建的自由主义乌托邦，主要建立在种种信念上：

---

① [美]理查德·罗蒂：《偶然、反讽与团结》，徐文瑞译，北京：商务印书馆，2003年，第7页。
② Richard Rorty. *Objectivity, Relativism and Truth*. New York: Cambridge University Press, 1991, p.120.

"相信社会组织的目的,在于让每一个人都有机会尽情发挥自己的能力来从事自我创造,而且这个目的所要求的,除了和平和财富之外,还有标准的'布尔乔亚自由'。"① 相信残酷是最坏的事,用信念来解释社会的发展进步,则显得过于理想化了。

---

① [美] 理查德·罗蒂:《偶然、反讽与团结》,徐文瑞译,北京:商务印书馆,2003年,第120页。

第二章　中国古代文化中的反讽思想

"反讽"在西方是个非常古老的概念,在当代更是被广泛使用,但其在国内得到广泛使用却比较晚。1976年出版的陈望道的《修辞学发凡》所列修辞格中尚没有"反讽",但有与其意思相近的概念"倒反"——"说者口头的意思和心里的意思完全相反的",并将其分为两类:一是倒词,"或因情深难言,或因嫌忌怕说,便将正意用了倒头的语言来表现,但又别无嘲弄讽刺等等意思"(比如称自己的孩子为"冤家"、黛玉称宝玉为"我命中的魔星");一是反语,"不止语义相反,而且含有嘲弄讥刺等意思"①。直到2002年,商务印书馆出版的第四版《现代汉语词典》附录"新词新义"中才收了"反讽"词条,解释是"从反面讽刺:用反语进行讽刺"。这一界定强调了反讽表意的形式特点——反语,同时也强调了反讽的功能——讽刺,而事实上讽刺只是反讽的一个功能,或者说是日常生活中的常用功能,在文学艺术、哲学中,反讽还有很多其他功能。

中国古代文化中没有反讽这个概念。"反讽"二字在《四库全书》② 中出现了3次。《宋史》卷四一六和《钦定续通志》卷四〇七中均有如下文字:"似道入相,疾其功,非独不加赏,反讽监察御史陈寅、侍御史孙附风一再劾罢之,送漳州居住","反"是"反而","讽"是"暗示"。另,吕延祚《进五臣集注文选表》云:"臣览古籍,至梁昭明太子所撰《文选》三十卷。阅完未已,吟读无数。风雅其来,不之能尚。则有遣词激切,揆度其事,宅心隐微,晦灭

---

① 陈望道:《修辞学发凡》,上海:上海教育出版社,1976年,第132、133页。
② 本书中的《四库全书》,均为香港迪志文化出版有限公司和上海人民出版社1999年合作出版的电子版《文渊阁四库全书》。本章未注明具体出处、只注明卷数的古代文献方面的引文,均来自此版本,句读为笔者参考相关著作所加。

其兆。饰物反讽，假时维情。非失幽识，莫能洞究。"① "反"通"返"，意即达到，"讽"为讽喻、讽谏之意，"反讽"意为达到讽谏的目的，即用含蓄委婉的语言暗示、劝告或指责的意思，讽谏为"五谏"之一，《白虎通义》（卷上）有载："人怀五常，固有五谏，谓：讽谏、顺谏、窥谏、指谏、伯谏。"这3处"反讽"，都是单独两个字，不是一个词。中国古代文化中尽管没有反讽这个概念，却并不缺乏西方反讽概念所蕴含的语言风格和文化精神，中西传统文化土壤的不同又使两者通而不同。

第一节 比兴、春秋笔法与反讽

反讽表意的基本特征是所言非所是，字面义与实际义不一致，中国的诗教文化、史官文化为它的发生提供了土壤。孟子的"王者之迹熄而《诗》亡，《诗》亡然后《春秋》作"指出诗与史有一脉相承之处，《诗》之讽谏与《春秋》之褒贬相通。《礼记·经解》载孔子语："温柔敦厚，诗教也。"唐孔颖达疏："'温'谓颜色温润，'柔'谓情性和柔。《诗》依违讽谏，不指切事情，故云'温柔敦厚'，是《诗》教也。"②比兴是《诗经》实现讽谏目的、彰显温柔敦厚审美之风的重要方法。春秋笔法则是对《春秋》褒贬法的概括，即《左传》中说的："《春秋》之称，微而显，志而晦，婉而成章，尽而不污，惩恶而劝善。"③两者的思维是相通的，都强调用曲笔来间接表意，以达到惩恶劝善的目的。清章学诚在《文史通义》中即云："程子尝谓有《关雎》、《麟趾》之意而后可以行《周官》之法度。吾则以谓通六义比兴之旨而后可以讲春王正月之书，盖言心术贵于养也。"④

一、比兴与反讽

"比兴"是中国古代诗学的重要概念，最早见于《周礼·春官·大师》：

---

① 丁守和等：《中国历代奏议大典》第二册，哈尔滨：哈尔滨出版社，1994年，第738页。
② （汉）郑玄注、（唐）孔颖达疏：《礼记正义》，上海古籍出版社编：《十三经注疏》，上海：上海古籍出版社，1997年，第1609页。
③ （晋）杜预集解：《春秋经传集解》，上海：上海古籍出版社，1978年，第735页。
④ （清）章学诚：《文史通义》，上海：上海古籍出版社，2015年，第69页。

第二章　中国古代文化中的反讽思想

"教六诗：曰风，曰赋，曰比，曰兴，曰雅，曰颂。"《毛诗序》以此为诗之"六义"。风雅颂是诗的体例，赋比兴是作诗方法。"赋"的意思是直陈其事，关于这一解释基本无异议，对"比""兴"的解释，各家角度、重点有所不同。东汉郑玄从诗教角度注释"比"为"见今之失，不敢斥言，取比类以言之"，"兴"为"见今之美，嫌于媚谀，取善事以喻劝之"。① 南朝梁刘勰从艺术方法角度谈："故比者，附也；兴者，起也。附理者切类以指事，起情者依微以拟议。起情故兴体以立，附理故比例以生。比则畜愤以斥言，兴则环譬以记讽。"②

《诗经》采用比兴的手法是为了美刺，如《毛诗序》所言："上以风化下，下以风刺上，主文而谲谏，言之者无罪，闻之者足以戒，故曰风。"《康熙字典》对"谲"有详细解释："《说文》：'权诈也'……《玉篇》：'谲谏依违，不直言也'。"③ "谲谏"，通俗地说，就是委婉地进言，不违君臣之礼，彰显温柔敦厚之风。《诗经》中有一些诗歌，从表面上看是在赞美，其实是说反话，意在讽刺，这种"以美为刺"的表意方式和亚里士多德所说的"反讽"修辞很接近，即"演说者试图说某件事，却又装出不想说的样子，或使用同事实相反的名称来称述事实"。比如《郑风·有女同车》："有女同车，颜如舜华。将翱将翔，佩玉琼琚。彼美孟姜，洵美且都。有女同行，颜如舜英。将翱将翔，佩玉将将。彼美孟姜，德音不忘。"从字面上看是写一个男子与一位美丽的女子同车，《毛诗序》认为这是在讽刺郑公子忽没有娶美丽的齐女："刺忽也。郑人刺忽之不昏于齐。太子忽尝有功于齐，齐侯请妻之。齐女贤而不取，卒以无大国之助，至于见逐。故国人刺之。"④ 再如《邶风·静女》："静女其姝，俟我于城隅。爱而不见，搔首踟蹰。静女其娈，贻我彤管。彤管有炜，说怿女美。自牧归荑，洵美且异。匪女之为美，美人之贻。"从字面上看写的是一对青年男女相约幽会的美好情景，《毛诗序》则认为："《静女》，刺时也。卫君无道，夫人无德。"⑤ 再如《齐风·卢令》："卢令令，其人美且仁。卢重环，其人美且

---

① 钱仲联等：《中国文学大辞典》，上海：上海辞书出版社，1997 年，第 53 页。
② （梁）刘勰著，范文澜注：《文心雕龙注》，北京：人民文学出版社，1958 年，第 601 页。
③ （清）张玉书等编纂：《康熙字典：标点整理本》，上海：汉语大词典出版社，2002 年，第 1155 页。
④ 文渊阁四库全书《诗序》卷上。
⑤ 文渊阁四库全书《诗序》卷上。

鬈。卢重锊，其人美且偲。"从字面上看是赞美猎人内外兼美，《毛诗序》却认为："《卢令》，刺荒也。襄公好畋猎，毕弋而不修民事，百姓苦之，故陈古以风焉。"①

"以美为刺"说不仅影响了后人对《诗经》的解读，也影响了中国的诗论。中国历史上第一部文法修辞著作——南宋陈骙的《文则》就将以美为刺作为一种风格："诗人《庭燎》之咏，文虽美之，意则箴之；张老轮奂之辞，文虽颂之，意则讥矣。"②《庭燎》为《诗经·小雅》中的一首诗歌，原文为："夜如何其？夜未央，庭燎之光。君子至止，鸾声将将。夜如何其？夜未艾，庭燎晰晰。君子至止，鸾声哕哕。夜如何其？夜乡晨，庭燎有辉。君子至止，言观其旂。"《礼记·檀弓下》有言："晋献文子成室，晋大夫发焉。张老曰：'美哉，轮焉！美哉，奂焉！歌于斯，哭于斯，聚国族于斯！'"陈骙那句话意思是说：《庭燎》这首诗，文字上看是歌颂宣王勤政，其实是说宣王没有勤政，意在规劝；张老歌颂宫室美轮美奂之辞，其实是在讥讽晋献文子的宫室过于华丽。

以美为刺说是汉儒解诗的重要方法，后世学者也对此有诸多意见。比如《小雅·楚茨》，从字面意义上看是描写祭祀的全过程，从稼穑到垦荒到丰收到祭祀，写祭祀又从祭前的准备写到祭后的宴乐。《毛诗序》认为："刺幽王也。政烦赋重，田莱多荒，饥馑降丧，民卒流亡，祭祀不飨，故君子思古焉。"③朱熹在《诗序辨说》里说："自此至《车辖》凡十篇，似出一手，辞气和平，称述详雅，无风刺之意。《序》以在变雅中，故皆以为伤今思古之作。《诗》固有如此者，然不应十篇相属，绝无一言以见其为衰世之意也。窃恐正《雅》之篇有错脱在此者耳，《序》皆失之。"④清黄中松在《诗疑辨证》中也说："夫班、张之赋，喜述西京之盛仪；元、白之诗，多咏开元之盛事。古人身居衰季，遐想郅隆，恨不生于其时，而反覆咏歌，固无聊寄托之词也。然追慕之下，必多感慨；词气之间，时露悲伤。而十诗典洽和畅，毫无怨怼之情，何以变欣慰为愤懑，易颂美为刺讥乎？故就诗论诗，《朱传》得之者盖十八九

---

① 文渊阁四库全书《诗序》卷上。
② (宋)陈骙、(宋)李塗：《文则 文章精义》，北京：人民文学出版社，1960年，第25页。
③ 文渊阁四库全书《诗序》卷下。
④ (宋)朱熹：《诗集传》，见朱熹：《朱子全书》，上海：上海古籍出版社，2002年，第387页。

矣。"① 尽管如此，陈骙将以美为刺作为一种文法修辞列入《文则》中，就说明它已经被公认为一种表意方式。这种表意方式跟"反话正说"如出一辙，属于反讽表意的一种。《诗经》中的同一首诗，是否是"刺"以及所"刺"之人是谁，之所以不同学者对此有不同见解，正因为反讽不同于隐喻、转喻、提喻等其他修辞格。它不仅可能是作者有意使用的一种修辞格，也可能是读者的一种认知框架，一种阐释策略，是读者借助文本的外语境阐释出来的，代表了某一个阐释社群的观点。汉代学者如此解读《诗经》，自有他们那个阐释社群的目的。

《诗经》的美刺传统在汉赋"劝百讽一"的文体中留下身影。汉赋（指汉大赋，下同）极力铺陈宫馆游猎、服饰声色，结尾却又用几句话进行劝谏。比如司马相如《上林赋》以气势磅礴、浓墨重彩的语言描绘了上林苑的壮丽多姿以及天子率众臣游猎的盛况和置酒张乐的声色后，附上这样的结尾："于是酒中乐酣，天子芒然而思，似若有亡，曰：'嗟乎！此大奢侈。朕以览听余闲，无事弃日，顺天道以杀伐，时休息于此。恐后叶靡丽，遂往而不返，非所以为继嗣创业垂统也。'于是乎乃解酒罢猎，而命有司曰：'地可垦辟，悉为农郊，以赡萌隶，隤墙填堑，使山泽之人得至焉。实陂池而勿禁，虚宫馆而勿仞，发仓廪以救贫穷，补不足，恤鳏寡，存孤独，出德号，省刑罚，改制度，易服色，革正朔，与天下为更始。'……"② 而他的《子虚赋》前文写子虚先生和乌有先生互相夸耀齐楚两国的广袤富饶，结尾却归之于节俭。

司马迁在《史记·司马相如列传》中赞扬司马相如继承了《诗经》的讽谏传统，反对扬雄贬低司马相如辞赋的价值："相如虽多虚辞滥说，然其要归引之节俭，此与诗之风谏何异。扬雄以为靡丽之赋，劝百风一，犹驰骋郑卫之声，曲终而奏雅，不已亏乎？"③ 刘勰在《文心雕龙》中却表达了相反的观点——"自《七发》以下，作者继踵。观枚氏首唱，信独拔而伟丽矣……观其大抵所归，莫不高谈宫馆，壮语畋猎；穷瑰奇之服馔，极蛊媚之声色。甘意摇骨体，艳词动魄识。虽始之以淫侈，而终之以居正，然讽一劝百，势不自反。

---

① 陈子展：《雅颂选译》，上海：上海古籍出版社，1986年，第252页。
② 陈振鹏、章培恒主编：《古文鉴赏辞典》，上海：上海辞书出版社，2014年，第249页。
③ （汉）司马迁：《史记·太史公自序》，北京：中华书局，1959年，第3037页。

子云所谓先'骋郑卫之声，曲终而奏雅'者也。"① 班固的观点与刘勰相同，在《汉书·扬雄传》中说："雄以为赋者，将以风之，必推类而言，极靡丽之辞，闳侈巨衍，竞于使人不能加也。既乃归之于正，然览者已过矣。往时武帝好神仙，相如上《大人赋》，欲以风，帝反缥缥有陵云之志。繇是言之，赋劝而不止，明矣。"②

刘勰的"讽一劝百，势不自反"，是说劝诱奢靡的言辞远远超过了讽诫正道的言辞，本欲使人警戒，结果却适得其反。班固的"既乃归之于正，然览者已过矣"，更是形象地描绘了读者的阅读反应，即结尾虽然作者想纠正，但已经不能对读者产生影响了。这也体现了现代心理学上的首因效应（Primacy Effect）。汉赋的这种现象用叙事学的术语来解释，就是"不可靠叙述"，即叙述者与隐含作者的意义－价值观不一致，属于反讽叙述的一种。赵毅衡将不可靠叙述分为"全局不可靠"和"局部不可靠"，其中前者又分为三种，有一种为"文本中最后出现可靠部分，但是纠正无力"。在这部分中，他以汉赋为例进行了论述："叙述者往往在行文中进行铺张夸饰的排比，在结尾处对前文的叙述予以一定程度的纠正，规劝国君应该节俭治国。但是纠正的篇幅很短，形成'劝百讽一'。读者感受到文章的隐含作者实际上是在以辞藻雕饰大做文章，露才扬己而已，并不是真的想规劝国君。"③

《诗经》中除了读者借助文本外语境阐释出来的反讽——"以美为刺"，还有一些反讽，从文本本身即可以看到，比如《诗经·国风·魏风·伐檀》：

> 坎坎伐檀兮，置之河之干兮，河水清且涟猗。不稼不穑，胡取禾三百廛兮？不狩不猎，胡瞻尔庭有县貆兮？彼君子兮，不素餐兮！
>
> 坎坎伐辐兮，置之河之侧兮，河水清且直猗。不稼不穑，胡取禾三百亿兮？不狩不猎，胡瞻尔庭有县特兮？彼君子兮，不素食兮！
>
> 坎坎伐轮兮，置之河之漘兮，河水清且沦猗。不稼不穑，胡取禾三百囷兮？不狩不猎，胡瞻尔庭有县鹑兮？彼君子兮，不素飧兮！

前文叙述了统治者不劳而获的事实，后文却说："彼君子兮，不素餐兮"！

---

① （梁）刘勰著，范文澜注：《文心雕龙注》，北京：人民文学出版社，1958年，第255~256页。
② 许嘉璐编：《二十四史全译·汉书》第三册，上海：汉语大词典出版社，2003年，第1762页。
③ 赵毅衡：《广义叙述学》，成都：四川大学出版社，2013年，第236~238页。

"君子"在古代指具有很高的道德境界和个人修养的贤人,此处称不劳而获的统治者为"君子",自然是在说反话。① 再如清沈德潜在《说诗晬语》中对《君子偕老》《猗嗟》的反讽表意的分析:"讽刺之词,直诘易尽,婉道无穷。卫宣姜无复人理,而《君子偕老》一诗,止道其容饰衣服之盛,而首章末以'子之不淑,云如之何?'二语逗露之。鲁庄公不能为父复仇,防闲其母,失人子之道,而《猗嗟》一诗,止道其威仪技艺之美,而章首以'猗嗟'二字讥叹之。苏子所谓不可以言语求而得,而必深观其意者也,诗人往往如此。"②

二、"春秋笔法"与反讽

"春秋笔法"原指孔子修订《春秋》的笔法,其内涵最早在《左传》中被提及,分别见于"成公十四年"和"昭公三十一年":"《春秋》之称,微而显,志而晦,婉而成章,尽而不污,惩恶而劝善。非圣人谁能修之?"③ "《春秋》之称微而显,婉而辨。上之人能使昭明,善人劝焉,淫人惧焉,是以君子贵之。"④ 晋杜预进一步对之进行阐释,并把它概括为"春秋五例":

> 一曰"微而显",文见于此,而起义在彼,"称族,尊君命;舍族,尊夫人"、"梁亡"、"城缘陵"之类是也。二曰"志而晦",约言示制,推以知例。参会不地、与谋曰"及"之类是也。三曰"婉而成章",曲从义训,以示大顺。诸所讳辟、璧假许田之类是也。四曰"尽而不污",直书其事,具文见意,丹楹刻桷、天王求车、齐侯献捷之类是也。五曰"惩恶劝善",求名而亡,欲盖而章。书齐豹"盗"、三叛人名之类是也。⑤

春秋笔法包含丰富的思想,后世学者从经学、史学、文学等角度不断地对其进行阐发,使之深刻地影响了中国文化的诸多领域。中国历史上第一部文学理论著作《文心雕龙》说:"因鲁史以修《春秋》,举得失以表黜陟,征存亡以

---

① 倪爱珍:《史传与中国文学叙事传统》,北京:中国社会科学出版社,2005年,第134页。
② 陈子展撰述:《诗三百解题》,上海:复旦大学出版社,2001年,第162页。
③ (晋)杜预:《春秋经传集解》,上海:上海古籍出版社,1978年,第735页。
④ (晋)杜预:《春秋经传集解》,上海:上海古籍出版社,1978年,第1592页。
⑤ (周)左丘明传,(晋)杜预注,(唐)孔颖达正义:《春秋左传正义》卷第一《春秋序》,见李学勤主编:《十三经注疏》,北京:北京大学出版社,1999年,第18~20页。

标劝戒；褒见一字，贵逾轩冕；贬在片言，诛深斧钺。"①强调《春秋》叙事，惩恶扬善，一字褒贬。刘知几《史通·叙事》强调《春秋》叙事尚简用晦的特点："夫国史之美者，以叙事为工，而叙事之工者，以简要为主。简之时义大矣哉！历观自古，作者权舆，《尚书》发踪，所载务于寡事，《春秋》变体，其言贵于省文。斯盖浇淳殊致，前后异迹。然则文约而事丰，此述作之尤美者也。"②刘知几还指出叙事语言有显晦之分，晦乃上品，而《春秋》和《左传》在这个方面一脉相承："既而丘明受《经》，师范尼父。夫《经》以数字包义，而《传》以一句成言，虽繁约有殊，而隐晦无异。"③

中国自古即有重史的传统，史官文化源远流长。史贵于文的观念，使中国的文学创作和文论话语都深受史家的影响，春秋笔法亦是如此。钱锺书将修辞学的源头追溯到春秋笔法，认为："《春秋》之'书法'，实即文章之修词……《公羊》、《谷梁》两传阐明《春秋》美刺'微词'，实吾国修词学最古之发凡起例。"④"春秋笔法"意味着一句话的字面义/实际义或曰表达面/意图面不一致，看似在客观叙述一件事，实则隐含着更深的意义，具有鲜明的褒贬色彩，与反讽修辞的形成机制相通。比如隐公元年记："夏，五月，郑伯克段于鄢。"从字面上看只是记录郑伯杀弟弟共叔段这件事，实际义并非如此简单。《左传》释义为："段不弟，故不言弟；如二君，故曰克；称郑伯，讥失教也；谓之郑志。不言出奔，难之也。"《公羊传》解释"克"的深层含义："克之者何？杀之也。杀之，则曷为谓之克？大郑伯之恶也。"⑤庄公二十三年记"秋，丹桓宫楹"。从字面义看，此句只是记录了桓公把宫殿里柱子漆成红色这件事，实际义并非如此。《公羊传》《谷梁传》都认为它是在谴责桓公违反周礼："何以书？讥。何讥尔？丹桓宫楹，非礼也。""礼，天子、诸侯黝垩，大夫仓，士黈，丹楹，非礼也。"⑥再如昭公五年记："夏，莒牟夷以牟娄及防兹来奔。"

---

① （梁）刘勰著，范文澜注：《文心雕龙注》，北京：人民文学出版社，1958年，第283~284页。
② （唐）刘知几撰，（清）浦起龙释：《史通通释》，上海：上海古籍出版社，1978年，第165页。
③ （唐）刘知几撰，（清）浦起龙释：《史通通释》，上海：上海古籍出版社，1978年，第173页。
④ 钱锺书：《管锥编》（第三册），北京：中华书局，1979年，第967页。
⑤ （汉）公羊寿传，（汉）何休解诂，（唐）徐彦疏：《春秋公羊传注疏》，见李学勤主编：《十三经注疏》，北京：北京大学出版社，1999年，第16页。
⑥ （晋）范宁集解，（唐）杨士勋疏：《春秋谷梁传注疏》，见李学勤主编：《十三经注疏》，北京：北京大学出版社，1999年，第88页。

表面义是夏季莒国的牟夷来投奔鲁国并献上牟娄和防、兹等地，实际义并非如此。晋杜预认为："牟夷非卿而书，尊地也"，"邾庶其、莒牟夷、邾黑肱以土地出，求食而已，不求其名，贱而必书。此二物者，所以惩肆而去贪也"。①作者的实际意图是贬斥牟夷把自己国家的土地献给鲁国作为见面礼的叛国行径。

春秋笔法的叙事思想一直贯穿于中国古典文学，而且其形式和功能都更加丰富多样。刘知几认为《春秋》叙事尚简用晦，"晦"是春秋笔法的一个重要特征。他将"晦"与"显"作为一对范畴对比阐述，指出了晦笔的优越性："显也者，繁词缛说，理尽于篇中；晦也者，省字约文，事溢于句外。然则晦之将显，优劣不同，较可知矣。夫能略小存大，举重明轻，一言而巨细咸该，片语而洪纤靡漏，此皆用晦之道也。"②刘知几此处的"晦"与刘勰所说的"隐"内涵是相通的，"是以文之英蕤，有秀有隐。隐也者，文外之重旨者也；秀也者，篇中之独拔者也。隐以复意为工，秀以卓绝为巧。斯乃旧章之懿绩，才情之嘉会也。夫隐之为体，义主文外，秘响旁通，伏采潜发，譬爻象之变互体，川渎之韫珠玉也"③。其后，关于作文重"晦""隐"的相似论述非常多，只是在功能上，有的偏重审美，有的偏重批判、教化，比如：

> 唐司空图："不著一字，尽得风流。"
> 唐白居易："诗有内外意：一曰内意，欲尽其理。理，谓义理之理，美、刺、箴、诲之类是也。二曰外意，欲尽其象。象，谓物象之象，日月、山河、虫鱼、草木之类是也，内外含蓄，方入诗格。"④
> 宋司马光："古人为诗，贵于意在言外，使人思而得之，故言之者无罪，闻之者足以戒也。"⑤
> 宋苏轼："言有尽而意无穷者，天下之至言也。"
> 清刘熙载："词之妙，莫妙于以不言言之，非不言也，寄言也，如寄

---

① （晋）杜预集解：《春秋经传集解》，上海：上海古籍出版社，1978年，第1270、1592页。
② （唐）刘知几撰，（清）浦起龙释：《史通通释》，上海：上海古籍出版社，1978年，第174页。
③ ［梁］刘勰著，范文澜注：《文心雕龙注》，北京：人民文学出版社，1958年，第631～632页。
④ 陈伯海：《唐诗学文献集粹》（上），上海：上海古籍出版社，2016年，第198页。
⑤ （宋）司马光：《续诗话》，见郑乃臧、唐再兴主编：《文学理论词典》，北京：光明日报出版社，1989年，第703页。

深于浅，寄厚于轻，寄劲于婉，寄直于曲，寄实于虚，寄正于奇，皆是。"①

从刘勰、刘知几及以上诸家论述中可以看出，用"晦"、重"隐"之文，强调话语要有"重旨""复意"，而且这"重旨""复意"要能够借助字面义显示出来，字面义和隐含义之间应互相关联、互相激发，达到韵味无穷的效果。这和反讽话语的形成机制如出一辙，只不过反讽强调两个意义之间相对立的关系，据此而言，反讽话语属于用晦的一种类型。

春秋笔法这种用晦之道在小说创作中也非常普遍。明清小说评点家们经常在眉批、夹批、总批等中提到"春秋笔法""阳秋之笔""曲笔""隐笔"等②，有的是针对单个字词而言，有的则是针对篇章结构而言。所有春秋笔法之语都有一个共同的特征，即叙述之外有叙述，话中有话，弦外有音，也即傅修延所说的"隐含的叙述"③。其具体内涵包括两类：第一，隐含的叙述比外显的叙述更丰富；第二，隐含的叙述否定外显的叙述。后者与反讽相通，都是所言非所是，字面义与实际义相反。

张竹坡评《金瓶梅》时，认为作者塑造吴月娘这个人物用的是阳秋之笔，比如"看他纯用阳秋之笔，写月娘出来""故反复观之，全是作者用阳秋写月娘真是权诈不堪之人也""故写月娘纯以阳秋者以此""总之，写金莲之恶，盖辱西门之恶；写月娘之无礼，盖罪西门之不读书也。纯是阳秋之笔""盖又作者阳秋之笔，到底放不过月娘也"。张竹坡此处所谓的"阳秋之笔"，即外显的叙述与隐含的叙述截然相反。从外显的叙述看，吴月娘是《金瓶梅》中最好的女人——恪守妇道、知书达理、温婉贤惠。崇祯本即作此解，所以它认为吴月娘是与"金、瓶、梅"诸淫妇对立的具有"圣人之心"的贤良之妇。④ 张竹坡则认为她是最坏的女人，只不过作者不明写，而是用了"春秋笔法"。

金圣叹评点《水浒传》时，认为作者塑造宋江这个人物全用曲笔。从外显的叙述看，宋江是忠信笃敬君子、仁人孝子之徒，但若细细读、反复读，就会

---

① 郑奠、谭全基编：《古汉语修辞学资料汇编》，北京：商务印书馆，1980年，第688页。
② 也即"春秋笔法"。出自《晋书·褚裒传》："谯国桓彝见而目之曰：'季野有皮里春秋。'其言外无臧否，而内有所褒贬也。"后因晋简文帝母名春，为讳"春"字，而改作"皮里阳秋"。
③ 傅修延：《试论隐含的叙述》，《文艺理论研究》1992年第3期。
④ 转引自黄霖：《黄霖说金瓶梅》，北京：中华书局，2005年，第65页。

第二章　中国古代文化中的反讽思想

发现宋江其实是一个"全劣无好"之人，比如第三十五回回评：

> 一部书中写一百七人最易，写宋江最难；故读此一部书者，亦读一百七人传最易，读宋江传最难也。盖此书写一百七人处，皆直笔也，好即真好，劣即真劣。若写宋江则不然，骤读之而全好，再读之而好劣相半，又再读之而好不胜劣，又卒读之而全劣无好矣。卒读之而全劣无好矣……岂将以宋江真遂为仁人孝子之徒哉？《史》不然乎？记汉武初未尝有一字累汉武也，然而后之读者莫不洞然明汉武之非是，则是褒贬固在笔墨之外也。呜呼！稗官亦与正史同法，岂易作哉，岂易作哉！①

清蒙古族小说批评家哈斯宝用蒙文将《红楼梦》缩写为四十回，题为《新译红楼梦》，并写有序言、读法、总录与回评。他直言自己的评点继承自金圣叹，比如他对薛宝钗的评点与金圣叹对宋江的评点如出一辙："全书那许多人写起来都容易，唯独宝钗写起来最难。因而读此书，看那许多人的故事都容易，唯独看宝钗的故事最难。大体上，写那许多人都用直笔，好的真好，坏的真坏。只有宝钗，不是那样写的。乍看全好，再看就好坏参半，又再看好处不及坏处多，反复看去，全是坏，压根儿没有什么好。一再反复，看出她全坏，一无好处，这不容易。但我又说，看出全好的宝钗全坏还容易，把全坏的宝钗写得全好便最难。读她的话语，看她行径，真是句句、步步都象个极明智极贤淑的人，却终究逃不脱被人指为最奸最诈的人，这又因什么？《纲目》臧否全在笔墨之外，便是如此。"②

当然，这些评点家读出来的意思是否就是作者原意，不得而知，仁者见仁，智者见智。比如胡适就曾批评金圣叹道："金圣叹《水浒》评的大毛病也正在这个'史'字上。中国人心里的'史'总脱不了《春秋》笔法'寓褒贬，别善恶'的流毒。金圣叹把《春秋》的'微言大义'用到《水浒》上去，故有许多极迂腐的议论。他以为《水浒传》对于宋江，处处用《春秋》笔法责备他……这种穿凿的议论实在是文学的障碍。"③ 但是，运用春秋笔法来叙事以

---

① ［明］施耐庵著，金圣叹、李卓吾点评：《水浒传》，北京：中华书局，2009年，第304页。
② ［清］哈斯宝：《〈新译红楼梦〉回批》第三十八回批语，见贾文昭编：《中国近代文论类编》，合肥：黄山书社，1991年，第221页。
③ 胡适：《胡适文集》（第二册），北京：人民文学出版社，1998年，第377页。

达到反讽效果,却是文学作品中经常采用的一种策略,而且用得好能取得绝佳的艺术效果,从戚蓼生《石头记序》对《红楼梦》的评论中可窥见一斑:

> 吾闻绛树两歌,一声在喉,一声在鼻;黄华二牍,左腕能楷,右腕能草。神乎技矣!吾未之见也。
>
> 今则两歌而不分乎喉鼻,二牍而无区乎左右,一声也而两歌,一手也而二牍,此万万所不能有之事,不可得之奇而竟得之《石头记》一书,嘻!异矣。
>
> 夫敷华掞藻,立意遣词,无一落前人窠臼,此固有目共赏,姑不具论。第观其蕴于心而抒于手也,注彼而写此,目送而手挥,似谲而正,似则而淫,如《春秋》之有微词,史家之多曲笔。试一一读而绎之:写闺房则极其雍肃也,而艳冶已满纸矣;状阀阅则极其丰整也,而式微已盈睫矣;写宝玉之淫而痴也,而多情善悟不减历下琅琊;写黛玉之妒而尖也,而笃爱深怜不啻桑娥石女。①

戚蓼生用"《春秋》之有微词,史家之多曲笔"来评述《红楼梦》叙事特色,换作现代的叙事学理论话语的术语来说,就是"不可靠叙述",也即叙述者与隐含作者在意义-价值观上不一致。不可靠叙述是反讽叙述的重要类型。

第二节 滑稽、俳谐与反讽

中国古代文化中虽没有反讽这个概念,但有与之意思相近的一些概念,如"滑稽""俳谐""诙谐""戏谑"。朱光潜翻译黑格尔《美学》、杨自伍翻译韦勒克《近代文学批评史》(第二卷)时都将"irony"译为"滑稽"。

一、滑稽、俳谐与反讽

"滑稽"最早见于《史记》。《孔子世家》中有"夫儒者,滑稽而不可轨法"之语;《樗里子甘茂列传》中有"樗里子滑稽多智"之语;《滑稽列传》收录了淳于髡、优孟、优旃讽谏君王的故事。关于"滑稽"的解释有:

---

① 罗超、龚兆吉编注:《文史英华·文论卷》,长沙:湖南出版社,1993年,第580页。

第二章 中国古代文化中的反讽思想

  唐司马贞《史记索隐》：滑，音骨；稽，鸡。邹诞解云：滑，乱也；稽，同也。谓辩捷之人，言非若是，言是若非，谓能乱同异也。一云滑稽，酒器，可转注吐酒不已，言俳优之人，出口成章，词不穷竭，如滑稽之吐酒不已也。

  唐人张守节《史记正义》：滑读为滑，水流自出；稽，计也。言其智计宣吐，如泉流出自无尽。故扬雄《酒赋》云："鸱夷滑稽，腹大如壶是也。"①

钱锺书认为邹诞的解释望文生义，未必适合"滑稽"这个名称，然而却中肯入扣地道出了滑稽的事理——"夫异而不同，则区而有隔，碍而不通；淆而乱之，则界泯障除，为无町畦矣"，并引中西方文献说明滑稽与"多智""俳谐"道理相通，都是即异见同，以支离归于易简，始于混淆变乱，终于融会贯通。②

"俳谐"与滑稽意思相近。四库全书《史记》卷一二六《滑稽列传》下注引南朝姚察言："滑稽，犹俳谐也。滑，读如字；稽，音计也。以言谐语滑利，其知计疾出，故云滑稽也。"③俳是一种乐舞杂戏，表演之人称为"优""倡"。四库全书《乐书》卷一八七中的"俳倡下"有言："优倡之伎自古有之，若齐奏宫中之乐，倡优侏儒戏于前。汉惠帝世安陵㖲之类。武帝时幸倡郭舍人，滑稽不穷。"④

俳谐之人言语充满诙谐、戏谑色彩。这种语言风格可溯至《诗经》，如明徐师曾《文体明辨序说》论"诙谐诗"所言："'善戏谑兮，不为虐兮'，此谓言语之间耳。后人因此演而为诗，故有俳谐体、风人体、诸言体、诸意体、字谜体、禽言体。虽含讽喻，实则诙谐，盖皆以文滑稽尔，不足取也。"⑤"善戏谑兮，不为虐兮"出自《诗经·淇奥》，用来赞扬君子的美德，即善于开玩笑却不会伤害人，张弛有度。汉魏六朝时，俳谐逐渐由一种语言风格发展为一种文体。

---

① 以上均出自文渊阁四库全书《史记》卷七一。
② 钱锺书：《管锥编》第一册，北京：中华书局，1979年，第316页。
③ 文渊阁四库全书《史记》卷一二六。
④ 文渊阁四库全书《史记》卷一八七。
⑤ （明）吴纳、（明）徐师曾：《文章辨体序说 文体明辨序说》，北京：人民文学出版社，1962年，第182~163页。

论反讽

滑稽之人"言非若是，言是若非"，所说之言的表面义与实际义相反，在这点上与反讽有相通之处。亚里士多德从修辞学角度对反讽的界定即是："演说者试图说某件事，却又装出不想说的样子，或使用同事实相反的名称来称述事实。"而且，滑稽之人的演说策略与苏格拉底的很相似，当然，两者的演说内容是完全不同的。苏格拉底与人对话，总是假装无知，接受对方的结论，然后在此基础上步步为营地发问，让对方言论暴露出不合理性。滑稽之人劝谏君王，也是假装君王所言有理，然后在此基础上进行夸张的推理，最后得出荒谬的结论，以使君王因此而意识到错误。比如优孟劝谏楚庄王不能以棺椁大夫礼葬马。楚庄王爱马之至，给马穿华美锦绣的衣服，住雕梁画栋的房子，睡露天的床，吃枣脯；马因得了肥胖病而死后，楚庄王又要群臣为其办丧事，以棺椁大夫之礼下葬，并下令若有人敢进谏，则死罪。优孟进谏，入殿门后即仰天大哭。庄王惊问其故。优孟说以楚国堂堂之大，只以大夫之礼葬马，礼太薄了，应以人君之礼葬之。庄王问为什么。优孟说："臣请以雕玉为棺，文梓为椁，楩枫豫章为题凑，发甲卒为穿圹，老弱负土，齐赵陪位于前，韩魏翼卫其后，庙食太牢，奉以万户之邑。诸侯闻之，皆知大王贱人而贵马也。"① 庄王听后意识到自己行为的荒唐处，于是改变主意，用对待六畜的办法来安葬马。《滑稽列传》中优旃劝谏秦始皇不扩大苑囿、秦二世不用漆涂饰城墙，《晏子春秋》中晏子劝谏景公不能因爱马死而诛圉人、不能因鸟逃而杀管鸟的烛邹，《五代史·伶官传》中敬新磨劝谏庄宗不能因好畋猎而滥杀仗义执言的县令，用的都是这个策略。

《滑稽列传》除了记录优孟、优旃这些优人的事迹，还记录了淳于髡这样的战国之"士"讽谏的事迹。淳于髡博学多才、善于辩论，数度成功出使诸侯，被齐威王拜为政卿大夫。因其擅长以滑稽之法讽谏，所以司马迁将其写入《滑稽列传》，扬雄则直接将其归入俳优之列："又颇似俳优淳于髡、优孟之徒。"② 士是战国时期的特殊阶层。春秋战国诸侯争霸，上层阶级意识到人才的重要性，国君诸侯、贵族权要纷纷礼贤下士、延揽人才，养"士"成风。士阶层的壮大，有力地推动了学术文化的发展，形成了百家争鸣的局面。其中，

---

① （汉）司马迁：《史记·滑稽列传》，北京：中华书局，1959 年，第 3200 页。
② （汉）班固：《汉书》卷八七《扬雄传》，北京：中华书局，1962 年，第 3575 页。

有一类士叫"策士""辩士""纵横家"。《韩非子·五蠹》中对"纵横家"的解释为:"纵者,合众弱以攻一强也;而横者,事一强以攻众弱也。"①策士们长于论辩,巧舌如簧,游说于各诸侯国,对当时的政治、军事局势都产生了重要影响,也因此出现教授纵横游说之术的人以及探讨纵横游说之术的著作——鬼谷子及其同名作品《鬼谷子》,有学者称后者为中国最早的修辞学著作。《鬼谷子》的成书年代与亚里士多德《修辞学》的成书年代大致相同,约在公元前350年到公元前300年。《修辞学》的诞生也与演说有关。古希腊城邦民主制度使演说盛行,出现了一批被称为"智者"的职业演说家、教师,他们到处演说,以传授修辞术为业。亚里士多德将修辞界定为"在每一事例上发现可行的说服方式的能力"②。《鬼谷子》讲的也是说服的艺术。《权篇第九》曰:"说者,说之也;说之者,资之也。饰言者,假之也;假之者,益损也;应对者,利辞也;利辞者,轻论也;成义者,明之也;明之者,符验也。难言者,却论也。却论者,钓几也。"③游说的目的,就是要说服对方;游说要修饰言词,巧妙应对,验明真伪;对于指责之词,要反复问难,以诱出对方隐情。《反应第二》强调策士要善于"反听"、理解"反辞",表明了说反话这一现象在辩论中的普遍性,"古善反听者,乃变鬼神以得其情。其变当也,而牧之审也。牧之不审,得情不明;得情不明,定基不审。变象比,必有反辞,以还听之。欲闻其声反默,欲张反敛,欲高反下,欲取反与"④。

二、俳谐文中的反讽

俳谐本是一种语言风格,在后来的发展中逐渐演变为一种文体。汉代时俳谐作品数量较少,魏晋南北朝时兴盛起来,质量和数量都有很大提升。刘勰《文心雕龙》首次将其作为一种文体进行论述,《谐隐》篇曰:"谐之言皆也。辞浅会俗,皆悦笑也。昔齐威酣乐,而淳于说甘酒;楚襄宴集,而宋玉赋《好

---

① 陈奇猷校注:《韩非子新校注》,上海:上海古籍出版社,2000年,第1114页。
② [古希腊]亚里士多德:《修辞术·亚历山大修辞学·论诗》,见苗力田主编:《亚里士多德全集》第九卷,崔延强译,北京:中国人民大学出版社,1997年,第8页。
③ 李霞光译注:《中国古典文化大系·六韬·鬼谷子译注》,上海:上海三联书店,2014年,第240页。
④ 李霞光译注:《中国古典文化大系·六韬·鬼谷子译注》,上海:上海三联书店,2014年,第210页。

色》。意在微讽,有足观者。及优旃之讽漆城,优孟之谏葬马,并谲辞饰说,抑止昏暴。是以子长编史,列传《滑稽》,以其辞虽倾回,意归义正也。"① 刘勰还追溯其源头,即先秦时期戏谑讽刺的民间歌谣,如《宋城者讴》《侏儒歌》;指出其特点是语言通俗、引人发笑,分析它的功能,有的"会义适时,颇益讽诫",有的"诋嫚亵弄""无益时用"。② 梁萧子显《南齐书》也将俳谐文与诗、赋、颂、章、表、碑、诔并列为八类文体。据《隋书·经籍志》集部总集类所载,有《诽谐文》三卷、袁淑撰《诽谐文》十卷。梁有《续诽谐文集》十卷,又有沈宗之撰《诽谐文》一卷。

俳谐文语言诙谐,引人发笑,如钱锺书所言:"夫俳谐之文,每以'鄙俗'逞能,噱笑策勋……盖'鄙俗'亦判'工'之拙优劣也。'鄙俗'而'工',亦可嘉尚。"③ 有一些俳谐文,利用多种形式进行反讽表意,以达到"会义适时,颇益讽诫"的目的,具有较高的思想和艺术价值。

第一,戏仿公文体。

戏仿,也称戏拟、滑稽模仿,是反讽表意的一种重要形式。它通过对前文本(或文类)的戏谑性模仿,造成文本风格和主题意义的冲突。热奈特在《隐迹稿本》中研究五种类型的"跨文本"关系,其中的戏拟和滑稽反串都属于戏仿。④ 巴赫金提出的"讽拟体",也即讽刺性模拟体,相当于热奈特的"戏拟"。⑤ 戏仿在中西方文学史上都有源远流长的传统。

在中国古代,文体分类比较严格,每一种文体都有相对固定的形式特征和社会功能。中国第一本文学理论专著《文心雕龙》共50篇,有22篇都是关于文体源流及代表作家、作品的,其中就有很多属于公文,比如祝盟、铭箴、诏策、檄移、封禅、章表、奏启、议对等。俳谐文中有一类专门戏仿公文体,始于六朝,其后也一直有延续。清孙德谦在《六朝丽指》中论"游戏文"时指出:"司马迁作《史记》,创立《滑稽列传》,而《文心雕龙》以《谐隐》为专篇。知文体之中,故有用游戏者矣。昌黎《毛颖传》,学者多称之。其后承流

---

① (梁)刘勰著,范文澜注:《文心雕龙注》,北京:人民文学出版社,1958年,第270页。
② (梁)刘勰著,范文澜注:《文心雕龙注》,北京:人民文学出版社,1958年,第270、271页。
③ 钱锺书:《管锥编》第四册,北京:中华书局,1979年,第1498页。
④ 详细论述见本书第四章第二节《戏仿与反讽》。
⑤ [苏]巴赫金:《巴赫金全集》第五卷,白春仁、顾亚铃译,石家庄:河北教育出版社,1998年,第251页。

而作者不可殚述。吾观六朝时，如陶通明《授陆敬存十赉文》、袁阳源《鸡九锡文》并《劝进》；韦琳《魟表》、沈休文《修竹弹甘蕉文》、吴叔庠《橄江神责周穆王璧》、孔德璋《北山移文》，此皆游戏文字，昭明入选不加区别，德璋一篇乃与正文相厕，亦其失乎？若但泥体制而论韦琳之表、叔庠之橄，岂将列表、橄类耶？然后人盛誉昌黎，而六朝有开在先，恐沈、孔外，《魟表》诸名，且有不知者矣。"① 孙德谦不仅梳理了俳谐文的源流，而且进行了辨析，指出《北山移文》不能算俳谐文，因为其风格并非诙谐戏谑，不同于其他作品。比如袁淑《鸡九锡文》：

> 维神雀元年，岁在辛酉，八月己酉朔，十三日丁酉，帝颛顼遣征西大将军下雉公王凤、西中郎将白门侯扁鹊，咨尔浚鸡山子：维君天姿英茂，乘机晨鸣，虽风雨之如晦，抗不已之奇声。今以君为使持节金西蛮校尉西河太守，以扬州之会稽，封君为会稽公，以前浚鸡山子为汤沐邑。君其祗承予命，使西海之水如带，浚鸡之山如砺，国以永存，爰及苗裔。浚山侍郎丁鸿、舍人兔亭男梁鸿、郎中苏鹄死罪。伏惟君德着朝野，勋加鸡鹜，故天王凤皇，特锡位封，令凤鹊等在栖外，愿时拜受，不胜欣豫之情，谨诣栖下以闻。②

九锡是古代天子赐给诸侯、大臣的九种器物，代表最高礼遇。赐九锡是大型盛典，九锡文便是举行盛典时所下的诏书，内容为歌功颂德，风格庄重典雅。赵翼《廿二史札记·九锡文》曰："每朝禅代之前，必先有九锡文，总叙其人之功绩，进爵封国，赐以殊礼，亦自曹操始，其后晋、宋、齐、梁、北齐、陈、隋皆用之。其文皆铺张典丽，为一时大著作，故各朝正史及《南、北史》具全载之。"③ 该文用九锡文为鸡歌功颂德，说它"天姿英茂，乘机晨鸣。虽风雨之如晦，抗不已之奇声"，故封其为"会稽公"。克尔凯郭尔在《论反讽概念》一书中说："反讽最流行的形式是，说严肃的话，但并不把它当真。另一种形式，即说开玩笑的话、开玩笑地说话，但把它当真，是不太常见的。"④

---

① 转引自李士彪：《魏晋南北朝文体学》，上海：上海古籍出版社，2004年，第161页。
② 文渊阁四库全书《艺文类聚》卷九一。
③ （清）赵翼著，王树民校证：《廿二史札记校证》，北京：中华书局，1984年，第148页。
④ ［丹］索伦·奥碧·克尔凯郭尔：《论反讽概念》，汤晨溪译，北京：中国社会科学出版社，2005年，第213页。

邓普将滑稽模仿分为两类:"一类描述平凡琐碎的事物,借不同的表现风格使其升格;一类描述庄重的事物,以相反的表现风格使其降格。"① 以此观这篇文章,用九锡文这样严肃庄重的文体来为鸡歌功颂德,两者的不协调带来强烈的反讽效果,以此暗讽接受九锡的权贵无德无能和天子的昏庸无道。袁淑的《驴山公九锡文》《大兰王九锡文》《常山王九命文》(仅存八句)也同样通过戏仿九锡文来歌颂驴、猪、蛇,把它们的生理本能夸张成绝代功勋,以此揭示神圣严肃的九锡大典不过是一场荒诞剧。

再如沈约《修竹弹甘蕉文》对弹文的戏仿。弹文是奏疏的一种,用于臣子向皇帝弹劾官员过错。《文心雕龙》的《奏启》篇对其特征有介绍:"若乃按劾之奏,所以明宪清国。昔周之太仆,绳愆纠谬;秦之御史,职主文法;汉置中丞,总司按劾;故位在鸷击,砥砺其气,必使笔端振风,简上凝霜者也。"②《文章辨体序说》有"弹文"一类,谓:"是则按劾之名,其来久矣。梁昭明辑《文选》,特立其目,名曰弹事。若《唐文粹》、《宋文鉴》,则载奏疏之中而已……若弹文,则必理有典宪,辞有风轨,使气流墨中,声动简外"③。《修竹弹甘蕉文》首先说明弹劾依据。修竹以农夫种田要除杂草为喻说明自己著文的重要意义:"臣闻芟夷蕴崇,农夫之善法;无使滋蔓,剪恶之良图,未有蠹苗害稼,不加穷伐者也。"起始句"渭川长兼淇园贞干臣修竹稽首"。《易·乾》:"贞者,事之干也。"孔颖达疏:"言天能以中正之气,成就万物,使物皆得干济。"故"贞干之臣"意为支柱、骨干之臣。修竹自称"渭川长""淇园贞干臣",再加上"稽首"的动作,尽显诙谐幽默之意。然后,陈述弹劾内容,即甘蕉专权跋扈、妨贤败政的种种恶行:"阶缘宠渥,轻衡百卉。而予夺乖爽,高下在心,每叨天功以为己力。"修竹刚开始听到传言以为只是出于个人爱憎,并没有在意;后来台西阶泽兰、萱草来园中向他诉苦——"秦楼开照,乾光弘普,罔幽不瞩,而甘蕉攒茎布影,独见障蔽,虽处台隅,遂同幽谷。"为避免偏听偏信,修竹便决定去实地调查。他找到甘蕉左近的杜若、江离询问,情况亦是如此。作者把修竹公正严明地处理事件的过程越写得一本正经,戏谑之意

---

① [英]约翰·邓普:《论滑稽模仿》,项龙译,北京:昆仑出版社,1992年,第2页。
② (梁)刘勰著,范文澜注:《文心雕龙注》,北京:人民文学出版社,1958年,第422页。
③ (明)吴讷、(明)徐师曾:《文章辨体序说 文体明辨序说》,北京:人民文学出版社,1962年,第40页。

就越浓。最后，文章提出处置意见："妨贤败类，孰过于此；而不除戮，宪章安用？请以见事徙根剪叶，斥出台外，庶惩彼将来，谢此众屈。"通观全文，可谓"理有典宪，辞有风轨"，只是如此庄重、严肃之言表现的却不过是自然界草木的本性，两者的不协调产生强烈的反讽之意，以此暗讽社会中像甘蕉那样权势熏天、独断专行之人。

戏仿公文体之所以会产生反讽，与体裁的特定属性相关，如赵毅衡所言："体裁的最大作用，是指示接收者应当如何解释眼前的符号文本，体裁的形式特征，本身是个指示符号，指引读者采用某种相应的'注意类型'或'阅读态度'……体裁是文本与文化之间的'写法与读法契约'。"[①] 当接收者看到文章标题上的体裁标志性文字，如九锡文、弹、檄、移文、表，就会产生阅读期待，企图按照这个体裁的要求来阅读，读下去却发现并非如此，期待严重受挫，从而感受到文章的字面义和隐含义的冲突，感受到作者的讽刺意图。

第二，主客问答式正话反说。

正话反说是反讽最重要的类型，但中西方文化的不同，又使其具体表现形态有所差异，呈现出各民族的特色，比如中国古代采用主客问答形式表现的正话反说。

主客问答是汉赋的典型特点，《文心雕龙·诠赋》即说："遂客主以首引，极声貌以穷文，斯盖别诗之原始，命赋之厥初也。"[②] 而赋的源头，又可往前追溯。清章学诚在《校雠通义·汉志诗赋略》中指出："古之赋家者流，原本《诗》《骚》，出入战国诸子。假设问对，《庄》《列》寓言之遗也；恢廓声势，苏张纵横之体也；排比谐隐，韩非《储说》之属也；征材聚事，《吕览》类辑之义也。"[③] 道出了汉赋俳谐风格的由来。《汉书·艺文志·诗赋略》将赋分为四类：屈原以下二十家赋，陆贾以下二十一家赋，孙卿以下二十五家赋以及杂赋十二家，杂赋下有《客主赋》十八篇。章太炎解释说："屈原言情，孙卿效物，陆贾赋不可见，其属有朱建、严助、朱买臣诸家，盖纵横之变也……杂赋有隐书者。传曰：'谈言微中，亦可以解纷。'与纵横稍出入。淳于髡《长夜饮》一篇，纯为赋体。优孟诸家顾少耳。东方朔与郭舍人为隐，依以谲谏，世

---

① 赵毅衡：《符号学》，南京：南京大学出版社，2012年，第139页。
② （梁）刘勰著，范文澜注：《文心雕龙注》，北京：人民文学出版社，1958年，第134页。
③ （清）章学诚：《校雠通义·汉志诗赋》第十五，北京：中华书局，1985年，第1064页。

传《灵棋经》诚伪书，然其后渐流为占繇矣。"① 由此可见，杂赋与俳谐关系密切，此处所列的淳于髡、优孟、东方朔、郭舍人，均见于《史记·滑稽列传》。有些杂赋风格诙谐，被后世列入俳谐文，尤其是其中自我解嘲型的杂赋，采用主客问答形式正话反说，反讽之意甚是明显。

汉东方朔《答客难》中，作者假设有客问难。客人首先铺叙东方朔的成就，可谓博闻辩智，海内无双；然后话锋一转，说他"官不过侍郎，位不过执戟"，是不是品德上有不足之处。东方朔层层递进地回应。首先，说明客观原因，当今时代与战国时期不同。苏秦、张仪时代，列国纷争，得士者强，失士者亡，游说之风大行于世。现在则不然，"圣帝德流，天下震慑，诸侯宾服，连四海之外以为带，安于覆盂；天下平均，合为一家，动发举事，犹运之掌，贤与不肖何以异哉？"然后退一步说，即使时代不同，贤者也不可以不加强自身修养。如果修养提高，何患不荣？他以姜子牙为例进行论证。最后反戈一击，士人的境遇因时而异，自古而然，客人却不能明白这个道理，实乃糊涂之人："今以下愚而非处士，虽欲勿困，固不得已，此适足以明其不知权变，而终惑于大道也。"文章处处正话反说。客人之言，看似诘难东方朔的不足，实则是东方朔在夸耀自己的成就；东方朔的回答，看似把一切都归咎于时代变了，并以自古而然来表达自己的旷达洒脱，实则谴责帝王不懂知人善用，抒发怀才不遇的忧愤之情。扬雄的《解嘲》也采用主客问答的形式正话反说，寓庄于谐。刘勰将这两篇文章收入《文心雕龙·杂文》篇，并评说："宋玉含才，颇亦负俗，始造对问，以申其志，放怀寥廓，气实使文……自对问以后，东方朔效而广之，名为《客难》，托古慰志，疏而有辨。扬雄《解嘲》，杂以谐谑，回环自释，颇亦为工。"②

谭家健认为"用主客问对形式，自嘲以嘲世的诙谐杂文，始于两汉而盛于魏晋"，并列举了魏晋时期的名篇，如郤正《释讥》、皇甫谧《释劝论》、束晳《玄居释》、夏侯湛《抵疑》、郭璞《客傲》、曹毗《对儒》。③ 后代亦有佳作，其中韩愈《进学解》传诵最广。全文假托师生问答来表现自己怀才不遇的愤懑之情，处处正话反说。第一段国子先生教育学生，字面义说当今社会，君圣臣

---

① （清）章太炎：《国故论衡·辩诗》，上海：上海古籍出版社，2003年，第65页。
② （梁）刘勰著，范文澜注：《文心雕龙注》，北京：人民文学出版社，1958年，第254页。
③ 谭家健：《六朝诙谐文述略》，《中国文学研究》2001年第3期。

第二章 中国古代文化中的反讽思想

贤,法令完备,劝学生要担心自己业之不精、行之不成,而不用担心有司之不明和不公;实际义则恰恰相反,意在指责社会不公、有司不明,业精行成者不能被重用。第二段学生诘问:先生学业有成,为何遭际坎坷?"公不见信于人,私不见助于友。跋前踬后,动辄得咎。暂为御史,遂窜南夷。三年博士,冗不见治。命与仇谋,取败几时。冬暖而儿号寒,年丰而妻啼饥。头童齿豁,竟死何裨。不知虑此,而反教人为?"第三段先生回答,首先以木匠选材、医生用药为例,说明宰相用人的原则——"惟器是适者,宰相之方";然后以孟子、荀子的不幸遭遇为例,说明像他们那样的杰出人才尚且如此,何况自己这样的平庸之辈呢?最后说自己能有现在这样的待遇,已经非常幸运。从字面上看,韩愈是在叙述自己才疏学浅,内心旷达通脱,实则正话反说,展示自己成就,抒发内心愤懑。

第三,借物拟人式正话反说。

有些俳谐文借物拟人正话反说,风格诙谐、妙趣横生。比如西晋鲁褒的《钱神论》以钱拟人,从字面上看是在赞扬钱的神通广大,表达对钱的热切爱恋——"吾以死生无命,富贵在钱。何以明之?钱能转祸为福,因败为成,危者得安,死者得生。性命长短,相禄贵贱,皆在乎钱,天何与焉?天有所短,钱有所长。四时行焉,百物生焉,钱不如天;达穷开塞,赈贫济乏,天不如钱。若臧武仲之智,卞庄子之勇,冉求之艺,文之以礼乐,可以为成人矣。今之成人者何必然?唯孔方而已!""为世神宝,亲之如兄,字曰'孔方'""爱我家兄,皆无已已,执子之手,抱我始终",实际上是在斥责金钱败坏纲纪伦常,扭曲人心人性。正话反说的表意方式更能揭露金钱崇拜的罪恶,表达作者对这一社会现象的愤慨之情。

寓言中也有一些借物拟人正话反说的。"寓言"一词最早出现于《庄子》。《庄子·杂篇》中说:"寓言十九,借外论之。"晋郭象注:"寄之他人,则十言而九见信……言出于己,俗多不受,故借外耳。"[1]唐成玄英疏:"寓,寄也。世人愚迷,妄为猜忌,闻道己说,则起嫌疑,寄之他人,则十言而信九矣。"[2]寓言后来发展为一种独特的文体,即通过虚构一个通俗易懂的故事来表达深刻

---

[1] 郭庆藩撰,王孝鱼点校:《庄子集释》,北京:中华书局,1961年,第947页。
[2] 郭庆藩撰,王孝鱼点校:《庄子集释》,北京:中华书局,1961年,第947页。

的道理。言在此而意在彼，是寓言文体的特点，与反讽修辞的语义形成机制有相通之处。新批评派的布鲁克斯给反讽下了个最宽泛的定义——"语境对于一个陈述语的明显的歪曲"，并且有时会将这种"明显的歪曲"与言外之意等同。但实际上，用言外之意来指代反讽表意中的隐含义会将反讽概念泛化，还是应将反讽表意界定为表面义和隐含义相冲突。

比如西晋张敏的《头责子羽文》，其序言点明了它的俳谐风格——"虽似谐谑，实有兴也"。子羽姓秦，是张敏的姐夫，容貌甚好，却身处陋巷，屡屡求官不被赏识，但他始终坚持己志，不改初衷。张敏别出心裁地采用拟人手法，让子羽的头责备他的身躯。头叙说自己形貌伟岸，别人见到或称军侯，或言将军，肃然起敬，拱手而立，而身躯却平庸无能："冠冕不戴，金银不佩，钗以当笄，帕以代带，旨味弗尝，食粟茹菜，隈摧园间，粪壤污黑。岁暮年过，曾不自悔。"头为此非常不满，强烈谴责身躯的无所作为，身躯于是愀然对曰："今欲使吾为忠也，即当如包胥、屈平；欲使吾为信也，则当杀身以成名；欲使吾为介节邪，则当赴水火以全贞。此四者，人之所忌，故吾不敢造意。"头听后斥责身躯如此迂腐固执，不如它的六位同僚，感叹自己命苦。文章正话反说，从字面上看，是在责备子羽不通世故，迂腐无能，实则赞扬他坚持气节，不同流合污。

俳谐之言、俳谐之文与中国古代的讽谏文化关系紧密，这从《史记·滑稽列传》末尾的"太史公曰"可以管窥——"淳于髡仰天大笑，齐威王横行。优孟摇头而歌，负薪者以封。优旃临槛疾呼，陛楯得以半更。岂不亦伟哉！"《文心雕龙》看重"谐之言"，也是因为它"辞虽倾回，意归义正""会义适时，颇益讽诫"，而对"诋嫚媟弄""无益时用"的"谐之言"则予以贬斥。讽谏文化不等于反讽文化，却有利于反讽的产生。无论是俳优、纵横家，还是后来的正直士子，面对皇权、强权不能直言，也不敢直言，迂回曲折的反讽便成为其最好的表意方式。

第三节　反语、反常合道与反讽

反讽最常见的用法是作为一种修辞格，简单地说，其内涵就是说反话。说反话不同于说假话、说谎话。前者是一种话语技巧，目的是增强话语表达力量,是就话语本身而言的;后者是就话语与现实世界关系而言,话语没有如实地反映事件。反讽不仅可以发生在局部性话语层面,也可以发生在主题思想、人物形象、语言风格等全局性的层面,形成反讽叙述。中国文论中也有类似概念。

一、反语、倒词

"反语"一词在中国古代文论中的含义主要有三种。

一是同"反切",古人创制的一种注音方法,即用两个汉字相拼给一个字注音,切上字取声母,切下字取韵母和声调。比如清赵翼《廿二史札记》卷十二"六朝多以反语作谶":"自反切之学兴,遂有以反语作谶者。《三国志》诸葛恪未被害时,民间谣曰:'诸葛恪,芦苇单衣篾钩落,于何相逢成子阁'。成子阁,反语,石子冈也。后恪为孙峻所杀,投尸于石子冈。"①

二是反问,又称为"反语辞"。比如元陈驿曾《文说》列出14种"造语法",其中一种为"反语",释义为:"《论语》:'学而时习之,不亦说乎',又曰'爱之,能勿劳乎',与《尚书》'俞哉,众非元后何戴!'此皆反其意而道,使人悠悠致思焉。"②

三是一种修辞格,用与本意相反的话来表达本意,也即现代意义上的反讽。这种情况比较少。

> **宋·袁褧《枫窗小牍》** 宣和中有反语云:"寇莱公之知人则哲,王子明之将顺其美,包孝肃之饮人以和,王介甫之不言所利。"此皆贤者之过,人皆得而见之者也。③

> **清·昭梿《啸亭杂录·续录》** 成王性滑稽,遇事喜作反语。自言直枢庭时,尝召见,上适阅明参政(亮)捷报,命王阅之。王习为常,奏此战惜未护渠首,使张汉潮得擒明亮,始为佳事。上正色曰:"若是则不佳矣!"王始省悟,免冠叩谢出。④

> **清·惠栋《惠氏易说》** 虞意四变体坎为疾,说已下比三为疾义,稍

---

① (清)赵翼:《廿二史札记》上册,北京:中华书局,1963年,第233页。
② 文渊阁四库全书《文说》。
③ (清)杜文澜辑:《古谣谚》,北京:中华书局,1958年,第722页。
④ (清)昭梿撰:《啸亭杂录 续录》,上海:上海古籍出版社,2012年,第292页。

别《易说》。又曰：商兑犹酌损。损当酌，兑当商。损内卦亦兑，商酌者，朋友讲习之象也。疾则未宁，庆则有喜，古人好作反语。服虔注《左氏传》训宁为伤，未宁犹未伤，言小人未能伤之，小人之伤君子也，亦由君子绝之太甚。①

清·惠栋《惠氏春秋左传补注》 "曹人凶惧，且曰献状，不有宁也"，刘炫《规过》（《春秋规过》）以伤为宁，"不有宁"谓不有损伤。半农先生曰："古人多反语，如甘为苦，治为乱，皆是。"以伤为宁，亦有理。②

清·陈启源《毛诗稽古编》 "实维我特"，传："特，匹也。"《稽古编》曰："毛以特为匹。朱子谓特为孤独之意，而得为匹者，古人多反语。故《小雅》'新特'亦用此诗毛义释之，然毛《传》以'新特'为外婚，郑申之为特来无？伛？之女，与匹义反也。"③

此外，《韩非子·内储说上》还有"倒言"之说——"主之所用也七术，所察也六微。七术：一曰众端参观，二曰必罚明威，三曰信赏尽能，四曰一听责下，五曰疑诏诡使，六曰挟知而问，七曰倒言反事。此七者，主之所用也……倒言反事以尝所疑则奸情得。故阳山谩樛竖，淖齿为秦使，齐人欲为乱，子之以白马，子产离讼者，嗣公过关市。"④"倒言反事"，即故意说与本意相反的话，做与实际相反的事，以发现隐情，辨别忠佞。虽然韩非子的"倒言"与亚里士多德的反讽——"演说者试图说某件事，却又装出不想说的样子，或使用同事实相反的名称来称述事实"在意思上相通，但两者的言说目的和文化意义完全不同。前者仅为形而下之器，后者则为形而上之道。

二、反常合道

据四库全书，"反常合道"一词最早不是出于文论，而是诏书。唐《广弘明集》云："诏曰：'孝道之义，宁非至极，若专守执，惟利一身，是使大智权方，反常合道。汤武伐主，仁智不非，尾生守信，祸至身灭，事若有益，假违

---

① （清）惠栋：《周易述》下册，北京：九州出版社，2005年，第1082页。
② 文渊阁四库全书《惠氏春秋左传补注》卷三。
③ （清）胡承珙撰，郭全芝校点：《毛诗后笺》上册，合肥：黄山书社，1999年，第233页。
④ 陈奇猷校注：《韩非子新校注》，上海：上海古籍出版社，2000年，第560、570页。

要行，傥非合理，虽顺必剪，不可护己一名，令四海怀惑，外乖太祖，内润黔元……"① 这里是指行为上的反常合道。宋苏轼在评柳宗元《渔翁》诗时首次将"反常合道"引入文学理论："诗以奇趣为宗，反常合道为趣。"② "烟销日出不见人，欸乃一声山水绿"，"欸乃"，象声词，可能指桨声，也可能指人声，唐时湘中棹歌有《欸乃曲》。"桨声"与"山水绿"之间没有因果联系，此处连用，仿佛说一声"欸乃"山水就变绿了。这在道理上说不通，但感觉上说得通，诗人表达的就是刹那间的感觉———一声吆喝把沉睡的山水唤醒了。

"反常合道"是中国古典诗论中一个重要的审美标准，各家表述虽有不同，但意义基本一样。宋严羽《沧浪诗话》提出："夫诗有别材，非关书也；诗有别趣，非关理也。然非多读书，多穷理，则不能极其至。所谓不涉理路，不落言筌者，上也。"③ 清贺裳在《载酒园诗话》中说："诗又有以无理而妙者，如唐李益诗曰：'嫁得瞿塘贾，朝朝误妾期。早知潮有信，嫁与弄潮儿。'此可以理求乎？然自是妙语。至如义山'八骏日行三万里，穆王何事不重来'，则又无理之理，更进一层。总之诗不可执一而论。"④ 两人均认为"不涉理路""无理而妙"的诗才是诗中上品、妙品。此外，李贽的"童心说"、袁枚的"性灵说"和汤显祖的"情有者理必无，理有者情必无"之说，均强调情与理的冲突，表现在作品中就是语言、情节虽然不合事理、逻辑，但因为它发自人之真情、本心，所以又能被读者接受，而且两者的反差更具震撼人心的力量。钱锺书在《宋诗选注》中注王禹偁《村行》中"数峰无语立斜阳"的一段话，解释了反常合道的形成机制：

> 按逻辑说来，"反"包含先有"正"，否定命题总预先假设着肯定命题。王夫之《思问录内篇》所谓："言'无'者，激于言'有'而破除之也。"诗人常常运用这个道理。山峰本来是不能语而"无语"的，王禹偁说它们"无语"，或如龚自珍《己亥杂诗》说"送我摇鞭竟东去，此山不语看中原"，并不违反事实；但是同时也仿佛表示它们原先能语、有语、欲语而此刻忽然"无语"。这样，"数峰无语""此山不语"才不是一句不

---

① 文渊阁四库全书卷《广弘明集》卷十。
② 文渊阁四库全书《冷斋夜话》卷五。
③ 郭绍虞：《沧浪诗话校释》，北京：人民文学出版社，1961年，第26页。
④ 陈一琴选辑，孙绍振评说：《聚讼诗话词话》，上海：上海三联书店，2012年，第236页。

消说得的废话。改用正面的说法，例如"数峰毕静"，就减削了意味，除非那种正面字眼强烈暗示山峰也有生命或心灵，像李商隐《楚宫》："暮雨自归山悄悄。"有人说，秦观《满庭芳》词："凭栏久，疏烟淡日，寂寞下芜城"比不上张昇《离亭燕》词："怅望倚层楼，寒日无言西下"也许正是这个缘故。①

"反常"，就是从字面上看诗的内容违背常情常理；"合道"，指实际上反常背后蕴藏着真情、真理。字面义的"反常"与实际义的"合道"之间充满矛盾，不仅能给人以审美上的新奇感，而且能引人沉思，获得对事物新的认知。这与新批评的反讽诗学的思想非常接近。

在新批评理论中，反讽首先是一种语言技巧。赵毅衡将反讽概括为四种类型：克制陈述、夸大陈述、正话反说（含假作否定、假作疑问）、悖论。② 通俗地说，反讽表意就是故意把话说轻、故意把话说重、故意把话说反、故意把话说错、故意无解而问等，与"反常合道"的表意机制完全一致。新批评派把玄学诗歌奉为英语诗歌的顶峰，就是因为该派诗歌具有"巧智"的特点，而"巧智"就是"把不相似的观念组合在一起，从显然不相同的事物中发现隐密的相似性"，是"蕴含和谐的不和谐"。③ 瑞恰慈提出比喻的"远距"原则，认为喻体和喻旨之间距离越大，隐喻效果越好。伯克提出"不相容透视"概念，即将互不相容的事物并置于同一格局中的隐喻手法。这样的比喻理论，与刘勰在谈论比兴手法时所说的——"诗人比兴，触物圆览；物虽胡越，合则肝胆；拟容取心，断辞必敢"④ 在道理上完全一致。诗人通过比兴能够让看起来很遥远、没有关系的事物紧密结合起来。伯克认为"隐喻即视角"，从一种事物看待另一种事物，能获得对另一种事物的新的认知。

钱锺书将玄学派诗歌的比喻称为"曲喻"。他在《黄山谷诗补注·附论比喻》中说："在现成典故比喻字面上更生新意；将错而遽认真，坐实以为凿空。《大般涅槃经》卷五《如来性品》第四之二论'分喻'云：'面貌端正，如月盛

---

① 钱锺书：《宋诗选注》，北京：人民文学出版社，1988年，第9页。
② 赵毅衡：《新批评——一种独特的形式主义文论》，北京：中国社会科学出版社，1986年，第186~189页。
③ 叶丽贤：《"玄学巧智"：塞缪尔·约翰逊与玄学派经典化历史》，《国外文学》2016年第2期。
④ （梁）刘勰著，范文澜注：《文心雕龙注》，北京：人民文学出版社，1958年，第603页。

第二章 中国古代文化中的反讽思想

满;白羊鲜洁,犹如雪山。满月不可即同于面,雪山不可即是白象。'《翻译名义集》卷五第五十三篇申言之曰:'雪山比象,安责尾牙;满月同面,尽可妆成眉目。'即前引《抱朴子》《金楼子》论'锯齿箕舌'之旨。慎思明辨,说理宜然。至诗人修辞,奇情幻想,则雪山比象,不妨生长尾牙;满月同面,尽可妆成眉目。英国玄学诗派之曲喻(conceits),多属此体。吾国昌黎门下颇喜为之。"① 他在论述李贺诗歌特色时又对此种比喻作了进一步论述:"夫二物相似,故以此喻彼,就彼此相似,只有一端,非为全体。长吉乃往往以一端相似,推而及之于初不相似之他端。"② 比如李贺《天上谣》云:"银浦流云学水声。"云与水有一点形似,即都可流动,其他并不相似。李贺却由这一点相似,推及他们不相似的地方——水有声,云无声,写出"云学水声"这样的奇崛之句。所以他感叹:"古人病长吉好奇无理,不可解会,是盖知有木义而未识有锯义耳。"③

周裕锴认为禅宗语言对宋诗语言艺术的影响很大,由此提到曲喻和佯谬。他将曲喻(metaphysical conceit)界定为:"一种牵强性的比喻,在不相似的事物中发现奇怪的相似点,用暴力将两种异质的东西铐在一起,喻依和喻旨之间相距甚远。后者类似于所谓'佯谬'(paradox),指一种矛盾的语义状态,以看似不合理的陈述引起读者的注意,然后展示所要表达的真理。"④ 他认为曲喻包括两种维度:一种是扩展性比喻,即"在逻辑上环环相扣复杂地展开的比喻";另一种是牵强性比喻,即"喻依和喻旨之间分属于两种迥异的经验领域"。在此基础上,他认为钱锺书此处所说的昌黎门下所喜用的这类比喻属于前者,建立在形象的相似性上,作用于人的感性;苏轼、黄庭坚和江西诗派所喜用的为后者,建立在性质的相似性上,作用于人的理智。这两种类型的曲喻与新批评派所倡导的"远距、异质、产生智力型关系"的比喻完全一致,具有反讽的特质。

当然,对于新批评派来说,反讽不仅是一种语言技巧,还是一种文本结构

---

① 钱锺书:《谈艺录》,北京:中华书局,1984年,第22页。
② 钱锺书:《谈艺录》,北京:中华书局,1984年,第51页。
③ 钱锺书:《谈艺录》,北京:中华书局,1984年,第51页。
④ 周裕锴:《反常合道:曲喻与佯谬——禅宗语言对宋诗语言艺术的影响》,《文史知识》1999年第1期。

原则，而且是一切伟大诗歌所必需的，如维姆萨特所说："有充分理由可以说玄学派的比喻不协调之合——在当代一些批评家看来，正是诗歌结构原则的原型和顶点。"① 布鲁克斯用"反讽"来指称诗歌在"内涵、态度和意义"上的不协调。艾略特的"巧智"、瑞恰慈的"包容诗"、燕卜荪的"含混"、退特的"张力"、沃伦的"不纯诗"，都包含与反讽相通的思想，都是指诗歌中的冲突元素相互作用产生运动，最终达到对立面的统一。瑞恰慈将心理学引入文学研究，认为"对立冲动的均衡状态，我们猜测这是最有价值的审美反应的根本基础"②。所以他提倡"包容诗"（poetry of inclusion），认为诗歌中包含异质的、对立的冲动，才能经得起反讽的观照，成为伟大的诗歌。这样的反讽不仅有审美功能，而且有认知功能，如新批评派的维姆萨特即说："'反讽'一语，不必一定有强烈的情感与道德的意味。我们可以把'反讽'看成一种认知的原理，'反讽'原理延伸而为矛盾的原理，进而扩张成为语象与语象结构的普遍原理——这便是文字作新颖而富于活力使用时必有的张力。"③

第四节　正言若反与反讽

苏格拉底式反讽是西方反讽思想的源头。亚里士多德从伦理学角度将其阐释为"自贬式佯装"，从修辞学角度将其阐释为"演说者试图说某件事，却又装出不想说的样子，或使用同事实相反的名称来称述事实"。施勒格尔、黑格尔、克尔凯郭尔等人则从哲学，从苏格拉底通过"反讽"这种形式所进行的思辨的角度来研究主体、客体、理念等问题。中国古代哲学重视解决现实人生问题，而不像西方哲学那样重抽象思辨，所以不会出现苏格拉底式反讽，只可能在解决现实人生问题时渗透着反讽意识，譬如"正言若反"。

---

① 赵毅衡：《新批评——一种独特的形式主义文论》，北京：中国社会科学出版社，1986年，第145页。
② ［英］艾·阿·瑞恰慈：《文学批评原理》，杨自伍译，南昌：百花洲文艺出版社，1992年，第228页。
③ ［美］卫姆萨特、布鲁克斯：《西洋文学批评史》，颜元叔译，北京：中国人民大学出版社，1987年，第692页。

一、"正言若反"的形式特征与反讽修辞

"正言若反"出自《道德经》第七十八章:"是以圣人云:'受国之垢,是谓社稷主;受国不祥,是为天下王。'正言若反。"宋苏辙《老子解》云:"正言合道而反俗,俗以受垢为辱、受不祥为殃故也。"清徐大椿《道德经注》云:"正言若反,此言确然不可易,乃正道也。然骤闻之,若反背者。"① 也就是说,世俗之人对于事物的认识往往停留在表象上,形成了俗见、常理,而老子却能超越表象,抵达大道、至理。正言若反之语在《道德经》中非常普遍,因此钱锺书认为它是老子的立言之方,也即修辞上的所谓"翻案语"(paradox)与"冤亲词"(oxymoron),并将其概括为三类:

> 有两言于此,世人皆以为其意相同相合,例如"音"之与"声"或"形"之与"象";翻案语中则同者异而合者背矣,故四一章云:"大音希声,大象无形。"又有两言于此,世人皆以为其意相违相反,例如"成"之与"缺"或"直"之与"屈";翻案语中则违者谐而反者合矣,故四五章云:"大成若缺,大直若屈。"复有两言于此,一正一负,世人皆以为相仇相克,例如"上"与"下",冤亲词乃和解而无间焉,故三八章云:"上德不德。"此皆苏辙所谓"合道而反俗也"。②

从语言表达的形式层面上来看,这里的每一句话中都包含两个相对的概念,形成悖论,如大音—希声,大象—无形,大成—缺,大直—屈,上德—不德。悖论属于反讽的一种。反讽是两个相反的意义一个出现在字面上,一个隐藏起来,悖论则是两个相反的意义都出现在字面上。在新批评派反讽中,两者经常被混用。

庄子继承并发展了《老子》的思想,包括正言若反的表意形式,如:"人皆知有用之用,而莫知无用之用""知无用,而始可与言用矣""至乐无乐,至誉无誉""天地无为也,而无不为也""天下皆知求其所不知,而莫知求其已知者;皆知非其所不善,而莫知非其所已善者,是以天下大乱"。唐陆德明《释

---

① 文渊阁四库全书《老子解》卷下、《道德经注》卷下。
② 钱锺书:《管锥编》第二册,北京:中华书局,1979年,第 463~464 页。

文·叙录》曰:"庄子宏才命世,辞趣华深,正言若反,故莫能畅其宏致。"[①]正言若反与后世文论中的"反常合道"的思想是相通的。

悖论的两个意义,如果不是用词语,而是用情节来表达,就会产生情景反讽。《庄子》一书中就有很多,这与庄子喜欢用比喻、寓言说理有关,如其所言:"以天下为沉浊,不可与庄语。以卮言为曼衍,以重言为真,以寓言为广。""寓言十九,重言十七,卮言日出,和以天倪。"这一点与老子的言说风格不同。比如,同样是表达绝圣弃智、无为而治的思想,老子直言:"大道废,有仁义;智慧出,有大伪;六亲不和,有孝慈;国家昏乱,有忠臣。""绝圣弃智,民利百倍;绝仁弃义,民复孝慈;绝巧弃利,盗贼无有。"庄子则用比喻、寓言来表达,比如《胠箧》篇:世俗之智——"将为胠箧、探囊、发匮之盗而为守备,则必摄缄縢、固扃鐍",结果恰恰是为盗贼做准备——"然而巨盗至,则负匮、揭箧、担囊而趋;唯恐缄縢、扃鐍之不固也";齐国依圣人之智把齐国治理得井井有条,结果等到田成子杀其君盗其国后,这些圣人之智成为他守卫盗贼之身的利器;重圣人的本意是治天下,结果却是"重利盗跖"——"为之斗斛以量之,则并与斗斛而窃之;为之权衡以称之,则并与权衡而窃之;为之符玺以信之,则并与符玺而窃之;为之仁义以矫之,则并与仁义而窃之。何以知其然邪?彼窃钩者诛,窃国者为诸侯,诸侯之门而仁义存焉。"在这些行为中,意图和结果完全相反,也就是人们所说的"历史反讽""命运反讽"。

二、正言若反的哲学内涵与反讽精神

老子、庄子的正言若反,既具有反讽修辞的特征,也具有丰富的哲学内涵,与西方苏格拉底所开创的反讽有相通之处,主要表现在辩证法和主体自由两个方面。

黑格尔认为苏格拉底式反讽"是主观形式的辩证法,是社交的谦虚方式;辩证法是事物的本质,而反讽是人对人的特殊往来方式"。也就是说,在黑格尔看来,苏格拉底为追求善、正义等理念,不断地向对话者诘问,不断地否定对话者的经验,体现了主观形式的辩证法,反映了事物的本质;佯装无知、不断诘问是社交的谦虚方式。克尔凯郭尔认为反讽是主观性的一种规定,苏格拉

[①] 蒋伯潜:《诸子通考》,上海:上海古籍出版社,2013年,第305页。

第二章 中国古代文化中的反讽思想

底式反讽是主观性的首次出现。这种主观性的表现形式是"无限、绝对的否定性",苏格拉底只是否定——否定具体的、个别的经验现实,没有进入否定之否定阶段以抵达理念,所以不是主观形式的辩证法;反讽不是苏格拉底在社交中的谦虚方式,而是苏格拉底的立场,苏格拉底的无知既是当真的,又是不当真的。

以此来观老子、庄子的正言若反。钱锺书认为"正言若反"的言辞总是包含两个相互对立的词语,又深入地分析了这一皮相的本质——否定之否定:

> 若抉髓而究其理,则否定之否定尔。反正为反,反反复正;"正言若反"之"正",乃反反以成正之正,即六五章之"与物反矣,然后乃至大顺"。如七章云:"以其不自生,故能长生……非以其无私耶?故能成其私。"夫"自生"、正也,"不自生"、反也,"故长生"、反之反而得正也;"私"、正也,"无私"、反也,"故成其私"、反之反而得正也。他若曲全枉直、善行无辙、祸兮福倚、欲歙固张等等,莫非反乃至顺之理,发为冤亲翻案之词。①

老子认为事物都是矛盾的,矛盾就是对立统一,矛盾的双方一方面互相依存,如"有无相生,难易相成,长短相形,高下相倾,音声相和,前后相随";另一方面又互相转化,如"祸兮,福之所倚;福兮,祸之所伏。孰知其极:其无正也。正复为奇,善复为妖。""反者,道之动"是他这一思想的集中概括,揭示了事物发展的根本原因在于事物内部的矛盾性,体现了朴素的辩证法思想。

由此可见,老子正言若反的言辞其实是辩证法思想的必然结果,形式即内容,内容即形式。字面上包含两个相互矛盾的义项,呈现反讽的修辞特点;事理上两个义项是对立统一的辩证关系。反讽与辩证法之间有着天然的联系,因为反讽包含着两个相互矛盾的义项。黑格尔曾说:"所有的辩证法都承认人所承认的东西,好像真是如此似的,然后让它的内部解体自行发展,——这可说是世界的普遍反讽。"② 反讽与辩证法的关系在现代又有所拓展。新修辞学代表人物肯尼斯·伯克从修辞格所具有的认知世界、建构"真理"功能的角度将

---

① 钱锺书:《管锥编》第二册,北京:中华书局,1979年,第463~464页。
② [德]黑格尔:《小逻辑》,贺麟译,北京:商务印书馆,1980年,第176页。

"反讽"解释为"辩证":"当一个人试图通过术语之间的相互作用来产生一种所有术语都在场的整体状态,反讽产生了。因此,从这一整体状态来看(即许多视角构成的视角),这些参与的分视角(sub-perspectives)没有一个应该被当做严格意义上的正确或错误。他们是相互影响的声音、个性或立场。当辩证法形成时,他们是许多要素(characters)生成的整体状态。"[①] 从哲学角度看,反讽表意体现了辩证思维。它允许不同声音的并存,为不同声音之间的相互影响提供了运动场。所以赵毅衡认为文化的成熟必然是反讽的,反讽是现代社会最合适的文化状态。

正言若反式的话语之所以有"骤闻之,若反背者"的效果,是因为它否定了社会中的俗见、常理,而且这种否定是非常彻底的。老子与庄子都是如此,但两者在主体精神特征上又有所不同。老子否定既存现实中的一切,包括被视为治世之本的仁义礼智,认为:"失道而后德,失德而后仁,失仁而后义,失义而后礼。夫礼者,忠信之薄而乱之首。""大道废,有仁义。智慧出,有大伪。六亲不和,有孝慈。国家昏乱,有忠臣。"老子否定现实的这一切时,对于未来也有明晰的描画,比如他提出:"绝圣弃智,民利百倍。绝仁弃义,民复孝慈。绝巧弃利,盗贼无有。此三者以为文不足。故令有所属。见素抱朴,少私寡欲,绝学无忧。""小国寡民,使有什伯之器而不用,使民重死而不远徙。虽有舟舆,无所乘之。虽有甲兵,无所陈之。使民复结绳而用之。甘其食,美其服,安其居,乐其俗,邻国相望,鸡犬之声相闻,民至老死不相往来。"由此可见,老子的立场,或者说他的主体精神特征,不同于苏格拉底。苏格拉底在追求善、正义等抽象理念的过程中,也是采取不断否定现实经验的办法,但对于到底什么是善、正义,他是不知道的。所以克尔凯郭尔说他的无知是当真的,又不是当真的,反讽是他的立场,而非社交的谦虚方式。克尔凯郭尔认为反讽者与预言家的区别就在于前者不停地指向将来的事物,却并不知道这将来的事物究竟是什么;后者能瞥见将要来临的新事物,所以他不再为现实效力。预言家与现实的关系是和睦的,反讽者则与现实作对。所以,反讽者是世界发展所要求的牺牲品,为服务世界精神而心力交瘁,是真正的悲剧性英

---

① Kenneth Burke. *A Grammar of Motives*. Berkeley: University of California Press, 1969. pp. 511—512.

雄，苏格拉底最后即是被雅典法庭以侮辱雅典神和腐蚀雅典青年思想的罪名判处死刑。从这一点来看，老子在主体精神上不像反讽者，而像预言家。

庄子对社会现实的否定比老子更彻底，认为人类所有的行为，过去的、现在的、未来的，都是没有意义的。克尔凯郭尔曾区别了作为修辞的反讽与作为存在立场的反讽：前者如说严肃的话却并不把它当真，说玩笑的话却把它当真，古罗马士兵唱戏谑小曲嘲弄凯旋的将军和中世纪的愚人节、驴子节、复活节等；后者对存在的总体予以反讽的观察，是无限绝对的否定性，它的"矛头不是指向这个或那个单个的存在物，而是指向某个时代或某种状况下的整个现实。因此，它蕴藏着一种先天性，它不是通过陆续摧毁一小块一小块的现实而达到总体直观的，而是凭借总体直观而来摧毁局部现实的"①。庄子否定现实的目的，不是如老子那样建立一个新的未来，而是追求在无限绝对的否定中主体精神的自由，"逍遥游"就是最集中的体现——"若夫乘天地之正，而御六气之辩，以游无穷者，彼且恶乎待哉？故曰：至人无己，神人无功，圣人无名。"

在对经验现实的不断否定中追求主体精神的自由，是反讽者的特点。克尔凯郭尔的反讽研究立足于对人的存在的思考。他据此理解苏格拉底反讽，认为它标志着主观性的首次出现。这种主观性的表现形式是无限绝对的否定性，"它是否定性，因为它除否定之外，一无所为；它是无限的，因为它不是否定这个或那个现象；它是绝对的，因为它借助于一种更高的事物进行否定，但这个更高的事物其实并非更高的事物。它是一种神圣的疯狂……在某种程度上，每个世界历史性的转折点都必定具有这种思想潮流"②。反讽者在这种无限、绝对的否定中获得主观自由，但这种自由是消极的，因为反讽者否定现实，却不知道取代现实的更高的事物是什么，只能永不停止地前行在否定的路上；反讽者同时逃避了外在经验和内在思辨，"反讽砍断了系着思辨的绳索，协助它离开经验的沙滩，冒险远航，这是一种消极的解放"③。也就是说，"依靠反讽而构建的主体性，在脱离外在藩篱之后，无法从内部为自身提供可靠的理念支

---

① ［丹］索伦·奥碧·克尔凯郭尔：《论反讽概念》，汤晨溪译，北京：中国社会科学出版社，2005年，第218页。
② ［丹］索伦·奥碧·克尔凯郭尔：《论反讽概念》，汤晨溪译，北京：中国社会科学出版社，2005年，第225页。
③ ［丹］索伦·奥碧·克尔凯郭尔：《论反讽概念》，汤晨溪译，北京：中国社会科学出版社，2005年，第97页。

撑点。对此,克尔凯郭尔在系统地比对色诺芬和柏拉图有关苏格拉底的记述之后,为苏格拉底的反讽找到了适宜的描述:一种介于具体和抽象之间的过渡状态。反讽以绝对抽象的方式否定现实,却无法于抽象的形式中获得通达绝对理念的可靠途径"①。

叶秀山在《〈庄子〉的"反讽"精神——读〈庄子〉书札记》一文中认为《庄子》在中国哲学发展史上可以说是一个"异类"。他不是教导治理者做什么,而是教导治理者不必做什么,因为他认为所做的事情都是虚幻的。他认为这是反讽,是解构,而苏格拉底、黑格尔、克尔凯郭尔的反讽都具有建构性——建构一个理念,一个思辨的哲学体系,一个"瞬间"的思想体系,所以,前者属于"消极的否定性",后者属于"积极的否定性"。"从某种意义来说,积极的否定性有一种乐观的精神,相信这个世界无论在实际上或思想上,都可以建构的(得)更好;而消极的否定则有一种悲观的态度:似乎这个世界无可救药;而从另一个方面来看,那种悲剧精神蕴含着希望,因而态度是严肃的且彻底否定的态度,倒是喜剧的精神。悲剧尚抱有再生-复生的希望,喜剧因为是第二次死亡,彻底断绝一切希望,于是讽刺-嬉笑是它的存在方式。"②这里说的庄子反讽具有"消极的否定性"和克尔凯郭尔所说的反讽是"消极的解放""消极的自由",两者的消极是不同的。前者指对现实人生的态度,庄子认为一切都是虚幻的,彻底地否定一切、解构一切,对人生取一种讽刺、嬉戏的态度,"鼓盆而歌"就是很生动的说明。相反,虽然苏格拉底一直没有寻求到什么是善、什么是正义的答案,但是他一直在寻求,不断地在向对话者诘问,积极地担当着理念"助产师"的角色。后者指人们在追求知识、真理过程中抽象主体的存在状态,即同时逃避内在的思辨和外在的经验,只是处于主观性的无限绝对的否定中,既无法抵达理念,也无法回归现实。

---

① 温权:《反讽:主体性辩证法——从克尔凯郭尔的〈论反讽概念〉谈起》,《学习与探索》2014年第6期。
② 叶秀山:《〈庄子〉的"反讽"精神——读〈庄子〉书札记》,《浙江学刊》2016年第6期。原文中的引号特别多,有点影响阅读,故笔者作了删减。

第三章 符号修辞视域下的反讽

反讽不仅是语言符号表意的一种方式,也是图像、声音、动作、实物等其他符号表意的一种方式。在表意媒介特别发达的今天,有必要把它从语言修辞扩展到符号修辞进行研究。赵毅衡认为:"二十世纪出现了一系列方向不同的修辞学,但是越来越多的人同意,'新修辞学'的主要发展方向,是符号修辞学。符号修辞学有两个方向:一是在符号学基础上重建'修辞语用学',另一种则集中研究传统修辞格在语言之外的符号中的变异。"[①] 根据维索尔伦(Verschueren)的语用学定义,"修辞语用学"是指从认知、社会和文化角度研究修辞现象和修辞行为。"符号学即意义学";"没有意义可以不用符号表达,也没有不表达意义的符号。"[②] 在符号学基础上重建"修辞语用学",就是研究修辞现象、修辞行为与意义之间的关系。符号学有"文科的数学"之称,这一学科特点使之有利于对符号领域的各种修辞现象进行综合性研究,探索传统修辞格在语言之外的符号中的变异以及各种符号文本共通的修辞规律。

第一节 反讽:从语言修辞到符号修辞

反讽作为一种修辞格,首先诞生于古希腊的演讲文化,如今它早已越出语言文本领域,走向其他符号文本领域。到了当代,随着科技的发展,影视、网络视频、游戏等多媒介合一的符号文本出现,反讽修辞的形态更加多样化。

---

① 赵毅衡:《符号学》,南京:南京大学出版社,2012年,第187页。
② 赵毅衡:《符号学》,南京:南京大学出版社,2012年,第3、1页。

一、反讽在符号修辞中的变化

当反讽从语言修辞进入符号修辞领域后,其与悖论就难以区分,赵毅衡提出这个观点并进行了详细论述。他首先区别了语言表意中的反讽与悖论:"反讽是'口是心非',冲突的意义发生于不同层次。文本说是,实际意义说非;而悖论是'似是而非',文本中就列出两个相互冲突的意义。反讽与悖论,两者都必须在一个适当的解释意义中统一起来,只是反讽的归结义藏在文本背后,表面义肯定是伪装;悖论的双义都现于文本,哪一项是归结义,依解释而变化。"[①] 在多媒介表意中,各媒介的信息会互相冲突、修正,"原先单层文本上的反讽,就变成复合层次的悖论"[②]。因此,是反讽还是悖论,取决于接收者如何区分文本的边界。比如雷内·玛格丽特的画《图像的背叛——这不是烟斗》。如果将标题与图画看作一个文本,那就是悖论;如果看作两个文本,那就是反讽,一个对另一个的反讽。反讽与悖论本质上是相通的,都是指两个相互冲突、相互矛盾的意义的合一状态,所以常常被混用,前文论述的新批评反讽、存在主义反讽等都是如此。

反讽从语言修辞扩展到符号修辞,除了与悖论无法区分,还有一个变化就是形态更加丰富,尤其是在多媒介表意文本中。影视剧常采用音画不一致达到反讽目的。刘伟强、麦兆辉执导的电影《无间道2》中,倪永孝为父报仇,将四位原本是他父亲手下的兄弟、后来却合谋参与杀害他父亲的阿叔们一一杀害。电影画面上是这些人死时的惨状,而画外响起的是用口琴吹奏的苏格兰民歌《友谊地久天长》。这首民歌无疑是对他们之间所谓的兄弟友谊的强烈反讽。再如姜文执导的电影《阳光灿烂的日子》中,马小军和其他孩子晚上骑着自行车去打群架时,背景音乐是《国际歌》;弗朗西斯·福特·科波拉执导的《现代启示录》中,空军骑兵师支队长基尔戈为了去湄公河冲浪,用直升机群和轰炸机组把沿路的村庄与学校变成一片火海,直升机里播放的音乐却是激昂的瓦格纳歌剧《尼伯龙根指环》。"小咖秀"中,模仿者的动作、声音、场景等之间的不协调产生强烈的反讽,达到滑稽搞笑或批判现实的目的。影视剧可以在同

[①] 赵毅衡:《符号学》,南京:南京大学出版社,2012年,第211页。
[②] 赵毅衡:《符号学》,南京:南京大学出版社,2012年,第213页。

一个界面上将多个镜头并置，戏剧可以让不同时空的多个场景同台上演，超文本小说（也叫超链接小说）可以用超链接的方式将不同时空的文字、图片、影音等组合成网状文本，不同文本在意义上相互冲突，就会形成反讽效果。

二、语境是反讽形成的关键

反讽与隐喻、转喻和提喻三种修辞格在形成机制上有一个根本不同，即斯科尔斯所说的，隐喻"扎根于语言的命名功能"，反讽的"基础是交际功能"。[①] 我们仅凭一句话可以判断它是否运用了隐喻（或者转喻、提喻），却不能判断它是否运用了反讽，因为反讽的形成必须借助语境。"你真够聪明的！"单看这句话是无法知道是否有反讽之意的，必须借助语境——在文字文本中就是上下文，在社会实践中就是说话者的表情、语气、动作、场合等。比喻属于静态的指称工具，而反讽属于动态的交际过程，语境在反讽形成过程中具有重要作用。布鲁克斯将反讽界定为"语境对于一个陈述语的明显的歪曲"[②] 是很有道理的。只是，他有时将这种"明显的歪曲"与言外之意等同，认为"诗人必须考虑的不仅是经验的复杂性，而且还有语言之难制性；它必须永远依靠言外之意和旁敲侧击"[③]。这就将反讽的内涵泛化了，不利于这个概念的使用。

语境是形成反讽表意的关键因素。赵毅衡将语境分成两大类：第一种是"符号内的（符号文本自带的）'内部'语境，也就是伴随文本，它们与符号形态有很大关系，但又不是符号本身，而是符号传达的方式"；第二种是"符号接收的语境，是符号的外部的语境"，比如场合语境、伴随文本语境。[④]

如果一个符号文本与使用场合不协调，接收者就会从中读出反讽之意。比如那些自轻自贱、自我抹黑式的店铺招牌，如"狗剩拉面""骂厨子家常菜""真难吃面馆""无味饭店""孙子烤肉""强盗之家"。[⑤] 再如，葬礼上穿红颜

[①] [加]琳达·哈琴：《反讽之锋芒：反讽的理论与政见》，徐晓雯译，开封：河南大学出版社，2010年，第75页。
[②] [美]克林思·布鲁克斯：《反讽与"反讽诗"》，见赵毅衡编选：《"新批评"文集》，北京：中国社会科学出版社，1988年，第335页。
[③] Willliam K. Wimsatt & Jr. Cleanth Brooks. *Literary Criticism*, *A Short History*. New York: Vintage Books, 1957, p. 673。
[④] 赵毅衡：《符号学》，南京：南京大学出版社，2012年，第182~183页。
[⑤] 赵毅衡：《符号学》，南京：南京大学出版社，2012年，第214页。

色衣服会遭人白眼,教师上课穿过于暴露的衣服会被社会舆论批评,孔乙己穿着长衫站在柜台外喝酒被人笑话。这是因为符号文本是有身份的。文本身份是"符号表意的社会维度",是"符号文本在文化中的定位"。[①] 无论是招牌,还是教师着装、知识分子服饰,都有文本身份,特定时期的文化赋予它们特定的意义,文本身份与使用场合不相宜,就会给人以不协调、滑稽之感。

伴随文本与文本之间的意义冲突也是形成反讽的重要方式。赵毅衡在综合克里斯蒂娃"互文本性"、热奈特"型文本"、申丹"潜文本"等理论的基础上对伴随文本现象进行了全面深入的研究。他认为,伴随文本是"伴随着符号文本一道发送给接收者的附加因素","在相当程度上,伴随文本决定了文本的解释方式",伴随文本可以分为显性伴随文本、生成性伴随文本和解释性伴随文本三大类,三大类下面又包含着若干小类。[②] 这些伴随文本都能够使正文的意义发生"明显的歪曲",使之向相反方向运行,形成反讽。

显性伴随文本包括副文本和型文本。它们和正文本关系密切,常常是无法分开的。副文本,如书的标题、序言、题词、插图,美术的裱装、印鉴,影视的片头、片尾等,如果和正文本在主题、风格等方面不一致,就形成了反讽。比如《狂人日记》的序言和正文。型文本指文化背景规定的文本所属类别,这类别可以有不同的分类标准,比如小说可以按作者、题材、体裁、时代、风格、人物等分类,影视可以按演员、制作团队、播出时间段、获奖情况、题材等分类。其中,体裁是一种非常重要的型文本,体裁与内容不协调便可表达反讽之意。比如《鬈发被劫记》用史诗体裁讲述一个戏谑性的故事,《堂吉诃德》用骑士小说体裁讲述一个充满喜剧意味的故事。再如广告语,劲酒的"劲酒虽好,可不要贪杯",邦迪创可贴的"有时,邦迪也爱莫能助",均与广告的体裁特征——劝人购买商品形成意义冲突,产生反讽效果,给观众留下深刻印象。

生成性伴随文本是指在文本生成过程中各种因素留下的痕迹,包括前文本和同时文本,前者又可以包含后者。前文本,既可以狭义地指文本中的各种引文、典故、暗示等,也可以广义地指文本产生之前的整个文化史。它和解释性伴随文本中的先文本看起来相似,其实有很大区别:"前文本是文本出乎其中

---

① 赵毅衡:《符号学》,南京:南京大学出版社,2012年,第358、359页。
② 赵毅衡:《符号学》,南京:南京大学出版社,2012年,第143~159页。

的文化网络,例如《施公案》等公案小说,源出《史记》中的'侠以武犯禁'的侠文化,但这是一个若即若离的文化联系。而先/后文本,则关系非常明确,后文本的情节,从一个特定的先文本化出的,《三国演义》的先文本是陈寿的史书《三国志》。"① 无论是前文本,还是先文本,都可以通过戏仿产生意义、风格等方面的冲突,引发反讽效果。② 戏仿既是作者创作文本时的一种创作策略,也是读者接收文本时的一种阐释策略。

三、反讽具有"言后行为"的语力特征

最早提出"语力"概念的是弗雷格(Michael A. Dummett)。他认为语句必备两个部分:含义(sense)和语力(force)。前者关系到语句是否成真,后者则是指语句说出来时具有的某种特征,也就是在交流时语句的特定功能。但弗雷格对此问题的研究很少,真正为语力研究作出重要贡献的是奥斯汀(John Langshaw Austin)的言语行为理论。奥斯汀把言语行为分为三种:以言言事(locutionaray acts),也有译为"说话行为""言内行为";以言行事(illocutionary acts),也有译为"施事行为""言外行为";以言成事(perlocutionary acts),也有人译为"取效行为""言后行为"。弗雷格、奥斯汀的关注点分别是"陈述语力"和"以言行事语力",塞尔(John Searle)将语力理论普遍化,认为任何语句都具有语力。③ 语力的标记有哪些?奥斯汀在《如何以言行事》中将其分为语句内和语句外两种,前者如动词、副词、连接词,后者如语气、语调、手势。塞尔由于将语力看作语句意义的一个方面,所以更强调语言内的语力标记,包括语气、语调、重音、施为性动词、词序、标点符号等。修辞格是语句意义形成的一个要素,也应是语力的组成部分。不同修辞格对语力强弱的影响是不同的。

反讽在所有修辞中最独特,赵毅衡说它是一种超越修辞格的修辞方式:"其他修辞格基本上都是比喻的各种变体或延伸(如象征),立足于符号表达对象的异同涵接关系;反讽却是符号对象的排斥冲突;其余修辞格是让双方靠近,然后一者可以代替另一者,象征也只是加强了这种趋势,而反讽是取双方

---

① 赵毅衡:《符号学》,南京:南京大学出版社,2012年,第151页。
② 详见本书第四章第二节《戏仿与反讽》。
③ 转引自赵毅衡:《广义叙述学》,成都:四川大学出版社,2013年,第28~30页。

相反，两个完全不相容的意义被放在一个表达方式中；其余的修辞格是用各种方式接近一个意义，反讽却是欲擒故纵，欲迎先拒。其他修辞格'立其诚'以疏导传达，使传达变得简易，反讽以非诚意求取超越传达的效果，使传达过程变得困难。"① 从语力上看，反讽也不同于其他修辞格。隐喻、转喻、提喻等属于静态的指称工具，更接近以言言事，语力弱；反讽属于动态的交际过程，更接近以言成事，语力强。如果用邦维尼斯特提出的语言模态性来看，那么隐喻、转喻、提喻接近陈述语气，而反讽则接近祈使语气。因为反讽不仅传达意义，还传达发出者的态度，在听者身上产生意动效果。哈琴在论述反讽时，列举了多位语言学家、心理修辞学家、文学评论家、心理学家认同的一个观点，即"反讽还传达了另外的东西：一种态度或一种感觉"；"反讽在言内和言外之间设置一种区别性的关系，似乎不只要引入结论意义，还要引入结论态度和判断"。她由此认为反讽"可以是言语行为理论中的'言后行为'，因为它产生了'对于观众或说话人或其他人等的感受、思想或行为的某些后果性影响'"②。

反讽表意属于塞尔所说的间接言语行为，与直接言语行为不同。直接言语行为的字面意义和说话意图或言外之力相吻合，也就是句子的结构和功能之间存在直接的关系；间接言语行为则不同，"用于实施间接言语行为的语句具有两种语力：字面之力和言外之力。换言之，间接言语行为是一种以言行事（言外之力）通过另一种以言行事（字面之力）的表达方式间接地实现的，或者说，间接言语行为是一种主要的施事行为通过另一种次要的施事行为间接实现的"③。比如母亲对一个做错了数学题的孩子说："这道题是这样做的？"表面上看是以言言事，实施的是想从对方那里获得信息的言语行为，但实际上可能是以言成事，实施的是间接的命令行为——把这道题重做！或者是间接的恐吓行为——这么愚蠢，要挨揍吧？哈琴的"反讽之锋芒"的观点是反讽文本强语力的一个佐证。她始终将"锋芒"视为反讽与其他修辞格的根本不同之处。"锋芒"是反讽发出者或诠释者的一种评价，卷入了情感和伦理。依据情感蕴

---

① 赵毅衡：《符号学》，南京：南京大学出版社，2012年，第209页。
② [加] 琳达·哈琴：《反讽之锋芒：反讽的理论与政见》，徐晓雯译，开封：河南大学出版社，2010年，第42页。
③ John R. Searle著，张绍杰导读：*Expression and Meaning: Studies in the Theory of Speech Acts*（《表述和意义：言语行为研究》）。上海：外语教学与研究出版社，2001年，p. F30。

含值从小到大，反讽在交际中的功能有：巩固—交织—滑稽—间离—自保—权宜—对抗—进攻—凝聚。① 从哈琴列的这张图中，我们可以看出反讽的语力有多么丰富，既可以通过讽刺达到进攻的目的，也可以通过自嘲、装傻实现自保；既可以温和地诙谐、滑稽，也可以严肃地对抗主流意识形态、颠覆成规旧习。

第二节 作为图像修辞的反讽

图像，是历史上最古老的一种符号，也是日常生活中常用的一种符号，特别是在当今的读图时代。图像表意必然涉及修辞。罗兰·巴尔特将修辞学与符号学相结合，从一幅"Panzani"（一个意大利面条品牌）广告图像入手，开创了图像修辞学研究。他将图像信息分为语言信息和像符信息，又将像符信息分为"原本信息"（message littéral）和"象征信息"（message symbolique）。也可称之为自然信息和文化信息、无符码信息和有符码信息、外延信息和内涵信息。关于内涵信息，巴尔特认为："如果内涵根据其所使用实体（图像、言语、物体、动作）的不同而具有典型能指，那么它就将其全部所指兼收并蓄：我们在文字媒体、图像或演员的动作中所看到的其实是同一些所指（正是由于这个原因，符号学只有在一个总体的范围内才有可能被构建）。内涵所指的这一共同领域，就是意识形态（idéologie），对特定的社会和历史来说它具有惟一性，无论其参照的内涵能指是什么。与总体的意识形态相对应的，实际上是依所采用实体不同而确定的内涵能指。这些能指，我们称之为内涵指符（connotateur）；所有的内涵指符，我们称之为修辞（rhétorique）：修辞就这样作为意识形态的能指面显现出来。"②

巴尔特将修辞和意识形态的关系界定为符号的能指和所指关系。这里所谓的意识形态，是指一般意义上的思想观念，而非政府的思想体系、思想观念、思想意识。修辞即"所有的内涵指符"，内涵指符不同于一般的符号。关于这

---

① 详见第一章第四节。
② ［法］罗兰·巴尔特：《图像修辞学》，方尔平译，王东亮校，见《语言学研究·第六辑》，北京：高等教育出版社，2008年。

个问题，巴尔特在《符号学原理》一书中进行了详细论述。① 他是在叶尔姆斯列夫的直接意指和含蓄意指理论基础上阐释这个问题的。一般的符号属于直接意指，即能指（Sa）和所指（Sé）结合成一个意指系统；内涵指符②，属于含蓄意指，它的能指是由一个直接意指系统，甚至多个直接意指系统构成（如图3—1）。

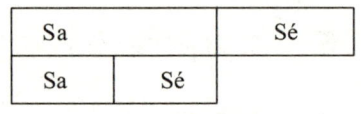

图3—1　含蓄意指

内涵指符的能指由非连续、无规则的直接意指的能指组成，其所指"叠加"于直接意指系统上，但"不管含蓄意指以什么方式'加于'直接意指的信息之上，它也不可能将其吸尽。总会有'直接意指'的能指（如果没有，就不会有话语了），内涵指符最终永远是不连续的、'不规则的'记号，这些记号被传递他们的直接意指的信息自然化了"③。巴尔特在《符号学原理》里提出的这些观点与后来《图像修辞学》中的观点是一样的，"要理解内涵指符在整个图像中所构成的非连续性特征，或者说游离性特征。内涵指符没有填满整个词汇集成，对内涵指符的解读也不会将后者穷尽。也就是说（而且对于普通符号学来说，这也是个有效命题），词汇集成的所有要素并非皆可转换为内涵指符，总有某个外延存留在话语中，没有这个外延，话语就不可能实现……正是外延信息系统使内涵信息系统'自然化'。并且也了解到，内涵不过是系统，只有通过聚合关系才能得到界定；像符外延不过是组合，它将无系统的要素结合在一起；非连续的内涵指符通过外延组合得到联结、显现、'言说'，而非连续的象征世界，置身于外延场景的历史中，仿佛置身于清白的净水中一般……我们无意过早从图像中推导出普通符号学，但我们也可以不揣冒昧地认为：意义的整体世界以内在的（结构的）方式被分割为文化的系统和自然的组合：正是通

---

① ［法］罗兰·巴尔特：《符号学原理》，李幼蒸译，北京：生活·读书·新知三联书店，1998年，第169～172页。
② 《符号学原理》中翻译成"含指符"，为保持概念使用的一致性，本书都改为"内涵指符"。
③ ［法］罗兰·巴尔特：《符号学原理》，李幼蒸译，北京：生活·读书·新知三联书店，1998年，第171页。

过成功地运用不同的修辞辨证手段,大众传播的作品才将所有一切融为一体,其中既有对自然的迷恋,包括叙事、故事、组合的自然性;也有对文化的认知,它遮蔽在若干非连续的象征之中,为更喜欢生动言语的人们所'排斥'。"①

图像修辞,就是指图像的内涵指符;研究图像修辞,就是研究看似由各种符号自然组合的图像所蕴含的文化信息;修辞格的作用是为图像提供内涵指符,不同的修辞格提供不同类型的内涵指符。每一种类型的符号文本都有其特定的要素,也就是符号的能指(很多时候就直接称之为"符号"),比如语言文本有词语、声音、标点、结构等,图像文本有点、线、面、光线、明暗、色彩、肌理、质感、构图等,表演文本有语气、语调、动作、表情、服装、场景等,但是因为修辞格涉及的是要素之间的形式关系,而非要素本身,所以它具有普遍性,古典修辞学在语言中发现的修辞格同样适用于图像,即巴尔特所说的:"修辞因其实体的不同(或是分节声音,或是图像、动作等)而不是形式的不同而发生变化,并且很有可能只存在一种修辞形式,对梦、文学、图像等一律适用。如此一来,由于图像受制于视觉上的物理限制(与发音所受到的限制有所不同),所以图像的修辞(即它的内涵指符的分类)具有其特殊性;但是同时,因为其中的'修辞格'永远只是要素之间的形式关系而已,所以它又具有普遍性。这门修辞学只能基于一份相当完备的清单才能建立起来,但是从现在开始我们就可以预见其中必然会有古代及古典修辞学此前已经发现的修辞手段。"②

反讽是古典修辞学中的一种重要修辞手段,简单地说,就是说反话,所言非所是。那么,图像能使用反讽修辞格吗?换句话说,图像能说反话吗?"不"这个语义能视觉化吗?回答是肯定的。本节以单幅静态绘画为例来探讨这个问题。

---

① [法]罗兰·巴尔特:《图像修辞学》,方尔平译,王东亮校,见《语言学研究·第六辑》,北京:高等教育出版社,2008年。
② [法]罗兰·巴尔特:《图像修辞学》,方尔平译,王东亮校,见《语言学研究·第六辑》,北京:高等教育出版社,2008年。

一、图像要素之间的反讽

图像上的点、线、面、光线、明暗、色彩、肌理、质感、构图等所有符号都表达意义，如米克·巴尔所言："绘画并不仅仅是往画布上涂抹颜料，而更是在语义的空间里绘制符号。"① 各种符号的意义可能是协同一致的，也可能是相互矛盾的，一个意义是对另一个意义的否定，如此即会产生反讽，下面以"画中画"的构图为例。

画中画，指作者在一幅图画中巧妙利用屏风、扇面、镜子、装饰物等载体再进行绘画，这样开拓出来的二度空间的图像与一度空间的图像可以形成隐喻、转喻、提喻以及反讽等关系。所谓反讽，即两种空间中图像的意义相互冲突，比如元刘贯道的《消夏图》②（如图3-2）。前景，也是实景，画的是一个庭院，里面种着芭蕉、翠竹等。画面左侧有一张榻，一个人右手握着拂尘，袒露着胸部和肩部，赤着双脚，斜倚榻上悠闲地纳凉。榻的一头连着一张方桌，方桌与榻相接处斜放着一个乐器。榻的后面有一个大屏风，屏风中一个与实景中人面貌相似的人端坐在榻上，面前的书案上放着笔墨纸砚，一个小童侍立在左侧，对面的桌旁有两人似在煮茶。屏风中又有一屏风，山峦耸立，云遮雾罩，一处山巅上坐落着一个凉亭。实景的右边有两名女子边走边聊，一人手持长柄扇，扇面上绘着山水，另一人拿着包裹。道服、拂尘、赤脚、卧姿、乐器、仕女等符号表现了主人的狂放不羁、闲适自在。但屏风中，主人正襟危坐的姿势以及书案上的笔墨纸砚、各司其职的仆人等符号又表现了他的端庄肃敬、忙碌严谨。屏风中的屏风，其上的山水、云雾、凉亭，又似在诉说着隐居山水的宁静幽远。"重屏"作为一种图像修辞技巧，使三者之间的意义产生了冲突。画中人，是真隐还是假隐，是真闲适还是假闲适，抑或是在两者之间徘徊？扬之水认为它表现的是儒家入仕与道家出世两种生活观的互补。③ 巫鸿认为它表现了传统的闺房世界和新发现的士大夫宁静的退隐生活。④ 如果结合元

---

① 转引自段炼：《视觉文化与视觉艺术符号学》，成都：四川大学出版社，2015年，第46页。
② 本节所有图片均来自网络，不再注。
③ 扬之水：《物中看画——刘贯道〈消夏图〉细读》，见《翰墨荟萃：细读美国藏中国五代宋元书画珍品》（第一版），北京：北京大学出版社，2012年，第454页。
④ ［美］巫鸿：《重屏》，文丹译，上海：上海人民出版社，2009年，第108页。

代外族统治、科举停废的社会背景,那么隐逸可能只是故作潇洒、自我慰藉之举,入仕才是画中人心中真正所想,屏风上的入仕图起着视觉隐喻的功能。如果将实景、屏风和屏风中屏风上的三幅图像看成三个文本,它们之间就构成了反讽关系,一个对另一个的意义说"不"。

图 3-2 刘贯道《消夏图》

镜子是画家十分钟爱的道具,可以传达丰富的文化信息。画家常常通过镜子拓展表现空间,如果不同空间图像的意义相互冲突,则可以达到反讽的表意目的。因为镜子不仅具有再现功能,还具有强大的虚构功能,如梅尔基奥尔-博奈在《镜像的历史》一书的封面上所言:"不要小看镜子,它一诞生就创造了新的空间;不要美化镜子,它镜像变幻,扰乱人的视野。它能展现世界,也能扭曲和隐藏某些部分;你注视镜子,而镜像操控着你的意识。"[1] 在毕加索的名画《镜前少女》(如图 3-3)中,少女和镜像的外形、衣着、肤色、表情等皆不同,两者相互冲突,产生强大的视觉张力和丰富的思想意蕴。它或许在表现少女的外表与内心抑或本我、自我与超我之间的冲突,或许在表现少女的过去与现在抑或现在与未来命运的冲突。

---

[1] [法]萨比娜·梅尔基奥尔-博奈:《镜像的历史》,周行译,桂林:广西师范大学出版社,2005年,封面。

图 3-3　毕加索《镜前少女》

再如马克·坦西的《柏拉图的洞穴》（如图 3-4）中的画框。从画面来看，两个人正把一个画框扔进洞穴的深渊，这一形象投射到洞穴的墙壁上，形成了一幅有框画。标题《柏拉图的洞穴》指示着它的前文本——柏拉图《理想国》中的洞穴寓言。这个寓言的含义很丰富，段炼从视觉文化角度看到了这幅画所包含的关于再现的悖论，而悖论是反讽的一种。他说："何谓再现？坦西的画告诉我们，再现就是用一个画框，把某处的景象，呈现到另一处，成为图像……坦西画出了洞穴寓言的悖论：再现即便是假象，但也无法抛弃。我们正是通过假象来认识真相的，并进一步认识再现这一概念。"①

---

① 段炼：《当代符号学的处境——以米克·巴尔的视觉分析为例》，微信公众号"南大文化研究"，2017-06-30。

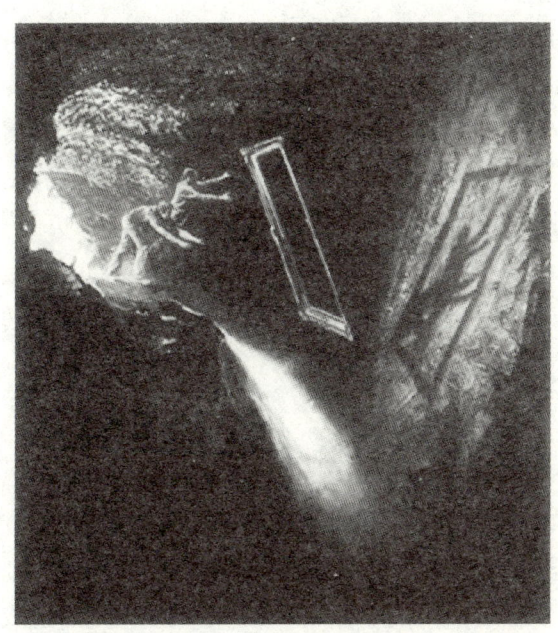

图 3-4　马克·坦西《柏拉图的洞穴》

二、图像与伴随文本之间的反讽

图像表意不仅依赖文本本身，还依赖伴随文本。"在相当程度上，伴随文本决定了文本的解释方式。这些成分伴随着符号文本，隐藏于文本之后、文本之外，或文本边缘，却积极参与文本意义的构成，严重地影响意义解释。"[①]互文本是伴随文本中比较重要的一种。互文本源于"互文性"，也称"文本间性"或"互文本性"，是朱丽娅·克里斯蒂娃于 1966 年至 1968 年提出的概念，用来指文本离不开与其他文本互动的现象："任何文本的构成都仿佛是一些引文的拼接，任何文本都是对另一个文本的吸收和转换。"后经她的老师罗兰·巴尔特的阐释和提倡，此概念备受文论家的青睐，其发展向两个方向变迁，"一个方向是解构批评和文化研究，另一个方向是诗学和修辞学"，前者被学界称为广义的互文性、解构的互文性、后结构主义的互文性等，后者被称为狭义的互文性、建构的互文性、结构主义的互文性等。曼戈诺、热奈特、孔帕尼翁等一些学者从诗学和修辞学角度建构互文性理论，把互文性当作文学创作手法

---

① 赵毅衡：《符号学》，南京：南京大学出版社，2012 年，第 143 页。

和分析文学作品的工具来研究。最早在教科书中引入互文性概念的是曼戈诺的《话语分析方法入门》(1976)。曼戈诺在书中明确提出，他虽然用的是克里斯蒂娃的"互文性"概念，但不是在她的意义上使用的，而是将其界定为"一个文本的内部所表现出的与其他文本的关系的总和（引文、戏拟、转述、否定等等）"。这个定义基本上反映了后来各种普通词典的释义。①

图像对前文本，包括文字文本、图像文本等各种媒介文本的引用，可以是正向的，也可以是反向的，即对其主题、风格等进行异化，造成两者之间的意义冲突，引发反讽效果。

第一，象征符号的反向引用。

有一些符号被集体或个人反复使用，解释意义相对固定，成为一种特殊的符号——象征符号。象征不是一种独立的修辞格，而是比喻的发展，"象征意义往往是历史地积累起来的，符号使用中的不断'片面化'渐渐倒空原符号意义，代之以新的特殊意义：形成象征的关键是重复使用所造成的变化与意义累积"②。比如中国文化中寓意吉祥的谐音画，钱锺书称之为"声音象征"（sound symbolism），如陶瓷上的"洪福齐天""太平有象""冠带流传"图案（如图3-5）。

图3-5　清雍正粉彩洪福齐天图；清乾隆青花太平有象图；清嘉庆粉彩冠带流传图

对谐音画反向引用即可产生反讽，比如这幅德化窑青花盘上的"封侯"寓意图③（如图3-6）。从画面看，一只猴子被两只蜜蜂追咬。前面的蜜蜂身上的一条线连着猴子腿部，暗示蜜蜂的飞行路线；后面的蜜蜂加了一个圆圈，暗示它飞得很快。猴子遭受蜜蜂的前后夹击，急得抱头逃窜，狼狈不堪。画面中

---

① 以上引文均来自秦海鹰：《互文性理论的缘起与流变》，《外国文学评论》2004年第3期。
② 赵毅衡：《符号、象征、象征符号，以及品牌的象征化》，《贵州社会科学》2010年第9期。
③ 吴战磊：《图说中国陶瓷史》，天津：百花文艺出版社，2005年，第206页。

的蜂、猴是象征符号,指示其前文本——传统谐音画"马上封侯",蜂、猴与"封""侯"谐音。"马上封侯"谐音画一般都是一只猴子骑在马上,旁边几只蜜蜂飞舞,一派和谐、吉祥景象,比如驻马店市博物馆藏的"马上封侯"玉佩(如图 3-7)。与之对照,这幅出自民间窑匠画工之手的"封侯"图就具有了强烈的反讽意味。

图 3-6 德化窑青花盘"封侯"寓意图   图 3-7 驻马店市博物馆藏"马上封侯"玉佩

再如达·芬奇的油画《蒙娜丽莎》(如图 3-8),表现了女性的高贵、典雅和恬静,代表了文艺复兴时期的女性审美,"永恒的微笑"成为一种象征符号。这一符号经常被戏仿和恶搞,以此对前文本的意义说"不"。画家杜尚给蒙娜丽莎美丽的脸添上小胡子和山羊须,并命名为《L.H.O.O.Q》(如图 3-9),这几个字母是"elleaehaudaucul"的快读谐音,暗喻画面形象是淫荡污浊的,也有译为"她欲火中烧"。这一图像修辞的所指是达达派反理性、反艺术、反传统的思想观念。如今,网络上对这幅经典画作的恶搞花样繁多,层出不穷,只是普罗大众利用此符号所传达的思想观念没有艺术家们的深刻,很多时候不过是打趣逗乐而已。

论反讽

图 3-8　达芬奇《蒙娜丽莎》　　图 3-9　杜尚《L. H. O. O. Q》

第二，构图的反向引用。

构图是一个内涵指符，如罗兰·巴尔特所言："'构图'带着一个美学所指，它几乎像语调那样，虽然显得超然物外，仍然是一个独立于语言的能指。"① 对构图的反向引用会产生反讽。米克·巴尔在《视觉叙事与图像符号》中分析了伦勃朗 1635 年创作的《临摹达·芬奇〈最后的晚餐〉》（如图 3-10）对达·芬奇《最后的晚餐》（如图 3-11）构图的引用。伦勃朗在画的右下角增加了一只狗。巴尔认为狗是一个指示符，所指为文类的转换，即从高雅的历史绘画转换为俗常的风俗画。对于这幅画中耶稣身后那个模模糊糊的卷发女人的图像，巴尔将其放进伦勃朗的"多余的女人"图像系列中进行解读。伦勃朗 1638 年创作的《参孙之谜》（又名《参孙的婚礼》，如图 3-12）再次引用了《最后的晚餐》的构图。新娘占据了《最后的晚餐》构图中耶稣的荣耀之位。她和耶稣一样是孤立的，一样在凝视，只是耶稣的凝视是内向的，而新娘的凝视是外向的，投向观者，因为她正遭遇着恐吓与威胁。这个新娘与《临摹达·芬奇〈最后的晚餐〉》中耶稣身后那个卷发女人很像，似乎是那个隐匿的女人站出来了，讲述她要献祭的故事。献祭这个思想就是通过对《最后的晚餐》构

---

① [法]罗兰·巴尔特：《图像修辞学》，方尔平译，王东亮校，见《语言学研究·第六辑》，北京：高等教育出版社，2008 年。

图的引用表达出来的,引用构图成为它的一个重要图像修辞。但在引用构图时画家又置换了一些符号,比如耶稣背后的窗户被女人背后的华盖置换,耶稣头上的光晕被女人的发冠置换,耶稣面前盘子里的食物被女人面前盘子里粗野的、盘蛇似的直立物品置换。这些符号暗示了绘画主题、风格的变异,具有反讽的效果,如米克·巴尔所说:"这里的反讽是一种改换,或者错置,是把高尚的主题转换成低俗的风俗画的场景。"①

图 3-10　伦勃朗　《临摹达·芬奇〈最后的晚餐〉》

图 3-11　达·芬奇《最后的晚餐》

---

① 米克·巴尔:《视觉叙事与图像符号》,张方方译,段炼校,《世界美术》2017 年第 2 期。

论反讽

图 3-12　伦勃朗《参孙之谜（参孙的婚礼）》

　　吴琼在《图像中的互文》讲座中探讨"图像引述"问题，认为图像引述既有正向引述，也有反向引述，如乔尔乔内的《沉睡的维纳斯》和提香的《乌尔比诺的维纳斯》，前者是一个神话题材，后者则是一个世俗化题材。马奈的《奥林匹亚》又对提香的这部作品作彻底颠覆，将一个可爱的、值得去爱的、可以投射欲望的维纳斯变成了一个高高在上、充满鄙夷眼光的、对男人进行审判的妓女，"通过对《沉睡的维纳斯》中维纳斯躺姿的修辞学的颠倒，完成了语义的彻底翻转，它构成了对男性凝视的一道挑衅"①。反向引用，即为戏仿，是反讽修辞的重要类型。

　　图像的伴随文本很多，除了互文本外，最常见的是与图像紧密相随的语言文字，如标题、图像内的各种标识。如果作者有意让两者意义相冲突，就会引发反讽。比如比利时超现实主义画家雷内·玛格丽特的《图像的背叛——这不是烟斗》（如图 3-13）。画面是一只大烟斗，可画面下方却用一行法文宣称"这不是一只烟斗"。语图意义明显相悖。这样的反讽修辞要表达的意义是非常深刻的，福柯就曾专门写了一篇论文《这不是一只烟斗》，借此分析词语、图

---

①　吴琼：《图像中的互文》，微信公众号"神圣的会话"，2018-12-11。

像与事物之间的断裂关系。① 赵宪章以此说明:"语言是'实指'符号,图像是'虚指'符号;实指的所以是'强势'的,虚指的所以是'弱势'的。因此,当二者共享同一个文本,就有可能导致语言对图像的解构和驱逐,或者延宕和遗忘。"②

展示空间也是图像的一种重要伴随文本。这里的空间不仅是物理上的,更是文化上的。图像与展示空间的不协调会带来反讽效果。这在以解构、颠覆为目的的现代主义作品中特别普遍,比如杜尚著名的"小便池"。1917 年,杜尚在一个从商店买来的小便器上签上"R. MUTT 1917",并取名《泉》(如图 3-14),然后匿名送至纽约独立艺术家协会展览,被拒绝后在摄影师阿尔弗莱德·斯蒂格利茨(Alfred Stieglitz)的工作室展出,名声大噪,后被认为是 20 世纪具有影响力的艺术品。一个普通的小便池,被艺术家签名后放到展览馆展览,小便池的表面义——实用物,与隐含义——对艺术传统的解构,两者之间形成巨大的意义冲突。当然,由于图像是虚指符号,所以图像意义的不稳定性非常严重,对一幅图像是否运用了反讽修辞的解读亦如此。

 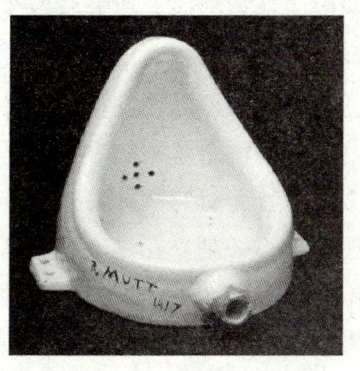

图 3-13 玛格丽特《图像的背叛——这不是烟斗》　　图 3-14 杜尚《泉》

---

① [法]福柯:《这不是一只烟斗》,杜小真编选:《福柯集》,上海:上海远东出版社,1988 年,第 114 页。
② 赵宪章:《语图互仿的顺势和逆势——文学与图像关系新论》,《中国社会科学》2011 年第 3 期。

第三节　反讽与解释漩涡

反讽的内涵，简单地说，就是"说反话""口是心非"。这里涉及两个意义，即表面义和实际义，接收者如何处理这两个相互冲突的意义呢？赵毅衡对此作了全面的论述："反讽是处理双义解释的一种'不同而和'的方式：当双义之间有矛盾对立，我们采用一个意义，擦抹另一个意义，但并不完全取消另一种意义，而是将另一义留作背景。反讽解释处理两层相反的意思：字面义/实际义；表达面/意图面；外延义/内涵义。两者对立而并存，其中之一是主要义，另一义是衬托义。"① 在符号解释中，还有另外一种现象同样涉及相互冲突的双义，但处理方式与反讽不同。它不是只有一个意义有效，而是两个都有效，赵毅衡首次为之命名——"解释漩涡"："同一主体的同一次解释中，两个不同的意义冲突，没有一方被排除，此时造成'解释漩涡'：互不退让的解释同时起作用，两种意义同样有效，永远无法确定。"② 他列举了很多例子，比如电影中斯琴高娃演慈禧太后形象，观众同时解读出斯琴高娃和慈禧太后，两个解释都有效，而且这也是制作人的意图定点所在；白居易《卖炭翁》中的卖炭翁，在路边冻得瑟瑟发抖，却又担忧炭不好卖，希望天气再寒冷些。这两种心理，不能说哪个是正解，哪个是陪衬，只能是两者并存形成解释漩涡；摄影家凯文·卡特面对兀鹰即将猎食苏丹女童的场面时，因矛盾于是应该履行记者职责抓拍惊心一刻，还是应该放下摄影机救人，陷入苦恼的解释漩涡中，最后不得不自杀身亡；一个疼痛难忍的病人要求医生为他实施安乐死，是基于人道主义答应他，还是基于法律不答应他，医生陷入解释漩涡。②

从这些例子可以看出，解释漩涡的本质是同层次元语言冲突，"在同一个（或同一批）解释者的同一次努力中，使用了两套（或多套）元语言集合"；"这两套元语言集合互不退让，同时起作用，两种意义同样有效，永远无法确定。两种解释悖论性的共存，并不相互取消。"③ 如果接收者不具备这样的能力元语言，解释漩涡就不存在。莎士比亚的悲剧《奥赛罗》演出时，一名海军

---

① 赵毅衡：《双义合解的四种方式：取舍，协同，反讽，漩涡》，《湘潭大学学报》2017年第4期。
② 赵毅衡：《双义合解的四种方式：取舍，协同，反讽，漩涡》，《湘潭大学学报》2017年第4期。
③ 赵毅衡：《符号学》，南京：南京大学出版社，2012年，第235、238页。

军官看到剧中人牙古挑拨离间导致奥赛罗扼死妻子时,怒不可遏,拔枪打死了台上的牙古,当他意识到自己的错误时,懊悔不迭,开枪自杀。陈强在大型歌剧《白毛女》中出演恶霸地主黄世仁,因表演逼真,被战士用枪瞄准,所幸战士行为被及时发觉而未造成悲剧。这就是因为观众入戏太深,一时丧失了这种能力元语言,不能同时解读出演出和被演出两个层次。再如京剧中的反串,中国观众能解读出来男演员女角色的并存,但西方的观众如果不懂中国文化,就无法解读出来,也就不会出现解释漩涡。

符号解释的漩涡现象,也即解释中出现悖论,在生活中极为常见,只是一直没有得到关注,有时又被当作反讽。比如对于心理学家 J. 贾斯特罗的《心理学中的事实与虚构》中鸭兔图的阐释(如图 3-15),哈琴认为:"如果论到反讽意义的兔子和鸭子,我们的心灵却几乎可以同时体验两种解读。""鸭和兔:两种或更多的不同概念放到一起,就形成了反讽意义。言外之意区别于言内之意……用结构主义的用语来说,如此一来反讽符号里就包含一个能指,但所指却是两个,彼此不同,但未必对立。"① 解释漩涡和反讽都是一个能指两个所指,但在如何处理这两个所指上是不相同的。前者是两个所指都有效,后者只有一个有效。

图 3-15　鸭兔图

近年来叙事学家申丹提出"隐性进程"概念,具有重要意义。她在《何为叙事的"隐性进程"? 如何发现这股叙事暗流?》一文中首次提出:"在不少叙

---

① [加]琳达·哈琴:《反讽之锋芒:反讽的理论与政见》,徐晓雯译,开封:河南大学出版社,2010年,第 68、75 页。

事作品中,存在双重叙事进程,一个是情节运动,也就是批评家们迄今所关注的对象;另一个则隐蔽在情节发展后面,与情节进程呈现出不同甚至相反的走向,在主题意义上与情节发展形成一种补充性或颠覆性的关系。笔者把这种隐蔽的叙事运动称为叙事的'隐性进程'。这种隐性进程不是我们通常所理解的情节本身的深层意义,而是与情节平行的一股叙事暗流。"[1] 由此可以看出,隐性进程有两个特点:一是从头到尾与情节发展并列运行;二是有自身的主题轨道。申丹2019年发表的具有总结性的文章《西方文论关键词:隐性进程》中又多次对之进行了强调,这一观点亦成为她辨析一个文本是隐性进程还是深层含义的关键。"隐性进程沿着自身的主题轨道独立运行,自成一体,不为情节发展提供解释。""情节发展和隐性进程并列运行,表达出不同的主题意义;在主题上是互为对照的关系,而不是在一个主题轨道上的表层和深层的关系。"[2] 同一个文本,同一读者运用不同的元语言可以同时解释出两个不同的主题意义,两者并存,谁也不能取消谁,就如同文字版的"鸭兔图",形成解释漩涡。比如凯特·肖邦的《一双丝袜》中的情节发展围绕女性主义、消费主义主题展开,隐性进程围绕自然主义主题展开[3];凯瑟琳·曼斯菲尔德的《苍蝇》的情节发展围绕战争、死亡、悲伤、创伤、施害/受害、无助等展开,隐性进程围绕老板的虚荣自傲展开[4];安布罗斯·比尔斯的《空中骑士》的情节发展围绕战争的残酷无情、儿子被迫弑父的悲剧展开,隐性进程围绕履职的神圣性展开。[5] 反之,如果一个文本中,有两股从头至尾并行的叙事进程,一显一隐,但是这两个进程围绕同一个主题,比如都是种族主义,一为反种族主义,一为捍卫种族主义,如肖邦的《黛西雷的婴孩》,那么它是隐性进程还是深层含义呢?如果对照隐性进程的概念,那么它就是深层含义。深层含义也即作者的真正意图,如果与表层意义相反,就会形成反讽,因为反讽的双义处理

---

[1] 申丹:《何为叙事的"隐性进程"?如何发现这股叙事暗流?》,《外国文学研究》2013年第5期。

[2] 申丹:《西方文论关键词:隐性进程》,《外国文学》2019年第1期。

[3] 申丹:《女性主义和消费主义背后的自然主义:肖邦〈一双丝袜〉中的隐性叙事进程分析》,《外国文学评论》2015年第1期。

[4] 申丹:《叙事动力被忽略的另一面——以〈苍蝇〉中的"隐性进程"为例》,《外国文学评论》2012年第2期。

[5] 申丹:《反战主题背后的履职重要性——比尔斯〈控中骑士〉的双重叙事运动》,《北京大学学报》2015年第3期。

方式是一个取消另一个，而隐性进程与情节发展的双义处理方式是并存，两者互为补充，不能互为颠覆，因为只有围绕同一个主题呈现互为相反的观点才能称得上颠覆关系。

　　反讽和解释漩涡都涉及相互矛盾的双义，但两者有本质的不同。反讽是文本发出者有意使用的一种技巧（绝大部分反讽均如此），目的是保护自己、制造娱乐、增强交流效率、强化文本语力，以期对接收者形成某种态度或引起某种行动等；解释漩涡不是叙述技巧，而是叙述内容，是人们在解释符号时出现的一种特殊状态，即相互矛盾的意义共存。反映了这种现象的文学艺术，会形成自己独特的思想价值和审美价值。比如艺术家埃舍尔（M. C. Escher）作品的特色就是视错效果，接收者能同时看到两个或多个形象，如图3-16中的花瓶和人脸以及图3-17中的三角形和圆形；小说、影视、戏剧等叙事文本中，人物陷入解释漩涡，在矛盾的心理中挣扎、斗争，是塑造人物性格、推动情节突转、反映作品主题的常用手段。比如梅尔·吉卜森导演的电影《勇敢的心》中，威廉·华莱士明知苏格兰贵族发起的谈判是圈套，但为了人民的自由和平梦想，仍然只身前往，最后被抓，送交英王。在刑场上，只要他愿意说"开恩"，就能马上被免除死刑。但他至死不渝，宁愿忍受各种酷刑，成千上万的民众不忍目睹，同声高呼"开恩"，他的战友们也希望他说"开恩"，但他在生命的最后一息用尽全身力气喊出的两个字不是"开恩"，而是"自由"！全场震撼，鸦雀无声，人们的神情传达出的是崇敬！面对华莱士遭受酷刑的情景，民众的意志产生了解释漩涡：一方面希望他说"开恩"，这样就可以活下来；另一方面又希望他不说"开恩"，以免他们心中的英雄形象倒塌。这个解释漩涡的呈现，不仅使人物形象的光芒达到顶点，而且推动情节逆转，原本背叛华莱士的贵族罗伯特·布鲁斯决心继承他的遗志，带领民众反抗英王统治，并最终获得胜利。

图 3-16　具有视错效果的花瓶人脸图　　图 3-17　具有视错效果的形状图

在符号文本解释中,除了反讽、解释漩涡涉及双义,"双关"也涉及双义。双关也是一种常用修辞格,利用词的多义或同音使语句具有双重意义,即字面上是一个意思,暗含着另一个意思,言在此而意在彼,但这两个意义并不互相冲突。在双义的处理上,它不是如反讽那样采用一个意义擦抹另一个意义,而是两个意义同时起作用,两种意义同样有效,属于赵毅衡所说的双义合解的第二种——协同:"如果两个(或两个以上)解释,方向相同,此时解释协同,双义都保留在解释中,因为它们产生合一意义……协同的双解疏导传达,使传达变得简易清晰。"① 比如刘禹锡的《竹枝词》:"杨柳青青江水平,闻郎江上踏歌声。东边日出西边雨,道是无晴却有晴。""晴"与"情"谐音双关,在诗句中两个意义并存。再如意义双关的广告语:饺子店广告语——"无所不包",石灰厂广告语——"白手起家",音响公司广告语——"一呼四应",金猴皮鞋广告语——"足下生辉"。但还有一些广告,比如骨头汤店招牌——"谈骨论今""盘骨开天",火锅店招牌——"煮席台",鱼火锅店招牌——"约等鱼",

---

① 赵毅衡:《双义合解的四种方式:取舍,协同,反讽,漩涡》,《湘潭大学学报》2017 年第 4 期。

小饭店招牌——"恰到好厨",衣服店招牌——"衣见钟情""衣衣不舍""以衣当十",皮鞋店招牌——"和鞋生活",也利用了谐音,但从修辞格来看,它们不是双关,而是反讽,因为它们的双义只有一个有效,另一个无效,属于错字病句。

第四章　反讽叙述

"反讽叙述"是将作为修辞的反讽从语句层面扩展至文本层面,运用多种叙述策略使一个叙述文本的表面义和隐含义相冲突。赵毅衡在研究新批评派语言反讽的多种形式后指出:"当它(指反讽)超过语言所表达的意义的水平,就成了宏观的反讽,这时矛盾的双层意义可以出现在主题思想、人物形象与语言风格等各个层次上。"① 英国《贝特福特文学与批评术语词典》将反讽解释为:"反讽是外表或期望与现实之间的矛盾或不一致。这种不一致可以通过多种方式表现出来,如一个人所说的与他或她实际上所想表达的之间不一致,或者一个人希望发生的事情与实际发生的事情之间不一致。反讽概念还进一步被运用于事件、情境以及一部作品的结构元素,而不局限于话语陈述。"② 这段话中的最后一句即是本章所要论述的内容。莫妮卡·弗卢德尼克(Monika Fludernik)在梳理叙事理论的历史时,就女性主义、性别研究、后殖民主义以及意识形态批评说过这样一段话:

> 作者使用叙事和修辞技巧表达意义,但是这些技巧分裂为表面的表意功能和秘而不宣的意识形态用意。实际情况要更为复杂,因为后殖民主义、女性主义和马克思主义批评家们经常从一些蛛丝马迹看出,文本看似传导意识形态,实则削弱或质疑着那种意识形态,譬如看似赞美父权制,实则露出批评的迹象。在吉卜林的许多短篇小说里,叙事声音表面上加入了殖民主义和东方主义的话语,但是故事情节却打击了不列颠优越感和对

---

① 赵毅衡:《新批评——一种独特的形式主义文论》,北京:中国社会科学出版社,1986年,第192页。

② S. M. Ray. Bedford Glossary of Critical and Literary Terms. Boston: Bedford/St. Martin's, 2003, p. 220. 转引自汪正龙:《反讽与戏谑——一个比较的考察》,《学术研究》2017年第4期。

土著人民的轻视态度，叙述者似乎以半开玩笑的口吻道出常情常理，《越界》就是这方面的一个出色例子。对这类解读方法所依据的结构模式，叙事学还未进行系统的分析：叙事技巧何以能够同时赞成和反对同一件事情？什么类型的叙事技巧会出现这种情况？[①]

弗卢德尼克所说的叙述技巧就是反讽。反讽"能够同时赞成和反对同一件事情"，因为反讽的本质特征就是"口是心非"，也即文本的表面义和隐含义相冲突。它的形成机制有多种，如叙述主体之间的距离、戏仿、情节结构等。

第一节　叙述主体的距离与反讽

叙述[②]就是讲故事，叙述学就是研究讲故事的学问。赵毅衡给叙述下了一个底线定义："第一，某个主体把有人物参与的事件组织进一个符号文本中；第二，此文本可以被接收者理解为具有时间和意义向度。"[③]"某个主体"就是讲故事的人，也即叙述者，叙述者不是真实作者，前者在文本内，后者在文本外；叙述必须卷入人物，有了人物，叙述就复杂起来，因为人物又可以讲故事，那就会出现次叙述者、次次叙述者；有叙述者，就有受述者，此外还存在一个更复杂的主体——"隐含作者"（implied author），这是布斯首先提出的一个概念：

> 在他写作时，他不是创造一个理想的、非个性的"一般人"，而是一个"他自己"的隐含的替身，不同于我们在其他人的作品中遇到的那些隐含的作者。对于某些小说家来说，的确，他们写作时似乎是发现或创造他们自己。正如杰西明·韦斯特说，有的时候，"通过写作故事，小说家可以发现——不是他的故事——而是它的作者，也可以说，是适合这一叙述的正式的书记员。"不管我们把这个隐含的作者称为"正式的书记员"，还是采用最近由凯瑟琳·蒂洛森所复活的术语——作者的"第二自我"——

---

① ［美］James Phelan, Peter J. Rabinowitz:《当代叙事理论指南》，申丹、马海良、宁一中等译，北京：北京大学出版社，2007年，第40页。
② 学界关于是"叙述学"还是"叙事学"有不同意见。由于本书论述的"反讽叙述"是一种叙述技巧，所以一般都用"叙述"，对于引文中的"叙事"概念则照搬原文。
③ 赵毅衡：《广义叙述学》，成都：四川大学出版社，2013年，第7页。

但很清楚，读者在这个人物身上取得的画象是作者最重要的效果之一。不管他如何试图非人格化，他的读者必然将构成以这种方式写作的正式书记员的画象——正式书记员当然决不可能对所有价值都抱中立态度。①

布斯首先指出它是一种客观存在，是作者期待取得的一种效果，然后指出它是由读者依据文本推断、建构出来的，而且有价值立场。从以上可以看出，一个叙述的完成涉及多个主体，这里的主体指"话语和价值源头"。② 早期经典叙事学家西摩·查特曼为这些主体之间的关系绘了一幅"叙事－交流情景示意图"③（如图 4－1）：

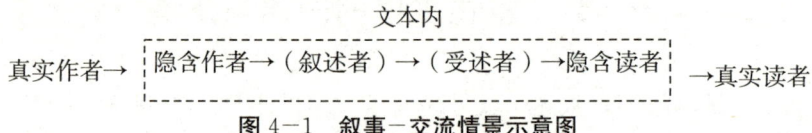

图 4－1　叙事－交流情景示意图

后经典叙事学家詹姆斯·费伦认为："叙事交流最终是关于特定的某个个人，即隐含作者，使用他所认为的任何合适的资源去达到自己向其他某个人，即真实的读者讲述故事的目的。"④ 他用一张表来显示叙事交流的多种渠道（见表 4－1）：

表 4－1　叙事交流中的变量表

隐含作者 （文本外；历史中； 书写场景）	各种资源 场景 准文本 （多个）叙述者 作为讲述者的人物或听众 自由间接引语 结构/差距 受述者/叙事性的读者 作者型的读者 其他（如文体）	真实读者 （修辞性的读者； 历史中；阅读场景）

---

① 韦恩·布斯在《小说修辞学》中首次提出这个概念并作如此界定，见［美］韦恩·布斯：《小说修辞学》，华明、胡苏晓、周宪译，北京：北京大学出版社，1986 年，第 78 页。
② 赵毅衡：《广义叙述学》，成都：四川大学出版社，2013 年，第 253 页。
③ ［美］西摩·查特曼：《故事与话语：小说和电影的叙事结构》，徐强译，北京：中国人民大学出版社，2013 年，第 135 页。
④ ［美］詹姆斯·费伦：《为什么人物不是叙事交流模式中的一部分》，见《第三届叙事学国际会议长沙会议宣读论文》，湖南师大外国语学院举办，第 14 页。

第四章 反讽叙述

从表4-1可以看出，费伦直接抹去了"真实作者"，用隐含作者代替了它，因为读者接触到的是文本，所交流的对象是文本，而非作者，所谓交流也是读者与文本之间的交流。费伦所列举的参与交流的资源很多，其中涉及人格化主体的不仅有叙述者、受述者、隐含读者，还有"作为讲述者的人物或听众"，"自由间接引语"指叙述者对人物语言的转述，涉及叙述者和人物。布斯在《小说修辞学》中指出人物也是交流的一部分："在阅读过程中，总存在着作家、叙述者、其他人物以及读者之间的隐含对话。四者中的任何一者的关系，从认同到完全的反对都可能出现，而且可能在道德的、智力的、关系的、甚至肉体的层面上发生。（口吃的读者会象我那样对H. C. 厄尔威克的口吃做出反应吗？肯定不会）"① 因此，完整的叙述交流图如图4-2：

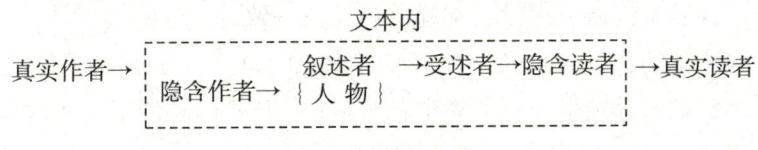

图4-2 叙述交流图

叙述主体之间的交流在"意义－价值观"② 上，可能一致，也可能不一致，存在距离，如果是后者，就会使文本产生反讽。其中，隐含读者和受述者（指非人格化的、理想的受述者）是指对隐含作者、叙述者意义－价值观的全盘理解和接受，是一种理想化的存在物，所以两者之间不存在距离。那么，文本内存在距离的就是叙述者与隐含作者、叙述者与人物、叙述者与叙述者。

一、叙述者与隐含作者的距离

叙述者与隐含作者在意义－价值观上存在距离，两者不一致，也即不可靠叙述，是反讽叙述的重要类型。布斯《小说修辞学》中指出："叙述者或多或少可能与隐含作家有距离。距离可能是道德的……它也可能是智力的……也可能是肉体的或时间的……""当叙述者所说所作与作家（也就是隐含作家的旨意）一致的时候，我称他为可靠的叙述者，如果不一致，则称之为不可靠的叙

---

① ［美］韦恩·布斯：《小说修辞学》，付礼军译，南宁：广西人民出版社，1987年，第163页。
② 该概念源自赵毅衡的《广义叙述学》，指意义解释和价值评论。

述者。"① 不可靠叙述后来引起广泛关注。那么，读者应如何认知叙述者和隐含作者在意义－价值观上的冲突？从逻辑上讲，读者只有理解了文本才能推测出隐含作者，但理解文本，又必然要理解叙述者的意义－价值观是否与隐含作者一致，所以事实上两者无法分出先后，只能同时进行，来回比较，反复修正，如赵毅衡说："这有点类似皮尔斯建议的符号学'试推法'，只有来回试探，才能归纳出隐含作者，以及他与叙述者之间的关系。"② 由于隐含作者是隐藏在文本后面的，所以试推必须从叙述者开始，它是读者发现不可靠叙述的关键因素。费伦和马汀在合著的一篇文章中指出，叙述者的角色有三种——报道者、评价者、阐释者，与之相对应，叙述者的不可靠性也就发生在事实/事件、价值/判断轴和知识/感知轴上。③

第一，叙述者报道、评价、阐释的声音不一致。

如果叙述者的报道、评价、阐释的声音相互冲突，读者就会认为它不可靠。比如海明威《永别了，武器》中："冬季一开始，雨便下个不停，而霍乱也跟着雨来了。不过当局设法阻止其蔓延，所以到末了军队里只死了7000人。"叙述者报道了军队因为霍乱死了7000人的这个大灾难，却用一个"只"字来评价，即认为7000人是个小数字，并将其阐释为当局阻止霍乱蔓延之举卓有成效的表现。报道、评价、阐释声音之间的冲突必然引起读者对叙述者可靠性的怀疑。刘震云的《温故一九四二》写道："但当我回到一九四二年时，我不禁哑然失笑。三百万人是不错，但放在当时的历史环境中去考察，无非是小事一桩。在死三百万的同时，历史上还发生一些事：宋美龄访美、甘地绝食、斯大林格勒大会战、邱吉尔感冒。"认为死三百万人是小事一桩，将其与丘吉尔感冒相提并论，这样的评价无疑是不可靠的。《红楼梦》中，叙述者详细报道了贾宝玉痛恨封建家庭罪恶、厌恶功名利禄、平等待人、尊重女性等种种事件，评价时却又说："无故寻愁觅恨，有时似傻如狂；纵然生得好皮囊，腹内原来草莽。潦倒不通世务，愚顽怕读文章；行为偏僻性乖张，那管世人诽

---

① [美]韦恩·布斯：《小说修辞学》，付礼军译，南宁：广西人民出版社，1987年，第164、167页。

② 赵毅衡：《广义叙述学》，成都：四川大学出版社，2013年，第230页。

③ [美]詹姆斯·费伦、玛丽·帕特里夏·玛汀：《威茅斯经验：同故事叙述、不可靠性、伦理与〈人约黄昏时〉》，见[美]戴卫·赫尔曼：《新叙事学》，北京：北京大学出版社，2002年，第35页。

谤！富贵不知乐业，贫穷难耐凄凉；可怜辜负好时光，于国于家无望。天下无能第一，古今不肖无双；寄言纨袴与膏粱，莫效此儿形状！"两者之间的矛盾暗示了叙述者的不可靠性。再如福克纳的《花斑马》中，弗莱姆和尤拉未婚先孕，为了掩人耳目，两人举行婚礼后就去得克萨斯，再回来时就带着个娃娃了。"我们仔细琢磨，大伙儿都认为从来没见过三个月的孩子长得这么大的。他都能扶着椅子站起来了。我想得克萨斯是个大地方，那里的人一定长得又大又快。反正，照这样长下去，这孩子到八岁就该会嚼烟叶，能参加投票了。"这样的阐释与先前的报道形成反差，显示了叙述者的不可靠。

以上这些不可靠叙述都属于报道可靠而评价和阐释不可靠，也有一些是报道不可靠而评价和阐释可靠。比如鲁迅的《狂人日记》："今天晚上，很好的月光。我不见他，已是三十多年；今天见了，精神分外爽快。才知道以前的三十多年，全是发昏；然而须十分小心。不然，那赵家的狗，何以看我两眼呢？""今天全没月光，我知道不妙。早上小心出门，赵贵翁的眼色便怪：似乎怕我，似乎想害我。还有七八个人，交头接耳的议论我，又怕我看见。""狂人"是第一人称叙述者，他的言行完全符合"迫害狂"患者的特征：恐惧多疑、知觉障碍、逻辑思维不健全，所以他的报道是不可靠的，但是他的评价和阐释——"我翻开历史一查，这历史没有年代，歪歪斜斜的每页上都写着'仁义道德'几个字。我横竖睡不着，仔细看了半夜，才从字缝里看出字来，满本都写着两个字是'吃人'！""没有吃过人的孩子，或者还有？救救孩子……"与隐含作者的意义－价值观——暴露封建家族制度和礼教的弊害是一致的，所以他的阐释和评论是可靠的。

第二，叙述者报道、评价、阐释的信息量不对称。

叙述者声音呈现的方式，除了上文所论述的通过报道、评价、阐释的方式直接呈现外，还可以采取间接的方式，比如信息量不对称，即报道多，评价、阐释少，或者干脆不评价、不阐释。当代一些小说对暴力、色情、谋杀过程的叙述极尽细腻之能事，虽然在结尾处以寥寥数笔示意恶人受到惩罚，或发表一点恶有恶报之类的评论，但读者从前文描写中感受到的是隐含作者对恶的迷恋与赏玩，所以结尾处的叙述者声音显得不可靠。再如一些小说采用杀人者的视角叙述，详细地呈现其内心世界，这会导致读者长时间地用杀人者的眼睛看世界，会不自觉地对其产生同情、理解。这样的话，当叙述者在文末做一点善恶有报的评论时，读者会认为它是不可靠的。

叙述者走向极端，只报道，不阐释、不评价，处于全隐身、不表态的冷漠状态，也即常说的"零度叙述"，是可靠还是不可靠呢？布斯认为这是严格的"非个人化"的可靠叙述，赵毅衡则认为是不可靠叙述："叙述者绝对拒绝评论，在意义解释或价值评论上保持绝对沉默，也会导致一种特殊的叙述不可靠。这种低调叙述，冷峻沉默，可以与隐含作者的意义－价值观正成对比。"①在这类作品中，由于叙述者只是客观报道，读者无法从文本中发现任何隐含作者的意义－价值观，所以叙述者是否可靠全赖读者的认知，而读者认知的标准又是由社会文化决定的。但一般来说，一个事件的性质以及人们对它应有的情感态度在一定的社会文化中是相对稳定的，所以如果叙述者的语调违背了常识常理、文化规范，读者就会认为它是不可靠的。比如海明威的《杀人者》，全篇主要由人物对话和简单的动作描写组成，叙述者的功能相当于摄影机。艾尔和麦克斯冷静从容地替一个朋友去杀从未见过面的奥利·安德烈森；奥利·安德烈森知道有人要杀他后没有任何情绪变化和行动。这种残忍与冷漠不符合生活常理，违背了读者的阅读期待，读者必然怀疑叙述者的可靠性，进而认为这是反讽。卡勒认为小说是指涉现实世界的，在阅读中，"我们有了对现实世界的了解和对小说世界的了解，那么，一旦文本作出的判断与我们的判断不相一致，或一旦在我们认为应该作出判断之处，文本却无动于衷，没有作出判断，我们就会发现反讽的存在了"②。契诃夫也有句名言——"一个人写得越冷静越不露声色，作品产生的感情可能越深刻越动人"。"写得越冷静越不露声色"，自然包括呈现在文本表层的叙述者的冷静和不露声色；"作品产生的感情可能越深刻越动人"，"作品产生的感情"就是指隐含作者的感情。

第三，叙述者报道、评价、阐释的语调不正常。

叙述语调指叙述者言语中表现出的情感基调。每一个事件的性质以及人们对之应有的情感态度在一定的社会文化中都是稳定的，反之，就能带来强烈的反讽之意。洪峰的《奔丧》以戏谑的语调讲述庄重、伤痛的故事："我"对父亲的死亡无动于衷，对姐姐的哭泣感到不可思议，"我"总是想起小时候抚摸

---

① 赵毅衡：《广义叙述学》，成都：四川大学出版社，2013年，第246页。
② [美]乔纳森·卡勒：《结构主义诗学》，盛宁译，北京：中国社会科学出版社，1992年版，第232页。

姐姐"结实而富有弹性的乳房"的感觉;从医院太平间回来吃饭时,"我努力想着爹,总觉得那是一堆臭肉,看一眼会使你一辈子不想吃肉甚至一想到肉这个词就胃疼";火化父亲的那个晚上,"我"到河边等着情人的到来。如此语调,会令读者认为它的叙述者不可靠,作者在进行反讽表意。

王小波的《红拂夜奔》,以严肃的语调讲述一个琐屑、荒唐的故事。李卫公死后,红拂想自杀,但是唐朝制度严明,自杀绝非易事。她需要去各处衙门为自己办理殉夫的手续。"她需要各种指标,首先,需要一个非正常死亡指标。这是因为长安城里每年只能有三百人非正常地死掉,死于车、兵、水、火的都在内,毒药也在内,只有病死老死不在内。这件事要由刑部衙门办理。管这件事的官儿查来查去,发现各种死法的人都已大大超过了指标,只有下月上吊死的人还有空额,所以就批准她上吊死掉……拿到了准许上吊的批件后,又要到礼部去办手续,这是因为寡妇殉夫属于意识形态的范畴。礼部风气司的官员却说,这个季度殉夫的人太多了,使整个社会空气趋向悲观。所以起码要等到下一个季度。为这件事又得和刑部扯皮。"这样的叙述语调不符合情理,这个叙述者是不可靠的,她越一本正经,就越能表现社会的荒诞,反讽意味就越强烈。

再如 20 世纪 90 年代前后余华的《现实一种》、莫言的《檀香刑》等一批先锋派小说,用冷漠的态度、诗意的话语叙述暴力、死亡,违背了现实世界的情感、伦理和文学传统,读者就会用反讽进行阐释,认为隐含作者的用意是摧毁人类社会虚伪的道德屏障,用一种极端方式预防人们对人性恶的遗忘等。再如池莉的《烦恼人生》、刘震云的《一地鸡毛》等一批"新写实小说",对卑微烦琐、鸡毛蒜皮的生活细节不厌其烦地讲述,这样的语言风格同样违背了文学传统,读者会认为它的叙述者不可靠,作者在进行反讽表意,隐含作者的意图是以此反理想主义、反英雄主义、反传统审美规范等。

二、叙述者和人物的距离

在文本中,叙述者需要叙述人物的所见所闻、所言所思,他可以完全站在人物的立场上来叙述,也可以不同程度地保留自己的声音,后者就可能带来两者意义-价值观的冲突,产生反讽效果,突出表现在叙述者与视角人物的冲突和自由间接引语上。

论反讽

第一,叙述者与视角人物的距离。

叙述者和视角人物的冲突是指看的人和说的人在意—价值观上不一致,比如茅盾的《子夜》开头时对吴老太爷初到上海见闻的叙述:

> 他看见满客厅是五颜六色的电灯在那里旋转,旋转,而且愈转愈快。近他身旁有一个怪东西,是浑圆的一片金光,荷荷地响着,徐徐向左右移动,吹出了叫人气噎的猛风,像是什么金脸的妖怪在那里摇头作法。而这金光也愈摇愈大,塞满了全客厅,弥漫了全空间了!一切红的绿的电灯,一切长方形,椭圆形,多角形的家具,一切男的女的人们,都在这金光中跳着转着。粉红色的吴少奶奶,苹果绿色的一位女郎,淡黄色的又一女郎,都在那里疯狂地跳,跳!他们身上的轻绡掩不住全身肌肉的轮廓,高耸的乳峰,嫩红的乳头,腋下的细毛!无数的高耸的乳峰,颤动着,颤动着的乳峰,在满屋子里飞舞了!

这里的人物是吴老太爷,他是事件的感知者和评价者,报道者却是叙述者。从吴老太爷的感知和评价中可以看出,习惯了宗法社会宁静生活秩序的他对上海大都市的喧嚣浮华充满了惶恐和愤怒;从叙述者报道中可以看出,他对吴老太爷的惶恐和愤怒充满了嘲讽,表达了宗法社会在城市化进程中解体的必然性。

这是第三人称叙述者,第一人称叙述者也可以如此表达,如狄更斯的《荒凉山庄》中,埃丝特描述他跟教母一起度过的童年:

> 她是个非常善良的女人!每逢礼拜天上三次教堂,礼拜三和礼拜五去做早祷;只要有讲道的,她就去听,一次也不错过。她长得挺漂亮,如果她肯笑一笑的话,她一定跟仙女一样(我以前常常这样想),可是她从来就没有笑过。她总是很严肃,很严格。我想,她自己因为太善良了,所以看见别人的丑恶,就恨得一辈子都皱着眉头。即便把小孩和大人之间的所有不同点撇开不算,我依然觉得我和她有很大的不同;我自己感到这样卑微,这样渺小,又这样和她格格不入;所以我跟她在一起的时候,始终不能感到无拘无束——不,甚至于始终不能像我所希望的那样爱她。

这是时隔七年之后的回顾性叙述,作为叙述者的埃丝特已经知道教母是个虚伪狠毒的人,但作者在叙述时,用的是幼年埃丝特的视角,那时的他认为教

第四章 反讽叙述

母是个"非常善良的女人",看的人和说的人在意义－价值观上的矛盾加大了反讽的力度,增强了对读者的情感冲击力,也更能表现幼年埃丝特的天真善良。第一人称回顾性叙述中,叙述者和人物是同一人,他的身份是双重的,既是当时事件的亲历者,又是数年后事件的评价、阐释者,两者在意义－价值观上的反差有利于形成文本的张力,含纳更丰富的思想内容。

第二,自由间接引语。

人物话语,包括人物的言语和思想,是小说的重要组成部分。早在柏拉图的《理想国》中,苏格拉底就区分了"模仿"和"讲述",前者指直接展示人物话语,后者指叙述者用自己的言辞转述人物话语。后世关于人物话语的分类研究有很多,如英国批评家佩奇将之分为八种:直接引语、被颠覆的引语、间接引语、"平行的"间接引语、"带特色的"间接引语、自由间接引语、自由直接引语、从间接引语"滑入"直接引语[1];再如法国叙事学家热奈特从叙事距离的角度将其分为三类,即叙述化话语、间接形式的转换话语、戏剧式转述话语。

简单地说,人物话语的表现有两种形式——直接式和间接式,但这两者中间又有混合地带,也即自由式,这样就产生了四种:直接引语和自由直接引语,它们均直接呈现人物声音,听不到叙述者声音;间接引语和自由间接引语,前者是叙述者转述人物话语,叙述者声音与人物声音兼有,后者就更加复杂了。热奈特说:"在自由间接引语中,人物的话语由叙述者讲述,或不如说人物借叙述者之口讲话,这时两个主体混在一起。"[2] 里蒙－凯南曾说:"自由间接话语的假说能够帮助读者重新构造隐含的作者对于有关人物的态度。但是这里又可以注意到一种双关效果。一方面与人物泾渭分明的叙述者的出现可能造成一种含有讽刺意味的疏远效果。另一方面,叙述者说的话中也染有人物的语言或经验方式的色彩,这就可能引起读者的移情认同。"[3] 也就是说,在自由间接引语中,叙述者和人物两个主体的声音交汇在一起,可能和谐,也可能

---

[1] 申丹:《叙述学与小说文体学研究》,北京:北京大学出版社,1998年,第307~318页。
[2] [法]热奈尔·热奈特:《叙事话语、新叙事话语》,王文融译,北京:中国社会科学出版社,1990年,第118页。
[3] [以]里蒙－凯南:《叙事虚构作品》,姚锦清译,北京:生活·读书·新知三联书店,1989年,第204页。

论反讽

冲突,产生反讽效果。巴赫金在研究小说的"杂语"时,就将自由间接引语①作为小说引进和组织杂语的四种基本形式中的一种。他在分析屠格涅夫《处女地》中用自由间接引语叙述涅日丹诺夫内心话语的一段文字后总结道:"这就是屠格涅夫作品中表达内心语言的常用形式(也是一切长篇小说中表达内心语言的最常见的形式之一)。这种表达形式能够给杂乱间断的人物内心语言以秩序和修辞的严整(如使用直接引语形式则需把这杂乱间断都反映出来);此外,句法标志(第三人称)和基本修辞标志(词汇及其他)又使这一形式能有机地整齐地把他人内心语言同作者语境结合到一起。同时又正是这一形式可以保留人物内心语言的情态结构,保留内心语言所特有的某种含蓄和模糊;而这是干巴巴的逻辑性的间接引语所绝对没有的。上述特点决定了这种形式最适于表达人物的内心语言。这种形式自然是混合型的,而且作者声音②的积极程度会很不相同,并会赋予所表达的语言以自己的第二种语调(讽刺的、气愤的语调等等)。"③巴赫金由此指出,自由间接引语中可能出现的两种语调之间的冲突,势必引发反讽效果。

作者使用自由间接引语来转述人物话语,目的是突出叙述者声音。因为如果是为了突出人物,毫无疑问,直接引语最有表现力。那为什么要突出叙述者的声音呢?因为读者与叙述者关系最密切,通过叙述者控制读者的情感反应是最有效的叙事策略。通过对比《红楼梦》中人物话语的两种不同表达方式,我们可以看出这一点。

第三十二回,金钏儿与宝玉调笑,被王夫人发现后打了个耳光,撵了出去,后来投井自尽了。之后,宝钗来看望王夫人。对于王夫人所说的话,作者用了直接引语:

> 王夫人道:"原是前日他把我一件东西弄坏了,我一时生气,打了他两下子,撵了下去。我只说气他几天,还叫他上来,谁知他这么气性大,

---

① 巴赫金在《小说理论》中称之为"非直接引语"。[苏]巴赫金:《小说理论》,白春仁、晓河译,石家庄:河北教育出版社,1998年,第104~105页。

② 这里的"作者声音"也就是叙述者声音,因为作者不可能直接出现在文本中,他的声音只能通过各种方式来反映。

③ [苏]巴赫金:《小说理论》,白春仁、晓河译,石家庄:河北教育出版社,1998年,第104~105页。

第四章 反讽叙述

就投井死了,岂不是我的罪过!"

第十九回,袭人的母兄要将其赎回去嫁人,袭人不肯。对于其母兄的内心话语,作者用了自由间接引语:

> 他母兄见他这般坚执,自然必不出来的了;况且原是卖倒的死契,明仗着贾宅是慈善宽厚之家,不过求一求,只怕身价银一并赏了还是有的事呢;二则,贾府中从不曾作践下人,只有恩多威少的,且凡老少房中所有亲侍的女孩子们,更比待家下众人不同,平常寒薄人家的小姐,也不能那样尊重的。因此,他母子两个也就死心不赎了。

对比两者可以看出,采用直接引语,读者的第一感知多是王夫人的虚伪和残忍,凸显的是人物声音和性格;采用自由间接引语,说贾府"是慈善宽厚人家儿""从不作践下人""恩多威少"等为之蒙上了一层嘲讽的色彩,突出的是叙述者的声音,而非人物的声音,读者感知到的更多的是叙述者所要揭露的贾府的虚伪,而非袭人母兄的愚钝。

再如陈忠实《白鹿原》的第一句:"白嘉轩后来引以为豪的是一生里娶过七房女人。"白嘉轩为宗法家族制度及儒家伦理道德的代表,光明磊落,正直不阿,以仁义著称,但这句话显示了其内心的阴暗面。六个女人英年惨死,而且有的还直接与他相关,他却引以为豪。作者采用自由间接引语,凸显叙述者的声音,与后文的叙述形成对比,透出反讽之意。莫泊桑《项链》中的主人公玛蒂尔德非常虚荣,整日里幻想着奢华的生活,"……觉得自己本是为了一切精美的和一切豪华的事物而生的,因此不住地感到痛苦";后来因为一串假项链从一个漂亮动人的女子变成了一个"贫苦人家的强健粗硬而且耐苦的妇人"。这个自由间接引语强化了叙述者声音,表达了对人物的反讽之意。

此外,还有一种没有独立成句的自由间接引语。它只是将表现人物感觉、思想的词语嵌在叙述者的语流中,造成人物声音与叙述者声音的冲突。佩奇称之为"带特色的间接引语"[1];赵毅衡视之为自由间接引语的变体,并命名为"抢话"[2];巴赫金认为它是小说杂语性的一种表现,"在屠格涅夫作品中,社

---

[1] 申丹:《叙述学与小说文体学研究》,北京:北京大学出版社,1998年,第312页。
[2] 赵毅衡:《广义叙述学》,成都:四川大学出版社,2013年,第253页。

会杂语主要是用于人物的直接讲话、人物的对话中。不过正如我们说过的,杂语又分布在人物四周的作者语言中,形成了人物所特有的领区。构成这种领区的成分,是半人物语言、各种形式隐蔽表现的他人话语、散见各处的他人语言的个别词语字眼、渗入作者语言中的他人情态因素(省略号、诘问、感叹)。领区是这样或那样附着于作者声音之上的人物语言有效作用的区域。"① 以他所举屠格涅夫《父与子》中的一段话为例:

> 他开始感到心里暗暗起火。巴扎罗夫的随随便便,满不在乎,激怒了他的贵族个性。这个乡村医生的儿子不但不胆怯,答话反倒冲口而出,一副不大愿意的样子;他那声音里有点粗鲁,甚至有天不怕地不怕的味道。

从语言表达形式特征来看,这段话属于叙述者的语言,但是"这个乡村医生的儿子"的称呼更像是巴维尔·彼得洛维奇的语言。叙述者和人物的声音之间形成张力,产生反讽效果。

此外,还有一种自由间接引语,读者无法分辨出是叙述者声音还是人物声音,也因此无法确定意义的最终归属,但这恰恰就是作者的目的,即表现意义的不确定性。这在后现代主义文学作品中有很多。米勒对间接引语与反讽之间的关系进行了深入研究,在分析安东尼·特罗洛普的《养老院院长》中的间接引语时,他说,"读者很难区分这根语言线条的两个源头:一为生产语言的叙述者,另一为生产语言的人物。两者之间呈一种省略和镜像关系,但界限含混不清……每一种语言之源都是另一种的镜像,但无法辨别究竟哪一种为影子,哪一种为实体,哪种是真实的,哪种是影像和摹仿。叙述者的语言并非稳固的基础。它是一种佚名、中性和集体性质的力量,通过间接引语的方式来反讽性摹仿人物的语言……叙述者的生存有赖于人物,人物的生存又有赖于叙述者,这种互为依赖的关系处于永恒的震荡之中,既体现出我所说的'对话性',也体现出反讽对于话语表层稳定性的颠覆"②。不过,米勒此处的"反讽"不是修辞意义上的,而是文化意义上的。反讽是后现代文化的本质特征,其核心内涵是反形而上学。

---

① [苏] 巴赫金:《小说理论》,白春仁、晓河译,石家庄:河北教育出版社,1998年,第100页。
② [美] J. 希利斯·米勒:《解读叙事》,申丹译,北京:北京大学出版社,2002年,第163页。

三、叙述者与叙述者的距离

有的文本会有多个叙述者,他们之间的意义-价值观也会发生冲突。这种冲突可能发生在同一个叙述层,比如同一个故事由多个叙述者讲述,作者将这些叙述并置,目的是让读者在综合各种叙述的基础上体会文本的深刻内涵。如莫言的《檀香刑》讲述了发生在高密东北乡一桩骇人听闻的酷刑故事。小说分为三个部分,即"凤头""猪肚""豹尾"。"凤头"部分有四个讲述者,即农村妇女媚娘、刽子手赵甲、屠户小甲、知县钱丁,"豹尾"部分在这四个之上又加了一个受刑者孙丙。这样的叙述格局使民间话语、意识形态话语、知识分子话语并存于一个文本中,既展现了封建王权的残酷以及对人性的异化,又展现了一种生机勃勃的民间生命形态。电影《罗生门》讲述了一起由武士被杀而引发的案件,以及案件发生后人们互相指控对方是凶手的种种事情的经过。凶手、妻子、借武士亡魂来作证的女巫、樵夫,每个人都讲述一个美化自己的故事,让真相无从寻觅。影片的意图并不是要追寻真相,而是要揭示人性的弱点,用黑泽明的话说就是:"人对于自己的事不会实话实说,谈自己的事的时候,不可能不加虚饰。这个剧本描写的就是不加虚饰就活不下去的人的本性。甚至可以这样说:人就算死了也不会放弃虚饰,可见人的罪孽如何之深。这是一幅描绘人与生俱来的罪孽和人难以更改的本性、展示人的利己心的奇妙画卷。"①

叙述者与叙述者之间的意义-价值观的冲突也可能发生在不同叙述层。热奈特给叙述层下的定义是"叙事讲述的任何事件都处于一个故事层,下面紧接着产生该叙事的叙述行为所处的故事层"②,并据此将文本层次划分为故事外层、故事层(或故事内层)、元故事层,认为故事内的叙述不一定产生一篇口头叙事(即人物讲述故事),也可以是一篇书面文字,甚至是一篇虚构的文学作品(即作品中的作品);还可以是既非口头亦非书面的内心叙事,如梦、人物回忆;最后,它还可以是非言语的表现(往往是视觉表现),如叙述者或人物描述一幅画中的故事。他认为元故事层(即故事内的故事,次故事层)与故

---

① [日]黑泽明:《蛤蟆的油》,李正伦译,北京:新华出版社,2010年,第268页。
② [法]热奈尔·热奈特:《叙事话语、新叙事话语》,王文融译,北京:中国社会科学出版社,1990年,第158页。

事层（即主故事层）之间有三种关系：直接的因果关系，具有解释的功能；纯主题关系，形成对比或类比；无明确关系，叙述行为本身起到分心或阻挠作用。① 他的专著《转喻：从修辞格到虚构》研究的也是叙述层的问题。转喻即转叙，作者通过变换故事层进行越界叙述，破坏故事空间和话语空间之间的界限，他甚至认为一切虚构都是由各种转叙手法编织而成的，并认为转叙是后现代主义文学作品中常见的一种反讽手法。热奈特的叙述分层研究的思路给很多人以启发，但他将众多的叙事现象都放到叙事分层范畴内，容易产生混淆。并且他对分层标准的设定不统一，有的是从叙述者角度（比如一篇口头叙事），有的是从叙述内容角度（比如梦、人物回忆）。

里蒙－凯南认为："一个人物的行动是叙述的对象，可是这个人物也可以反过来叙述另一个故事。在他讲的故事里，当然还可以有另一个人物叙述另外一个故事，如此类推，以致无限。"下一个故事层对上一个故事层的作用有行动、解释和为主题服务（即两个叙述层之间是类比关系，包括相似和对比）。② 赵毅衡提出"符号叙述学"概念，将叙述学的研究对象扩展至语言以外的符号领域，给叙述分层下了定义，即"上一层次的任务是为下一个层次提供叙述者或叙述框架。也就是说，上一叙述层次的某个人物成为下一叙述层次的叙述者，或是高叙述层次的某个情节，成为产生低叙述层次的叙述行为，为低叙述层次设置一个叙述框架"，并认为一般来说占篇幅最多的为主叙述层，为主叙述层提供叙述者的为超叙述层，由主叙述层提供叙述者的为次叙述层。③ 这两位学者都强调了划分叙述层的关键在于叙述者，只有换了叙述者，才产生了新的叙述层，这样的界定使叙述层次变得清晰明了。

不同叙述层有不同的叙述者，叙述者在意义－价值观上的冲突，可能会造成主题的对比，产生反讽效果。比如鲁迅的《狂人日记》。其开头小序的原文如下：

> 某君昆仲，今隐其名，皆余昔日在中学校时良友；分隔多年，消息渐

---

① ［法］热奈尔·热奈特：《叙事话语、新叙事话语》，王文融译，北京：中国社会科学出版社，1990 年，第 158～163 页。

② ［以］里蒙－凯南：《叙事虚构作品》，姚锦清译，北京：生活·读书·新知三联书店，1989 年，第 164～166 页。

③ 赵毅衡：《广义叙述学》，成都：四川大学出版社，2013 年，第 264 页。

阙。日前偶闻其一大病；适归故乡，迂道往访，则仅晤一人，言病者其弟也。劳君远道来视，然已早愈，赴某地候补矣。因大笑，出示日记二册，谓可见当日病状，不妨献诸旧友。持归阅一过，知所患盖"迫害狂"之类。语颇错杂无伦次，又多荒唐之言；亦不著月日，惟墨色字体不一，知非一时所书。间亦有略具联络者，今撮录一篇，以供医家研究。记中语误，一字不易；惟人名虽皆村人，不为世间所知，无关大体，然亦悉易去。至于书名，则本人愈后所题，不复改也。七年四月二日识。

序言属于超叙述层，以"余"为叙述者，讲述拜访一位多年不见的中学同学的故事，由此引出主叙述层。"余"代表正统、俗见的声音，认为"狂人"为"迫害狂"患者，"语颇错杂无伦次，又多荒唐之言"，撮录日记的价值是"供医家研究"。正文中的叙述者"狂人""我"则代表了正在觉醒、反抗的声音，暴露家族制度和礼教的弊害，揭示几千年来的封建社会在"仁义道德"的面具下"吃人"的本质，发出"救救孩子"的呼声。序言和正文的叙述声音的冲突使作品具有强烈的反讽色彩。

四、复调与反讽

反讽叙述文本有多个叙述主体，多种叙述声音，很容易让人联想到"复调"。复调本是音乐术语，属于"多声部音乐"中的一种，由若干个旋律同时展开。这些旋律虽然结合在一起，但又各自相对独立，将它首次引入小说理论的是巴赫金。巴赫金认为陀思妥耶夫斯是复调小说的首创者："有着众多的各自独立而不相融合的声音和意识，由具有充分价值的不同声音组成真正的复调——这确实是陀思妥耶夫斯基长篇小说的基本特点。在他的作品里，不是众多性格和命运构成一个统一的客观世界，在作者统一的意识支配下层层展开，这里恰是众多的地位平等的意识连同它们各自的世界，结合在某个统一的事件之中，而互相间不发生融合。"[①] "陀思妥耶夫斯基的小说则是对话型的。这种小说不是某一个人的完整意识，尽管他会把他人意识作为对象吸收到自己身上来。这种小说是几个意识相互作用而形成的总体，其中任何一个意识都不会完

---

① ［苏］巴赫金：《陀思妥耶夫斯基诗学问题》，白春仁、顾亚铃译，北京：生活·读书·新知三联书店，1988年，第29~30页。

全变成为他人意识的对象。几个意识相互作用的结果，使得旁观者没有可能如像在一般独白型作品中那样，把小说中全部事件变成为客体对象（或成为情节，或成为情思，或成为认知内容）；这样便使得旁观者也成了参与事件的当事人。在这种小说中，除了对话双方的对峙之外，按照独白型原则涵盖一切的第三个意识，是没有立锥之地的，因为小说没给他提供任何牢固的立足点。"①

从这些论述中可以看出，复调与反讽一样有多种声音，但两者有所不同。复调小说中的多种声音是对话型的，没有一个完整意识能统一所有声音，换句话说，文本没有隐含作者。人物不是作家描写的客体对象，也不是作家思想的传声筒，而是具有自我意识的独立主体，人物的议论与叙述者的议论（巴赫金说"作者议论"，真实世界的作者不可能出现于虚构的文本世界中，发议论的只能是叙述者）平起平坐。复调小说的创作意图是要形成作者、叙述者、人物、读者之间的平等对话关系，所以作者无权也无法为文本安排一个结局，不可完成性是它的文本特点。但事实上这是很难做到的，如巴赫金所说："在陀思妥耶夫斯基的小说创作中，我们确实看到一种特别的矛盾，即主人公和对话内在的未完成性，与每部小说外表的完整性（多数情况下是情节结构的完整性）相互发生冲突。这里我们无法深入探讨这个复杂的问题。我们只想指出，陀思妥耶夫斯基的小说，几乎全部都有着一个假定性的文学结尾，假定性的独白型结尾（在这一点上《罪与罚》的结尾最为典型）。实际上，唯有《卡拉马佐夫兄弟》是完完全全的复调型的结尾。可也正因为如此，从一般的亦即独白型的观点看来，这部小说没有写完。"② 小说是作家的创造物，它不可能完全脱离作者思想的统一控制，只是控制强弱有所不同而已。反讽中的多重声音中总有一些是对立型的，隐含作者的声音具有统一文本意识的功能；也正是以此做参照，读者才能辨别叙述者是否可靠，对人物的态度是否是反讽。人物只是客体的描写对象，人物的议论服务于小说的整体意图。

复调和反讽之间的关系是很亲近的，因为如果复调小说中的各种叙事交流主体之间的对话关系具有对立性，便能产生反讽效果。如果严格按照巴赫金的

---

① ［苏］巴赫金：《陀思妥耶夫斯基诗学问题》，白春仁、顾亚铃译，北京：生活·读书·新知三联书店，1988年，第45页。

② ［苏］巴赫金：《陀思妥耶夫斯基诗学问题》，白春仁、顾亚铃译，北京：生活·读书·新知三联书店，1988年，第76页。

第四章 反讽叙述

复调小说概念，即没有"涵盖一切的第三个意识"，读者无法推测出隐含作者的声音，那么反讽只能发生在文本局部，而不能在全局。但是复调小说概念在小说家米兰·昆德拉那里发生了很大变化，反讽的发生形式也随之变化。昆德拉从探索小说形式角度提出"复调小说"概念："而在布洛赫那里，五条线的各类从根本上就不一样：长篇小说；短篇小说；报道；诗；论文。把非小说性的类合并在小说的复调法中，这是布洛赫的革命性创举……在布洛赫那里，小说的五条线同时并进，互不交错，由一个或几个主题所统一。我借用了音乐学上的一个词来确定这种结构：复调……然而对于我，小说对位法的必要条件是：1. 各'线'的平等；2. 整体的不可分割。"① 综观昆德拉的思想，其复调小说的核心内涵就是把不同质的因素，比如不同文类、不同情感并置在同一空间里。② 巴赫金复调小说的指涉对象是小说内容，即叙述主体的声音和意识，强调他们之间的对话性，认为文本中无统一的声音。昆德拉复调小说的指涉对象是小说形式，也即小说结构，强调文本中不同质的因素的空间并置，但它们共同服务于一个或几个主题。所以，昆德拉使复调与反讽的关系更亲近了。事实上，他本人的很多小说，如《生活在别处》《告别圆舞曲》《不能承受的生命之轻》《不朽》等，正是通过多文类的共存、多线索的并置、多视角的叙述等方式产生反讽的效果。

现在人们所使用的复调小说概念，是巴赫金和昆德拉理论的结合体，即通过空间并置（包括内容和形式）形成多种声音的对话以表达特定的主题，比如严家炎的《复调小说：鲁迅的突出贡献》③、吴晓东的《鲁迅第一人称小说的复调文体》④、陈晓明的《复调和声里的二维生命进向——评张承志的〈金牧场〉》⑤、王福湘的《复调小说——王小波的一种解读》⑥。这些文章也都论述了复调所产生的反讽效果。

---

① [捷]米兰·昆德拉：《小说的艺术》，唐晓渡译，北京：作家出版社，1992年，第71~72页。
② [捷]米兰·昆德拉：《小说的艺术》，唐晓渡译，北京：作家出版社，1992年，第95页。
③ 严家炎：《复调小说：鲁迅的突出贡献》，《中国现代文学研究丛刊》2001年第3期。
④ 吴晓东：《鲁迅第一人称小说的复调文体》，《文学评论》2004年第7期。
⑤ 陈晓明：《复调和声里的二维生命进向——评张承志的〈金牧场〉》，《当代作家评论》1987年第10期。
⑥ 王福湘：《复调小说——王小波的一种解读》，《贵州大学学报》（社会科学版）2005年第1期。

第二节　戏仿与反讽

戏仿（parody）这个概念要追溯至古希腊。亚里士多德《诗学》第二章说"parodia"是相对之歌的意思，用来描述对史诗作品的滑稽模仿和改写。罗斯对戏仿在古希腊文化中的发展历史进行了梳理："源自故作严肃的歌曲或古希腊戏剧中合唱队登场时唱的歌，进而过渡到亚里士多德用名词'相对之歌'（parodia）来形容赫格蒙故作严肃的小品剧，接着阿里斯托芬的注释者和其他人使用'parodia'及动词'parodeo'来涵盖所有种类的滑稽引用和文本的组织。"① "parodia"的词根"odes"是吟唱之意，前缀"para"的意思为"在旁边""就近""与……一道"，其内涵具有含混性，如勒列夫尔所说："一种可以表达相近、一致、派生的概念，同时也意味着违反、反动或区别"，而且"在合成词里有时可以找到这两种意义的结合。"② 古希腊的戏仿作品就保留了这种含混性特点，但文艺复兴之后，其意义逐渐走向单维度化，"……批评者没有将戏仿中的'para'总是译为既与目标相反又相近；它经常变成要么相反，要么一致——例如在德语中戏仿成为'反歌'或'副歌'"③。到了16世纪，戏仿被降为戏谑的一类，与嘲笑、讽刺、荒谬相联系的排他性、否定性、破坏性特征得到强化，并因此被归类为低级的文学形式。1598年英国人约翰逊编写的《牛津英语辞典》仍然沿用了这种说法，将其解释为"一种导致了滑稽效果的模仿""一种拙劣的模仿"。20世纪的俄国形式主义者们赋予戏仿以新的内涵。什克洛夫斯基打破了传统观念，给予戏仿很高的艺术地位，将它与"陌生化"理论联系起来，认为戏仿通过暴露陈旧艺术形式来达到陌生化效果，开创了戏仿具有元小说性理论的先河。此后，戏仿在现代及后现代文艺家手里，逐渐成为一种重要的叙述策略和表意方式，成为文学艺术、大众文化中一种非常普遍的现象，其功能也趋向多元化、复杂化。

---

① ［英］玛格丽特·A. 罗斯：《戏仿：古代、现代与后现代》，王海萌译，南京：南京大学出版社，2013年，第19页。
② ［英］玛格丽特·A. 罗斯：《戏仿：古代、现代与后现代》，王海萌译，南京：南京大学出版社，2013年，第47页。
③ ［英］玛格丽特·A. 罗斯：《戏仿：古代、现代与后现代》，王海萌译，南京：南京大学出版社，2013年，第48页。

一、戏仿的类型

热奈特在《隐迹稿本》中从创作角度提出了五种类型的"跨文本"关系，即文本间性（也即互文性）、副文本性、元文本性、广义文本性和超文本性。其中，超文本性指 B 文本在 A 文本基础上派生而成，但并不复现 A 文本，"B 或多或少明显地呼唤着 A 文本，而不必谈论它或引用它"①；派生的主要形式是仿作、戏拟、滑稽反串。仿作是模仿原作，戏拟是对原作的转换，即改变原作主题但保留其风格，滑稽反串则是保留原作主题，但风格上低于原作层次。热奈特认为超文本的功能是玩味、讥讽和严肃，并指出超文本的这些形式和功能的分类不可能非常清晰，彼此之间的过渡和混杂是一贯的现象。② 热奈特所说的"戏拟、滑稽反串"就属于戏仿，其不同于仿作的地方就在于它虽模仿前文本，但在意义和风格上是相冲突的，有反讽之意。华莱士·马丁认为反讽、讽刺和滑稽模仿没有什么区别："文学术语词典说滑稽模仿本质上是一种文体现象——对一位作者或文类的种种形式特点的夸张性模仿，它以语言上、结构上，或者主题上与所模仿者的重重差异为标志。滑稽模仿夸大种种特征以使之显而易见；它把不同的文体并置在一起；它使用一种文类的技巧去表现通常与另一种文类相连的内容。"③ 巴赫金也曾提出"讽拟体"（即讽刺性模拟体），认为"这里（即讽拟体）作者和在仿格体（即摹仿风格体）中一样，是借他人语言说话；与仿格体不同的是，作者要赋予这个他人语言一种意向，并且同那人原来的意向完全相反。隐匿在他人语言中的第二个声音，在里面同原来的主人相抵牾，发生了冲突，并且迫使他人语言服务于完全相反的目的。语言成了两种声音争斗的舞台。所以说，讽拟体里不可能出现不同声音融为一体的现象，而在仿格体或叙事人的讲述体（如屠格涅夫作品）中，这种融合是可能的。在讽拟体里，不同的声音不仅各自独立，相互间保持着距离；它们更是互

---

① ［法］热拉尔·热奈特：《热奈特论文集》，史忠义译，天津：百花文艺出版社，2000 年，第 69~75 页（该术语此书翻译为"承文本"，但其他书普遍翻译为"超文本"。）
② 转引自［法］蒂费纳·萨莫瓦约：《互文性研究》，邵炜译，天津：天津人民出版社，2002 年，第 41 页。
③ ［美］华莱士·马丁：《当代叙事学》，北京：北京大学出版社，2005 年，第 183 页。

相敌视，互相对立的。"① 巴赫金特别强调了讽拟体文本中两种声音的对立，唯有这种戏仿，才具有反讽之意。

哈琴在《戏仿理论：20世纪艺术形式的讲座》中认为戏仿是"有变化的重复。在被模仿文本与新文本之间包含着重要的差异性，这种差异通常通过讽刺来传递"②。重复是意义表达的重要方式，弗洛伊德、德勒兹、米勒等多位学者都研究过这个问题。赵毅衡认为重复是意义世界得以建立的基石，并从符号学角度进行了深入研究，提出同相符素和异相符素的概念："符号过程的任何一个元素，都有可能成为形成重复的印迹，只要意识形成这种连接。因此，同相符素，可以是'同形素''同义素'甚至可以是'相似组段'，'相似主题'……重复的符号活动，可以不是'同相'，而是'异相'，这时候重复的单元被称为'异相符素'，即对比重复的符素。"③ 赵毅衡认为正相重复的意义累积效果是象征化，异相重复的意义累积效果则是反讽和悖论："反讽是聚合轴上排列的异相符素：其中一个被选入文本，成为直接指义，另一个隐藏在聚合重复中，表达的是正好相反的意思。反讽符号文本就有两层意义：字面义/实际义，表达面/意图面，外延义/内涵义，两者对立而并存，就是正相符素与异相符素的同时并现：字面义是正相的重复，实际的隐藏义是异相的，可以领会。"④ 戏仿是对前文本变调式的重复。仿文本在组合轴上直接指义，而前文本则隐藏在聚合轴上，表达相对立的意义。仿文本总是呼唤、映现着前文本，两者在相互对照中传达意义。

皮尔斯将符号的可感知部分称为"再现体"，相当于索绪尔的"能指"，又将"所指"分成两个部分：符号所代替的为"对象"，所引发的思想为"解释项"。戏仿叙述是一种特殊的符号表意方式。根据皮尔斯的符号三元理论，戏仿叙述的形式可以分为三种类型，即戏仿符号的形式（即再现体）、戏仿符号的对象、戏仿符号的解释项。这三种类型并不是绝对分开的，因为符号三因素本身就是紧密联系的，只是说以哪一个为意义的直接嫁接点。

---

① ［苏］巴赫金：《巴赫金全集》第五卷，白春仁、顾亚铃译，石家庄：河北教育出版社，第257～258页。
② Hutcheon Linda. *A Theory of Parody: The Teachings of Twentieth-century Art Forms*. New York: Methuen, 1985, p. 32.
③ 赵毅衡：《论重复：意义世界的符号构成方式》，《河南师范大学学报》2015年第1期。
④ 赵毅衡：《论重复：意义世界的符号构成方式》，《河南师范大学学报》2015年第1期。

第四章　反讽叙述

（一）戏仿符号的形式

对一个叙述文本来说，符号形式的内涵很丰富，小至词语、修辞格、人名、地名，大至体裁、情节类型等。这些符号形式从诞生起，就具有特定的文化内涵，在之后的历史发展中，经过无数人的阅读、传播，其内涵逐渐稳定。对它们进行戏仿，就是与一系列前文本进行对话，与这些前文本产生时的历史语境、意识形态进行对话，两者的反差产生强烈的反讽效果。最常见的有戏仿语言风格、戏仿经典人物形象、戏仿经典情节类型和戏仿体裁。

第一，戏仿语言风格。这是最常见的戏仿形式。它常常通过模拟权威话语、主流话语的词汇、语气语调、句式结构、修辞方式等来叙述世俗生活、日常琐事，以达到调侃、讽刺话语背后的意义－价值观、意识形态等，比如"王朔体"。王朔擅长用政治术语、伟人语录、样板戏语言、军事语言等来叙述日常生活琐事。比如《给我顶住》中，用军事术语描述谈恋爱：

敌进你退，敌退你进，敌驻你扰，敌疲你打。
前排坐着的一个女同志扑哧一笑，回过头来横了我一眼；什么乱七八糟的？
这不是我说的，《诱妞大全》上就这么写的。我继续对关平山说，你还得巧智灵活，英勇顽强，屡战屡败，屡败屡战。先胖不算胖，后胖压塌炕。笑到最后才算是笑的最好。

王朔的这种语言风格鲜明地体现了巴赫金所说的话："长篇小说作为一个整体，是一个多语体、杂语类和多声部的现象。"[①]巴赫金认为在历史发展过程中，小说引进和组织杂语有一些基本的、典型的结构形式，其中之一就是菲尔丁、斯摩莱特、斯特恩、狄更斯、萨克雷、吉佩利和让－保罗等人的幽默小说所提供的形式，有如下两个特点："（1）引进的是各种各样的'语言'，各种各样语言的、观念的视角，如不同体裁的、职业的、社会阶层的、流派的、普通生活的等等类型；当然，这些类型主要的还是局限在书面和口头的标准语范围内。而且，在多数情况下这些语言并非固定在特定的人物身上（如作品的主人公、叙述人），而是以'作者的话'这种无定形式纳入作品，与直接的作者

[①] ［苏］巴赫金：《小说理论》，白春仁、晓河译，石家庄：河北教育出版社，1998年，第39页。

语言交替出现（但其间没有清晰的形式界限）。（2）引进的各种语言和各种社会的、观念的视角，虽说自然也用来折射实现作者的意向，却是被作为虚假的、伪善的、自私的、闭塞的、狭隘的、失实的东西加以暴露、加以改变的。所有这些语言，大多是已经定型的、得到正式承认的、占据统治地位的、具有权威性的、注定要衰亡和更替的反动的语言。所以，引进语言主要的方法，是不同形式和不同程度的讽刺性模拟。"[①] 王朔戏仿军事语言、入党语言来写谈恋爱、打麻将之类的生活小事，语言风格与话语指称对象强烈地不协调，目的是反映那个时代的荒唐——小题大做、上纲上线，消解语言背后意义的神圣和崇高。

第二，戏仿经典人物形象。人物形象是叙述文学极为重要的因素，也是戏仿的首要目标。回顾中国文学发展史，这一现象在 20 世纪 90 年代前后的先锋小说中尤为突出。叶兆言的《后羿》中，善良勇敢、忠于爱情的神话英雄后羿成了贪恋女色、好战残暴的独裁者，唯有在濒临绝境时才意识到嫦娥对他的爱，为了让嫦娥服仙药成仙离开乱世，而狠心地说不爱她。小说通过性欲、权欲、报复欲等欲望的盛宴透视人性的本质和文化的建构。李冯创作了一组戏仿经典人物形象的作品，比如《十六世纪的卖油郎》戏仿《卖油郎独占花魁》，《牛郎》戏仿民间故事"牛郎织女"，《祝》戏仿梁山伯与祝英台的故事，《另一种声音》戏仿神话英雄孙悟空，《我作为英雄武松的生活片段》戏仿传奇英雄武松。外国文学，尤其是后现代文学中也有很多类似的作品。比如巴塞尔姆，他的《白雪公主》戏仿格林童话中的"白雪公主"，美丽、纯洁、善良的白雪公主成为物欲的化身，显示出人性的庸俗、无聊甚至丑恶；他的《玻璃山》戏仿斯堪的纳维亚经典童话《玻璃山上的公主》中小儿子阿斯凯拉岑和公主的故事，"我"历经千辛万苦终于和阿斯凯拉岑一样到达了玻璃山顶，但"我"并没有娶公主为妻，而是将她头朝下扔给了山下相识的人们。经典人物形象经过世代传播，具有深厚的文化积淀，在读者心中已成为具有某种象征意义的符号；对他们的戏仿，解构的是其所表征的传统的人生观、价值观以及意识形态。

第三，戏仿经典情节类型。人类讲故事的历史与人类的历史一样古老，在

---

① ［苏］巴赫金：《小说理论》，白春仁、晓河译，石家庄：河北教育出版社，1998 年，第 95 页。

长期的讲述过程中,逐渐形成了一些具有经典意义的情节类型。它们是人们对社会、人生的感受与认知的产物,凝聚着特定的文化内涵、伦理价值,也因此常常成为戏仿的对象。余华的《鲜血梅花》戏仿传统武侠小说。阮海阔是一个复仇者,却不会半点武功;背着名震天下的梅花剑去杀武林高手,与其说去"报仇",不如说是"送死";身负为父报仇的使命,却又以为意,漫无目的地浪迹天涯。在阮海阔的身上,曾经凝聚着深厚历史文化内涵的"武"与"侠"二字都无从着落。余华的《古典爱情》戏仿《牡丹亭》之类的才子佳人小说。柳生出身贫寒,既无才情也无傲气,对小姐惠的爱情亦是庸俗不堪。残酷的现实、冷酷的笔调下才子佳人的爱情已毫无浪漫可言。莫言的《酒国》是对侦探小说的戏仿。省人民检察院的特级侦察员丁钩儿奉命到酒国市去调查食婴儿事件,却经不起酒肉和女人的诱惑,最后醉酒淹死在茅厕里。悬念迭出、真相大白、惩恶扬善的侦探小说模式荡然无存。再如叶兆言的"夜泊秦淮"系列,如其所言,全是有意识地戏仿:"《追月楼》更直白简单一些,它其实就是一个当代人重新写的《家》,表现了当代人对《家》的重新认识……是对现代文学上的家族小说的模仿……《状元境》是对鸳鸯蝴蝶派小说的反讽。《十里铺》是对革命加恋爱小说的重写。《半边营》是对张爱玲式的小说的重写,对他小说中的那种绝望的、病态的情绪的重写。"①

第四,戏仿体裁。每一种体裁在长期的历史发展过程中都会逐渐形成一套相对稳定的艺术手段、风格特征和文化内涵。中国最早的文学理论专著《文心雕龙》从第五章到第二十五章都用来论述骚、诗、乐府、赋、颂赞等各种体裁的特征。戏仿体裁,就是利用体裁与内容的不协调达到反讽的目的。比如2009年网传的《恋爱法》,用法律条文来规定求爱、转让、接受求爱、失恋等,将爱情这个甜蜜浪漫、复杂纠葛、是非难分的事物用刻板冷漠、条分缕析、黑白分明的法律条文形式来叙述,严重不协调,具有强烈的反讽性。再如网传的《史记·犀利哥传》《史记·芙蓉姐姐传》等。《史记》的本纪、表、书、世家、列传的体例形式有独特的思想内涵。刘知几的《史通》有解:"盖纪者,编年也;传者,列事也。编年者,历帝王之岁月,犹《春秋》之经;列

---

① 周新民、叶兆言:《写作,就是反模仿——叶兆言访谈录》,《小说评论》2004年第3期。

事者，录人臣之行状，犹《春秋》之传。"① 所以《史记》所录多是与国家社稷休戚相关的重要人物事迹，关乎"究天人之际，通古今之变"之主题。用史记体写此类小人物，两者的不协调引人发笑。网络上这类现象主要以游戏娱乐为目的，优秀的文学作品却并非如此。蒲伯的《卷发遇劫记》（*The Rape of the lock*，又译作《劫发记》）用史诗体裁叙述一个戏谑性的故事，对精灵鬼怪世界的铺陈、对战争的详尽描写、对繁复的荷马式比喻的使用，只是为了叙述一件微如草芥之事：贝林达如何被一位男爵偷剪了一绺秀发。小题大作的背后讽刺的是贵族社会男女懒散、无聊、空虚的生活。

（二）戏仿符号的对象

戏仿符号的对象，也即戏仿符号所指涉的特定事件、场景。这些事件、场景可以是历史上真实的，也可以是纯粹虚构的。在一些传统小说中，地主和农民常常被描述成两个对立的阶级，他们的关系是剥削－被剥削、落后－先进、为富不仁－淳朴善良，耳熟能详的作品如《半夜鸡叫》《白毛女》《暴风骤雨》《太阳照在桑干河上》等。它们所指涉的事件成为很多小说家们戏仿的对象。严歌苓的《第九个寡妇》讲述了寡妇王葡萄在土改时期藏匿地主公爹孙怀清的故事。孙怀清因被错划为恶霸地主而被判死刑，执行时侥幸未死，被王葡萄藏匿于红薯窖中二十多年，等到改革开放后才出来。此时的他已须发皆白，俨然一个白毛地主。这无疑会唤起读者对前文本《白毛女》的联想。苏童的《罂粟之家》把阶级冲突和土改运动的场景编织进欲望图景中。陈茂当上了农会主席，但是他始终没弄清楚土地革命的实质，也根本谈不上革命自主性。对于他来说，手中有枪，就意味着可以对枫杨树的女人为所欲为。他与地主刘老侠之间也谈不上阶级压迫，相反，他与刘老侠的老婆翠花的通奸反而具有颠覆阶级关系的意味。三千枫杨树人参加地主刘老侠斗争会的场景无疑会唤起读者对《李家庄的变迁》中的李汝珍斗争会、《暴风骤雨》中的韩老六斗争会、《太阳照在桑干河上》中的钱文贵斗争会的联想。余华的《一个地主的死》中的王香火是乡里极有威望的大财主的儿子，被日本人抓去做向导。他故意把日本兵带上绝路，最后与之同归于尽。而他周围的那些劳苦大众愚昧无知、麻木不仁，不仅对其大义行为嗤之以鼻，更有甚者如长工孙喜，还借此敲诈他家人。地主

---

① （唐）刘知几撰，（清）浦起龙释：《史通通释》，上海：上海古籍出版社，1978年，第46页。

与农民的关系彻底换位了。这些戏仿颠覆了读者惯常的阅读经验、认知图式和审美心理,具有强烈的反讽意义。

(三)戏仿符号解释项

解释项是皮尔斯符号三元理论中最有价值的概念,是对索绪尔符号学思想的重大拓展。"我将符号定义为任何一种事物,它一方面由一个对象所决定,另一方面又在人们的心灵中决定一个观念;而对象又间接地决定着后者那种决定方式,我把这种决定方式命名为符号的解释项。""符号是一个携带着心灵解释项的再现体。""符号是一个再现体,它的某个解释项是心灵的一个认知。"①皮尔斯的这些话反复强调了解释项在符号过程中的作用。一个符号的对象在文化中是相对固定的,而解释项则是由具体语境中的接收者的解释努力而产生的。戏仿符号的解释项,就是戏仿符号文本的主题、价值判断、情感倾向等。

格非的《青黄》中讲述"我"追寻"青黄"一词含义的故事。"我"最后发现它有多种解释:漂亮少妇的名字、春夏之交季节的代称、九姓渔户妓女生活的编年史、年轻或年老妓女的简称、一条良种狗的名字、一种多年生玄参科草本植物。意义的不确定性、无从寻找即作品的主题。他的《迷舟》更像一座叙事迷宫。故事中设置了很多"空白",比如在"萧去榆关"这个统摄全篇的核心事件上,萧去榆关到底是为了探望情人杏,还是为了给北伐部队的兄长送情报,小说至结束时也没有交代。萧的神秘失踪是一个永远也解不开的谜。因为作者本就无意于讲一个有头有尾有因有果的故事,而只是传达历史真相和事件意义具有不可把握性的思想。这类小说可视为对传统小说主题清晰、情节连贯、追求逻各斯中心主义创作倾向的反讽。新历史小说,如格非的《大年》、刘恒的《苍河白日梦》、李锐的《传说之死》、乔良的《灵旗》、李晓的《相会在K市》、叶兆言的"夜泊秦淮"系列等对历史的虚无性、偶然性、宿命论、循环论等主题的书写,明显是对传统历史小说的历史必然性、历史决定论、历时进步论主题的戏仿。新写实小说,如池莉"新写实三部曲"(《烦恼人生》《不谈爱情》《太阳出世》)、方方《风景》、刘震云《一地鸡毛》、刘恒《狗日的粮食》等,通过还原生活的庸常性、琐碎性,对传统现实主义小说通过想象寻求本质、典型环境中的典型人物的主题追求、审美倾向进行戏仿。

---

① [美]皮尔斯:《皮尔斯:论符号》,赵星植译,成都:四川大学出版社,2014年,第31、32页。

戏仿符号解释项与前两种戏仿不同。戏仿符号的形式，有些是看得见的，如相同或相似的人名地名，所以其前文本是具体的某个文本；有的形式如情节类型、体裁等，其前文本是具体的某类文本。戏仿符号的对象，其前文本也是比较明晰的，前后文本之间通过共同指涉的特定事件、场景形成关联，读者比较容易找到一个或数个具体的前文本。戏仿符号的解释项，前后文本之间在表层的形式上没有相似元素，需要进入深层的主题、价值观，而且前文本不是某个具体文本，甚至不是某类文本，而是某种文化形态。从以上三种戏仿形式，我们可以看出戏仿在文学作品中的普遍性，重复在建构意义世界中的重要性。

二、戏仿的功能

戏仿诞生于古希腊时期对史诗的滑稽模仿，其后一直活跃在文学艺术中。到了20世纪的新媒介时代，随着微博、微信、抖音等互联网平台的活跃，即兴式、短篇幅的戏仿更是无处不在。戏仿的生命力如此之强，是因为它有多种功能。

第一，戏仿与滑稽。

戏仿是公元前4世纪时古希腊人用来描述对史诗作品的滑稽模仿，虽不同于严肃模仿，但都表达对模仿对象的致敬，所谓"滑稽"，并没有戏谑、嘲讽之意。罗斯认为："从《蛙鼠大战》这个显著例子及其他类似的故事或片段中，我们可以推断出希腊人将属于'parodia'（相对之歌）应用于这类作品时的含义，'parodia'可以模仿英雄史诗的形式和内容，通过重写情节或人物创造幽默效果，以至与作品更'严肃'的史诗形式形成滑稽的对比，并且/或者将史诗更严肃的方面和角色与日常生活或者动物世界滑稽低级不适宜的角色混合，创造喜剧。"① 在罗斯看来，大部分古人所说的戏仿产生滑稽效果，其"滑稽"的含义是幽默，而非戏谑、嘲讽；幽默的本质在于引发对X的期待，结果给出的却是Y。这同样适用于描述戏仿的机制，即一个文本被引用，而这种引用接下来却扭曲或变成了其他事物。

罗斯归纳戏仿滑稽效果的主要原因是文本不调和的并置。这种不调和可以

---

① ［英］玛格丽特·A. 罗斯：《戏仿：古代、现代与后现代》，王海萌译，南京：南京大学出版社，2013年，第13页。

第四章　反讽叙述

通过滑稽地对比严肃与荒诞、"高级"与"低俗"、古代与现代、虔诚与不敬等，将原文与新形式或上下文进行对照。"文本不调和的并置"的确可以用来概括戏仿的本质特征。邓普将滑稽模仿分为两类："一类描述平凡琐碎的事物，借不同的表现风格使其升级；一类描述庄重的事物，以相反的表现风格使其降格"①，强调的也是主题和风格的不调和。戏仿所产生的滑稽效果源于受众的期待落空，它可以出于严肃的目的，比如解构传统、批判现实，也可以出于搞笑、戏谑的目的。

第二，自反性戏仿与元叙述。

自反性戏仿，是指以戏仿为手段进行自我反思的文本。它其实是一种独特的文艺批评形态，通过对前文本的戏仿来对其历史传统、创作成规等进行批判性反思。它是元叙述的一种技巧，发生于小说、电影、游戏、广告等各类体裁中，其中元小说最常见。关于"元叙述"，普林斯的界定是："关于叙述的；描述叙述。将叙述作为（其中之一的）话题的叙述即是（一个）元叙述。更为具体地说，它是一种自我指涉自身及其构成和交际元素的叙述，讨论自身的叙述、自我反思性叙述等都是元叙述。"②华莱士·马丁认为："正常的叙述——认真的、提供信息的、如实的——存在于一个框架之内，一个这类陈述并不提及的框架……如果我谈论陈述本身或它的框架，我就在语言游戏中升了一级，从而把这个陈述的正常意义悬置起来。同样，当作者在一篇叙事之内谈论这篇叙事时，他（她）就可以说是已经将它放入了引号之中，从而越出了这篇叙事的边界。于是这位作者立刻就成了一位理论家，正常情况下处于叙事之外的一切就在它之内复制出来。"③赵毅衡对各种媒介的符号叙述文本的"元叙述化"问题进行了深入的研究，总结出五种元叙述化的途径，指出它们的本质是"犯框"，即破坏叙述世界的区隔边界，目的是"解构现实主义的'真实'，消解利用叙述的逼真性以制造意识形态神话的可能，颠覆叙述创造'真实世界'的能力"④。其中所说的"露迹式"就属于自反性戏仿。中外文学史上有很多露迹

---

① ［英］约翰·邓普：《论滑稽模仿》，项龙译，北京：昆仑出版社，1992年，第2页。
② ［美］杰拉德·普林斯：《叙述学词典》，乔国强、李孝弟译，上海：上海译文出版社，2011年，第121页。
③ ［美］华莱士·马丁：《当代叙事学》，伍晓明译，北京：北京大学出版社，1990年，第184页。
④ 赵毅衡：《广义叙述学》，成都，四川大学出版社，2013年，第310页。

式元小说，比如：

> 时间整个乱套了。我不说你们也看得出来，我有把条理搞得一团糟的天分。比如说我先说去年十月结婚，又说三年半以前我和我老婆刚到拉萨；再比如说我明天早晨看见那个卖银器的康巴汉子，又说今天从小蚌壳寺回来就已经见过这个人；一言以蔽之：时间全乱了。（马原《拉萨生活的三种时间》）

> 现在，我必须要从这几种下落中选择一种，作为今天我的血缘道路……关于蒙古贵族的说法最切合我的心意……于是我最后选择了"并入突厥"这条道路……我必须要有一位英雄做祖先，我不相信几千年历史中竟没有出过一位英雄。没有英雄我也要创造一位出来，我要他战功赫赫，众心所向。（王安忆《纪实与虚构》）

> 当心啊！这是吸引你的办法，一步步引你上钩你还不知道呢，这就是圈套。也许作者和你一样，还未考虑成熟，你这个读者不是也还搞不清楚，读这篇小说会给你带来什么欢乐吗？（卡尔维诺《寒冬夜行人》）

这些叙述者一边讲故事，一边又对如何讲故事发表议论，把小说背后的形成机制暴露给读者，并经常提醒读者文本的虚构性，打破读者对小说世界的真实幻觉，颠覆传统的现实主义小说概念，如加布里埃尔·乔西普所言："起初，它们（现实主义手法）诱使我们把'图画'当作'现实'，从而增强我们的习惯倾向。然后，突然，我们的注意力被击中在我们正在由之观看的眼镜上，我们被迫发现，被我们当作'现实'的东西仅仅是这个框子强加给我们的……现代小说中对于小说形式的玩弄性颠倒以及对于语言和成规的滑稽模仿，则具有相反的效果，即：它们使我们吃惊地意识到，我们正在与之打交道的不是世界本身，而仅仅是世界上的又一种事物，一种由人创造的东西。"[①] 比如安德烈·纪德的《伪币制造者》。这是一部构思精巧的自反性戏仿小说。主人公爱德华是一名小说家，正在创作一部名叫《伪币制造者》的小说，而且爱德华要在他的这部小说中引入一个小说家，种种迹象暗示这又是一部《伪币制造者》。所以，这部小说是故事套故事再套故事。纪德通过这种叙述技巧，借助人物爱

---

① ［美］华莱士·马丁：《当代叙事学》，伍晓明译，北京：北京大学出版社，1990年，第179页。

德华将自己创作这部小说的构思过程、自己的"纯小说"理论再现出来。这部小说的主题就是探讨如何写小说,所以爱德华最终没有在日记中写成这部"纯小说",他也不可能写得出,只能写出关于这部小说的思考,提出问题,让读者自己去解答,留下一个开放式的结尾,形成了一种自我创造与自我否定同步进行的反讽局面。纪德主张小说应该对小说本身进行思考,早在1895年的《沼泽地》一书中即表达了这样的创作观:"我也喜欢每一本书本身隐藏对自我的反驳……我喜欢它本身带有自我否定、自我取消的东西。"萨特将《伪币制造者》列为"反小说"作品,认为它"以它本身去否认小说,我亲眼看到它在小说建构期间摧毁了自身,创作一部写不成、也无法写成的小说"。

自反性戏仿也是推动体裁变革、艺术进步的重要手段。什克洛夫斯基高度评价斯特恩的《项迪传》,认为它是一部典型的自我戏仿式的、具有强烈自我意识的"元小说"。作者斯特恩经常从幕后跳出来打断叙述,谈论自己的创作构思,暴露自己的艺术手法。他说:"当斯特恩创作长篇小说时,他把写作看成是长途漫游,进入一个新世界,不仅是新发现的,还是新建造的世界。旧的世界感受,旧的小说结构,在他那里已成为戏拟的对象。他通过戏拟驱逐它们,并借助离奇的结构恢复强烈的艺术感受和品评新的生活的敏锐性。"① 这与此前的力图再现一个自然的、逼真的现实世界的小说相比,能产生陌生化效应,在小说史上具有革命性。

巴赫金在研究小说体裁的形成过程中认为:"对直接体裁和风格的讽刺性模拟,在小说中占有重要的地位。在小说创作高涨的时代,特别是在酝酿这种高涨的阶段,文学中充满了对所有崇高体裁(恰恰是针对体裁而非针对个别作家和流派)的讽刺模拟和滑稽化。这种讽拟体是小说的先兆、同伴,也是一种特别的草图。不过很说明问题的一点是:小说从来不让自己任何一个变体稳定不变。在小说发展的整个历史上,始终贯穿着对小说体裁中那些力求模式化的时髦而主导的变体施以讽拟或滑稽化。例如讽拟骑士小说、讽拟巴罗克小说、讽拟牧人小说、讽拟感伤小说。"② 以讽拟骑士小说的《堂吉诃德》为例。主人公唐·吉诃德,一个落魄乡绅,因沉迷于骑士小说,时常幻想自己是个中世

---

① [苏] 维·什克洛夫斯基:《散文理论》,刘宗次译,南昌:百花洲文艺出版社,1997年,第243页。
② [苏] 巴赫金:《小说理论》,石家庄:河北教育出版社,1998年,第104~105页,第508页。

纪骑士，于是自封为德·拉曼恰地区的守护者，把乡间女子臆想为自己的夫人，让他的邻居——老实的农民桑丘·潘沙做自己的仆人，一起出去"行侠仗义"，建功立业，结果却做出种种荒诞事，闹了无数的笑话，如把风车当巨人，把旅店当城堡，把苦役犯当作被迫害的骑士，把皮囊当作巨人的头颅，等等。作者用骑士小说模式把骑士制度、骑士精神漫画化，摧毁骑士小说的地盘。

纵观人类文化史，任何一个体裁最终都会走向自反。体裁是一种相对稳定的表意形式。赵毅衡认为表意形式都存在"四体演进"的规律，即从隐喻到转喻到提喻，最后到反讽，"任何一种表意方式，不可避免走向自身否定。形式演化就是文化史，随着程式的成熟，必然走向自我怀疑，自我解构"①。自反性戏仿是表意形式进入反讽阶段的一个重要表现。

第三，作为修辞的戏仿。

戏仿依托前文本进行再创造，利用与前文本的互文性关系表达作者的意图，促进读者的接受，是一种非常重要的修辞技巧，尤其是在现代和后现代文化中，如英国小说家、评论家布雷德伯里所描述的："很明显我们这个世纪，戏仿行为在艺术和文学、实践和理论方面均大量增加、进入中心，成为主要的文本层面或主要的绘画再现技巧。我们艺术基本的一部分是镜像和引用的艺术，它们是向内自我指涉和嘲弄模仿的，我们的艺术也涉及对形象的破坏和美学的自我呈现，这代替并疏远了我们熟悉的大量19世纪作品具有的天真－模仿的原型，并对其直接的似真性、有秩序的叙述、作者支配性的控制这一系列习惯提出挑战。"②

戏仿能带来陌生化的审美效应。陌生化与自动化、程式化相对立，后者是前者的前提。什克洛夫斯基从文学作品创作技巧的角度提出陌生化，认为："艺术的技巧就是使对象陌生，使形式变得困难，增加感觉的难度和时间长度，因为感觉过程本身就是审美目的，必须设法延长。艺术是体验对象的艺术构成的一种方式；而对象本身并不重要。"③布莱希特则从戏剧理论角度提出"陌

---

① 赵毅衡：《符号学》，南京：南京大学出版社，2012年，第220页。
② 转引自［英］玛格丽特·A. 罗斯：《戏仿：古代、现代与后现代》，王海萌译，南京：南京大学出版社，2013年，第276页。
③ ［苏］维克托·什克洛夫斯基：《作为手法的艺术》，见［苏］什克洛夫斯基等：《俄国形式主义文论选》，方珊等译，北京：生活·读书·新知三联书店，1989年，第7页。

生化",认为"对一个事物或一个人物进行陌生化,首先很简单,把事物或人物那些不言自明的,为人熟知的和一目了然的东西剥去,使人对之产生惊讶和好奇心"①。两者都强调了陌生化打破接收者的阅读期待以及由此产生惊奇。戏仿是一种有差异的重复,仿文本与前文本之间既有相似性,又有差异性;相似性代表着熟悉的经验、认知的程式,差异性则是对它的反拨、颠覆;有相似性作为背景,差异性就显得更为醒目,更容易引起接收者的惊奇感。

作者将戏仿作为一种修辞,引发接收者的惊奇感只是手段,目的则是促进接收者思考惊奇背后的思想内涵,这就涉及互文性问题。朱丽娅·克里斯蒂娃最早提出"互文性"概念时,是用它指文本中出现的其他文本的表述,比如她说:"任何文本的构成都仿佛是一些引文的拼接,任何文本都是对另一个文本的吸收和转换。""我们把产生在同一个文本内部的这种文本互动叫做互文性。对于认识主体而言,互文性概念将提示一个文本阅读历史、嵌入历史的方式。""文本是一种文本置换,是一种互文性:在一个文本的空间里,取自其它文本的各种陈述相互交叉,相互中和。"② 互文性概念后经巴尔特的阐释,备受文论家的青睐。但它在后来向两个方向变迁,"一个方向是解构批评和文化研究,另一个方向是诗学和修辞学"③,前者被学界称为广义的互文性、解构的互文性、后结构主义的互文性等,后者被称为狭义的互文性、建构的互文性、结构主义的互文性等。戏仿的互文性属于后者,是一种修辞技巧;而且它不是克里斯蒂娃所说的文本内、局部的互文性,而是两个文本间、全局的互文性,是对前文本整体地吸收和转化,准确地说是对前文本的异化,因为两个文本之间具有不调和性,意义正是通过这种不调和性来显现。

哈琴高度肯定戏仿,认为它"通过看似内向型的互文性,使用戏仿的反讽式颠覆手法,又增加了另一个维度——艺术与话语'世界'——并且通过这一'世界'与社会和政治的批评关系"④。也就是说,戏仿文本有两个对话维度:仿文本与前文本的对话,仿文本生成的历史语境与前文本生成的历史语境的对

---

① [德]贝托尔特·布莱希特:《论戏剧》,北京:中国戏剧出版社,1990年,第62页。
② 转引自秦海鹰:《互文性理论的缘起与流变》,《外国文学评论》2004年第3期。
③ 秦海鹰:《互文性理论的缘起与流变》,《外国文学评论》2004年第3期。
④ [加]琳达·哈琴:《后现代主义诗学:历史·理论·小说》,李杨、李锋译,南京:南京大学出版社,2009年,第190页。

话。如卡勒所言:"互文性与其说是指一部作品与某些先前的特定文本的关系,不如说是指一部作品在一种文化的话语空间中的参与,是指一个文本与某一种文化的多种语言或意指实践之间的关系,以及这个文本与那些表达了这种文化的诸多可能性的文本之间的关系。"① 所以戏仿不仅仅是文本间的互动,更是文本以外的两种社会历史和美学形态的互动。戏仿文本的双重编码,使两种声音同时在场,造成历史语境与现实语境的强烈对比,从而达到批判现实的目的。

在中国古代文学史上,第一部比较成功的,同时也是非常典型的戏仿小说是明末董说所著的《西游补》。鲁迅赞曰:"惟其造事遣词,则丰赡多姿,恍忽善幻,奇突之处,时足惊人,间以徘谐,亦常俊艳,殊非同时手作敢望也。"② 作者借助《西游记》的故事框架以及孙悟空、唐僧等人物形象,对明末统治者荒淫无度、科举制度弊端重重、儒林人物丑态百出、奸臣小人祸国殃民、物欲横流世风日下等社会黑暗面进行了深刻揭露与辛辣讽刺。傅世怡赞曰:"(董说)复体察斯时奸臣误国,忠良罢黜,而托诸行者,化作阎罗,审秦桧于幽冥,以泄千古不平之气耳。"③ "托诸行者,化作阎罗",正是戏仿作为修辞的妙用所在。

鲁迅的短篇小说集《故事新编》是中国现代文学史上经典的戏仿之作。他在序言中所说的"只取一点因由,随意点染",已表明那些作为前文本的神话、传说、历史事件都只是用来达到修辞之目的,即通过与前文本的对话来创造新的话语世界,批判现实人生,而非为了否定前文本。比如《理水》,通过戏仿大禹治水的神话批判现实。百姓在洪水中挣扎,文化山上学者吃着飞肱国运来的面包悠闲地谈着学问,宣扬"阔人的子孙都是阔人,坏人的子孙都是坏人"的荒谬的遗传理论,从事着"鲧是一条鱼、禹是一条虫"的考证,咒骂"乡下人都是愚人";派来治水的大员们昏庸无能,被推举出来向他们汇报灾情的"下民的代表"阿谀奉承;大禹历经千辛万苦,治水成功,成为民族的脊梁,成功之后却在庸众和昏官的包围下变质了,向旧世界妥协了。鲁迅通过重述大禹治水的故事,批判昏庸无能、腐朽堕落的官僚阶层,讽刺因循守旧、无所作

---

① 非卡勒原话,为秦海鹰对卡勒《符号的追寻》中互文性理论的阐释。
② 鲁迅:《中国小说史略》,北京:中国文史出版社,2002年,第144~145页。
③ 傅世怡:《西游补初探》,台北:台湾学生书局,1986年,第108页。

为的丑恶文人,热情地歌颂人民群众的力量和智慧,同时也展现了改造国民性的迫切性。戏仿的爆发性运用是在 20 世纪八九十年代的"先锋小说""新历史小说"中,王小波、莫言、刘震云、王安忆、徐坤、余华、叶兆言、李冯等一大批作家参与到戏仿的狂欢中来。这是中国社会转型期的特殊产物。作家们借戏仿来反传统、反理性、反崇高、反英雄,传达思想解放的呼声。

戏仿依托前文本进行创作,躲在他人的话语面具下言说,在被认可的、合法的话语体系内展开批判,具有一定的隐蔽性和安全性,所以它是边缘群体、弱势群体"发声"的一种常用方式。哈琴的戏仿研究就立足于这一点,她认为:"戏仿或许已经成为后现代主义艺术形式上自我指涉性所特有的表达方式,因为它自相矛盾地将过去融入自己的结构,经常比其他形式更加明显、更言传身教地显示了这些意识形态语境……戏仿似乎成为我所说的'中心之外'的群体和被主流意识形态边缘化的群体的表达模式……戏仿当然还成为黑人、少数民族、同性恋、女权艺术家这样的中心外群体最流行、最有效的策略,他们试图既适应自己身处的、仍然属于白人、异性恋、男性的主流文化,又批判地、创造性地对其做出回应。"[①] 戏仿作为一种修辞,借助过去和现在两个文本的互文性形成强烈的对照来批判现实,主体的价值立场和精神追求是戏仿的灵魂。但随着电子传媒的发展和消费时代的到来,精英文化受挫,大众文化崛起,戏仿有走向游戏化、娱乐化的趋势。

三、后现代戏仿:符指六因素的变异

在以后现代文化为主导的当代社会中,戏仿与"恶搞"常常联系在一起。"恶搞"是互联网催生的一种文化现象。它源自日文,经历了"KUSO→库索(酷索)→恶搞"的演变。[②] 关于"恶",有的解释为恶俗、恶意、恶毒,有的解释为夸张、极端、超常规,解释的角度有审美上的、技巧上的、动机上的,可见这个概念的外延非常宽。笔者将"恶搞"理解为通过戏仿、挪用、变形等方式,对事物、现象进行调侃、嘲讽、解构,善恶程度不等。让"恶搞"一词火起来的是胡戈的《一个馒头引发的血案》。该片借用《无极》的镜头画面和

---

① [加]琳达·哈琴《后现代主义诗学:历史·理论·小说》,李杨、李锋译,南京:南京大学出版社,2009 年,第 49 页。

② 徐福坤:《新词语"恶搞"》,《语文建设》2006 年第 8 期。

故事框架，叙述发生在娱乐场中的一桩命案，对《无极》的拍摄水平有调侃之意，导致陈凯歌欲起诉胡戈侵权。有一些学者从思想性、艺术性角度来区分戏仿与恶搞，认为前者属于精英文化、有价值立场，后者属于大众文化、无价值立场。这种区分有一定的合理性和实用性。但若细究起来，两者之间很难有一个非常明确的界限。就后现代理论家的研究而言，詹明信用拼凑、剽窃来指涉戏仿，哈琴强调戏仿的积极作用尤其是文化政治维度上的，费斯克（John Fiske）的大众文化研究也涉及戏仿，所以笔者仍用"戏仿"这个概念，但主要指微博、微信等大众媒介上传播的、夸张的恶搞性戏仿。

戏仿作为一种特殊的符号表意方式，从雅柯布森的符指过程六因素——发送者（addresser）、对象（context）、文本（message）、媒介（contact）、符码（code）、接收者（addressee）来看，在后现代文化中已发生了重要变化，呈现出巴赫金所说的狂欢化特征。

后现代戏仿的发送者和接收者已经完全大众化了，两者之间的互动成为意义实现的关键，这与当代社会电子媒介的繁荣密切相关。具有虚拟性、隐蔽性、交互性的网络为人们的情绪宣泄、思想表达、个性彰显、欲望满足提供了一个平台。后现代社会的大众文化非常发达，它的特别之处就在于："大众文化的意义仅仅存在于它们的传播过程中，而不是存在于其文本中。在这个过程中，这些文本是至关重要的，需要将它们放在与其他文本和社会生活的关系中来理解，而不是因为或通过它们自身来理解，因为这确保了它们的传播。"① 很多恶搞文本，本身并不追求意义的自足，而只是做意义和快乐的煽动者。它们的主要目的是唤起接收者的反应，不管是点赞还是"拍砖"、嘘声、"狂踩"。一个戏仿的艺术文本，接收者没有反应，并不影响其独立存在的价值；一个恶搞文本，接收者没有反应，它的文本价值、发出者的意图都会落入虚空，如费斯克所说："大众文化始终处在运动过程中；其意义在一个文本中永远都不能确定，因为文本只有在社会关系中和互文关系中才能被激活，才有意义。一个文本只有进入社会和文化关系中，其意义潜能才能被激活。而文本只有进入了读者的日常生活而被阅读时才能产生社会关系。"②

---

① ［美］约翰·菲斯克：《解读大众文化》，杨全强译，南京：南京大学出版社，2001年，第3页。
② ［美］约翰·菲斯克：《解读大众文化》，杨全强译，南京：南京大学出版社，2001年，第3页。

第四章 反讽叙述

后现代戏仿的对象不仅延续了现代主义时期的经典文本、权威话语，还新增了一个非常重要的方面，即当下流行的热点人物、事件。前者常常发生在精英文化群体中，而后者则备受大众宠爱。由于这类文本很多都是追逐热点、吸引眼球的快餐之作，艺术性较低，随着事件时效性的消失，也就迅速退出人们的视野。在这个电子媒介异常繁荣的时代，信息爆炸的结果是信息有效利用率的暴跌，现在迅速成为过去，就像詹明信所说的："媒体的资讯功能可能是帮助我们遗忘，是我们历史遗忘症的中介和机制。"①

后现代戏仿文本符码具有无深度性。恶搞性戏仿主要是戏仿符号形式，即保留形式特征，改变文本内容，所以解码成了一件简单的事。詹明信在列举当代理论中四种基本的深层阐释模式后说："即使在阐释观念的相互更替之际，深层模式中的'深度'等概念也逐渐让表层模式以及多层结构中的'表面（向）'、'多面（向）'等概念所取代（譬如我们今天常提到的'互文性'已经不必透过深度或深层架构的其他手段来发挥作用了）。"② 费斯克也认为大众文化的特征是"过度性和浅白性"③。这也是大众无论是作为生产者还是接收者能参与戏仿狂欢的前提。后现代戏仿的文本表现出两个特征：

第一，重指称性而非诗性。雅柯布森认为："在这六个因素之中，每一个因素都会形成语言的一种特殊功能……某种信息使用何种语言结构，首先要看占支配地位的功能是什么。"④ 也就是说，符号表意六因素在表意过程中的作用是不平衡的，成为主导的因素会决定意义解释。当文本成为主导因素时，就出现了"诗性"。赵毅衡认为："诗性，即符号把解释者的注意力引向符号文本本身，文本本身的品质成为主导。"艺术符号的一个明显特征就是跳过对象直接导致解释项。⑤ 现代戏仿文本，比如上述的莫言、刘震云、余华、叶兆言的小说，追求的是作为小说的独立艺术价值，侧重的是文本，追求的是诗性；而

---

① [美] 詹明信：《晚期资本主义的文化逻辑》，张旭东编，陈清侨等译，北京：生活·读书·新知三联书店，1997年，第417页。
② [美] 詹明信：《晚期资本主义的文化逻辑》，张旭东编，陈清侨等译，北京：生活·读书·新知三联书店，1997年，第445页。
③ [美] 约翰·费斯克：《理解大众文化》，王晓珏、宋伟杰译，北京：中央编译出版社，2001年，第140页。
④ 赵毅衡：《符号学文学论文集》，天津：百花文艺出版社，2004年，第175页。
⑤ 赵毅衡：《符号学》，南京：南京大学出版社，2012年，第304页。

后现代的恶搞性戏仿，侧重的是对象，追求的是指称性——指称对象、标出对象。"犀利哥""雪碧哥""力量哥""装穷哥"的戏仿目的，是要将大众的目光引向人物，制造笑声；"唐僧给孙悟空的信"系列的戏仿目的是要借助经典符号的力量将人们的目光引向社会种种黑暗现象。所以这种表意形式，其重点在聚合轴，而非组合轴，创作者必须利用种种形式引发接收者对日常生活相关事物的联想。大众文化的生产目的就是"生产与日常生活相关的意义。相关性是大众文化的核心，因为它使文本和生活、美学的和日常的——这对于一种以过程和实践为基础的文化（比如大众文化）远比对以文本或表现为基础的文化（比如资产阶级高雅文化）更为重要"①。

大众文化生产的一个重要特点是模式化，这在恶搞性戏仿中表现非常突出。《大话西游》后出现一系列的"大话"之作，如《大话红楼》《大话水浒》《大话三国》等，并且版本众多；"犀利哥"事件之后，出现了"雪碧哥""力量哥""装穷哥""妖娆哥""串场哥""深邃哥""瞌睡哥""飙血哥""不屑弟""茫然弟"等。这种集群化的有意模仿所产生的搞笑、娱乐效果，体现了詹明信所说的后现代文化中主体性的缺乏、情感的非个人化、欣狂化特征："今天的一切情感都是'非个人'的，是飘忽忽无所主的。或者我们应该可以更准确地说，今天的情感不仅是极度强烈的，它简直就是一种'强度'，是一种异常猛烈的欣狂之感。"②

第二，"生产者式文本"。费斯克在巴尔特的"可写的文本"（又译为"作者式文本"）和"可读的文本"（又译为"读者式文本"）的基础上提出"生产者式文本"概念，用来描述"大众的作者式文本"。此文本具有以下特质：一方面，它像"读者式文本"那样容易理解，轻松阅读，不会用其他文本或日常生活的惊人差异来困扰读者；另一方面，它又像"作者式文本"那样具有开放性，它不将文本本身的建构法则强加于读者身上，让读者没有选择，只能依照该文本才能进行解读，而是为大众生产意义提供多种可能。③

---

① [美]约翰·菲斯克：《解读大众文化》，杨全强译，南京：南京大学出版社，2001年，第7页。
② [美]詹明信：《晚期资本主义的文化逻辑》，张旭东编，陈清侨等译，北京：生活·读书·新知三联书店，1997年，第449页。
③ [美]约翰·费斯克：《理解大众文化》，王晓钰、宋伟杰译，北京：中央编译出版社，2001年，第123页。

双关语是"生产者式文本"语言的一个重要特点。双关不仅是一种语言修辞,还是一种叙事修辞,体现在文本结构上,戏仿就是最典型的一种。"双关语的泛滥为戏拟、颠覆或逆转提供了机会;它直白、表面,拒绝生产有深度的精心制作的文本,这种文本会减少其观众及其社会意义;它无趣、庸俗,因为趣味就是社会控制,是作为一种天生更优雅的鉴赏力而掩饰起来的阶级利益;它充满了矛盾,因为矛盾需要读者的生产力以从中作出他或他自己的理解。它经常集中于身体及其知觉而不是头脑及其意识,因为身体的快乐提供了狂欢式的、规避性的、解放性的实践——它们形成了一片大众地带,在这里霸权的影响最弱,这也许是一片霸权触及不到的区域。"[①] 费斯克所概括的双关语的特点——直白表面、无趣庸俗、充满矛盾、感性有余而理性不足,用来描述后现代文化中的恶搞性戏仿文本是非常恰当的。

从戏仿的符指六因素的变化可以看出,它在当代社会中具有巴赫金所说的狂性的特点。哈桑列出的后现代 11 个因素中,第八个为"狂欢性"。他认为狂欢包含了此前的 7 个现象,"巴赫金所谓的小说与狂欢——反体系——可以作为'后现代主义'的代名词,或者至少可以涵盖它那种蕴含更新的嬉戏因素和颠覆因素。因为在狂欢中人类过去和现在都可以发现'时间、转化、改变、更新的真正宴席,发现'反里朝外'的、'突然转向'的、无数滑稽模仿和拙劣模仿的、各种出乖露丑的、亵渎神圣的、古怪唐突的、滑稽可笑的特殊逻辑,也就是发现第二种生活。"[②] 恶搞式戏仿的滑稽模仿、亵渎神圣、戏谑化的话语模式天然地与狂欢之间有紧密联系,而后现代社会语境为它们的结合提供了丰饶的土壤。

四、积极戏仿与消极戏仿

戏仿在后现代社会文化中非常普遍。它是一种巧妙地规避或抵抗意识形态的表意方式,受到大众的热捧。大众文化是在斯图尔特·霍尔(Stuart Hall)所称的权力集团和民众之间的对立状态中建构的。它由社会中居于从属地位的人群所创造,冲突性是其本质特征。因为文化总是涉及各种形式的社会权力再

---

① [美] 约翰·菲斯克:《解读大众文化》,杨全强译,南京:南京大学出版社,2001年,第4页。
② [美] 伊哈布·哈桑:《后现代转向:后现代理论与文化论文集》,刘向愚译,上海:上海人民出版社,2015年,第295~296页。

分配，具有内在的政治性。大众无法拥有表达、传播思想的物质资源，比如影视、网络设备，但是可以利用权力集团的这些资源来创造自己的文化，"在权力和抵制、守纪和无纪律、秩序和混乱持续不断的相互作用中，大众文化必须适应它们。这场斗争更多的是意义之争，大众文本只有通过使自己成为这场斗争中令人向往的地带才能确保自己的流行；人们不可能选择任何只服务于支配者的经济利益和意识形态利益的商品：所以大众文本是在封闭（或支配）和开放（或流行）的力量的紧张状态下建构的"[①]。

戏仿这种表意方式非常适合大众文化。用哈琴的话来说，"戏仿隐含的矛盾和意识形态（鉴于其'得到授权的违规行为'，可以被视为既有保守性又有革命性）使其成了后现代主义恰如其分的评论方式"[②]。边缘群体、弱势群体可以通过戏仿表达诉求，发出自己的声音，抵抗主流话语霸权，批判一切不合理的社会现象，减少正面交锋的激烈性和危险性。在此戏仿具有润滑剂、保护色的功能。比如网络热传的"唐僧给孙悟空的信"系列戏仿主流话语风格，冷嘲热讽了官二代、富二代以及各种官场陋习、社会不正之风。因为有《西游记》广为人知的人物形象作对比，所以这样的戏仿比直接批判更有力，更容易引起大众关注。再如调侃天才少年黄艺博（两三岁开始看《新闻联播》、7岁开始坚持每天读《人民日报》《参考消息》）的《五道杠少年之歌》，戏仿耳熟能详的儿歌《读书郎》，对儿童教育、当代人的世界观、价值观等问题进行了质疑。又如2008年三鹿毒奶粉事件后，网友对三鹿广告语的戏仿："好结石，三鹿造""喝三鹿牌奶粉，当残奥会冠军""牛奶，我选三鹿，三鹿牛奶——中国男足指定专用奶""三鹿奶粉，后妈的选择""三鹿奶粉喝了以后，嘿，这腰也不疼，腿也不酸，连心脏也不跳了……"这样的戏仿，对三鹿奶粉危害性的揭露入木三分。这一类型的戏仿蕴含着价值追求，具有积极的批判意义。但是毋庸讳言，过度戏仿却具有很大的消极性。

过度戏仿的重要标志是缺乏价值立场和道德追求，丧失了理性批判的力量，恶搞一切，娱乐一切，只解构不建构。这是没有社会责任感的表现，它所

---

① [美]约翰·菲斯克：《解读大众文化》，杨全强译，南京：南京大学出版社，2001年，第8～9、4页。

② [加]琳达·哈琴《后现代主义诗学：历史·理论·小说》，李杨、李锋译，南京：南京大学出版社，2009年，第173页。

带来的自由、平等、快乐是虚假的，对社会健康和文明进步是有害的，就像波兹曼在《娱乐至死》中所说的："有两种方法可以让文化精神枯萎，一种是奥威尔式的——文化成为一个监狱，另一种是赫胥黎式的——文化成为一场滑稽戏。"① 过度戏仿文本的两个重要表现是能指的游戏和拼贴。

第一，能指的游戏。过度戏仿的一个重要表征是成为波德里亚所说的一种"符号生产"，一种能指游戏。这是恶搞性戏仿的重要特征。大部分恶搞者所需要的仅仅是前文本的符号形式，利用它的影响力，制造热点效应、吸引眼球而已，而对于前文本的意义内涵、审美追求以及仿文本的价值一律不予考虑。比如恶搞《孔乙己》《荷塘月色》《背影》等文学经典的文本，对人性光辉、美好情感的践踏，对人类精神追求的亵渎，对传统优秀文化的虚无主义态度，无益于人类文明的建设，甚至对青少年人生观、价值观的建立产生恶劣影响。

能指的游戏还表现在对戏仿文本的跟风上。比如《唐僧给孙悟空的信》出现后，出现了《孙悟空给唐僧的回信》《孙悟空给白骨精的信》《白骨精给孙悟空的回信》《悟空考研，唐僧劝悟空的一封信》《猪八戒写给孙悟空的信》等，而且版本众多，已经失去了首出文本的批判意义，只是一场能指的狂欢而已。当今社会传媒业的迅猛发展对此又起到了推波助澜的作用，这就是道格拉斯·凯尔纳等人所说的当代社会是一个由各种媒介符号构成的"奇观社会"，"人类进入新的千年以后，技术的发展使媒体更加令人目眩神迷。媒体在日常生活中也发挥着更加持久的作用。在多媒体文化的影响下，奇观现象变得更有诱惑力了，它把我们这些生活在媒体和消费社会的子民们带进了一个由娱乐、信息和消费组成的新的符号世界。媒体和消费已经深刻地影响着我们的思想和行为"②。媒体推动戏仿进入消费主义文化大潮，比如恶搞名人现象，大众之作的层出不穷自不必说了，就连艺术家也参与其中，比如纽约街头艺术家用自己的大便给"脸书"（Facebook）创始人扎克伯格（Mark Zuckerberg）画肖像、俄罗斯女画家用胸部给普京作肖像画、英国艺术家用色情图片拼贴名人肖像、加拿大艺术家创作名人"僵尸"画。这些作品只是利用极度夸张的能指聚焦眼光，哗众取宠而已，没有任何社会意义和艺术价值。

---

① [美]波兹曼：《娱乐至死》，章艳译，桂林：广西师范大学出版社，2004年，第201页。
② [美]道格拉斯·凯尔纳：《媒体奇观——当代美国社会文化透视》，史安斌译，北京：清华大学出版社，2006年，第2页。

第二，拼贴。詹明信将后现代主义文化中的剽窃和拼贴（pastiche，又译为"拼凑""杂糅"等），与现代主义文化中的戏仿进行比较，认为它们虽然都利用前文本进行模仿，但存在本质区别，"剽窃是空洞的戏仿，是失去了幽默感的戏仿：剽窃就是要戏仿那有趣的东西，那空洞反讽的现代手法"，"从某些方面来看，拼凑法跟摹仿法（parody，也即戏仿）一样，都要摹仿及抄袭一个独特的假面，都是用僵死的文字来编织假话。所不同者，拼凑法采取中立的态度，在仿效原作时绝不多作价值的增删。拼凑之作绝不会像摹仿品那样，在表面抄袭的背后隐藏着别的用心；它既欠缺讥讽原作的冲动，也无取笑他人的意向。作者在实行拼凑时并不相信一旦短暂地借用了一种异乎寻常的说话口吻，便能找到健康的语言规范。由此看来，拼凑是一种空心的摹仿——一尊被挖掉眼睛的雕像"。①

詹明信认为福克纳、劳伦斯、史蒂芬斯等现代主义作家的戏仿之作是非常伟大的，而后现代没有戏仿，只有"空心的摹仿"——拼贴。拼贴是表意锁链断裂的表现。表意是通过一连串的符号组合完成的。詹明信在索绪尔、拉康的符号学思想基础上指出，"'意义的效果'——即由不同意符之间的相互关系所投射及衍生出来的客观化的一种表意幻境。这些意符之间的关系一旦分解了，表意的锁链一旦折断了，呈现在我们眼前的只能是一堆支离破碎、形式独特而互不相关的意符；这种情形一旦出现，精神分裂的感觉便由此而生"。② 表意锁链断裂，意味着由符号组合起来的文本失去了表意能力，能指只是自由无序的漂浮物，被简单地拼贴在一起。戏仿衍变为简单地拼贴，缺乏价值立场和反讽锋芒，缺乏原创精神。这正是网络上很多恶搞性戏仿的特点。

拼贴作为一种叙事修辞手法，本身是中性的，关键看如何使用。后现代文学艺术中也有一些作品采用拼贴法，却具有较高的艺术价值。美国著名后现代小说家巴塞尔姆认为"拼贴原则是20世纪所有艺术的中心原则"③。他的小说，如《白雪公主》《死去的父亲》《玻璃山》等，都采用了大量的拼贴手法，

---

① ［美］詹明信：《晚期资本主义的文化逻辑》，张旭东编，陈清侨等译，北京：生活·读书·新知三联书店，1997年，第401、453页。
② ［美］詹明信：《晚期资本主义的文化逻辑》，张旭东编，陈清侨等译，北京：生活·读书·新知三联书店，1997年，第471页。
③ 陈世丹：《美国后现代主义小说艺术论》，大连：辽宁师范大学出版社，2002年，第16页。

打破了传统小说的连贯性、完整性，以形式上的离奇怪异表现当代社会中人的生存状态、人性异化，具有强烈的反思性和批判性，获得了很多人的褒扬。哈桑评价巴塞尔姆时说："他实验用非线性的叙述和荒谬主义者的技巧写作——他的作品包括片段、插图、问答、目录、美术、拼贴、各号的标题——但同时他坚持他对于一个疯狂地脱节的世界的责任感。"① 再如伦纳德·柯恩的《大大方方的输家》将诗歌、典故、漫画故事、历史文献、碑文以及日常生活中的电台点歌节目、免费订货券、减肥广告、便条、靶场说明等拼贴在一起，以表现 20 世纪 60 年代西方躁动不安的历史。再如中国作家李锐的《太平风物：农具系列小说展览》由 16 篇小说组成，除了最后的《颜色》和《寂静》外，都采用了"超文本拼贴"的形式。每篇都由四个部分组成，即农具图片、《王祯农书》中的诗文、《中国古代农机具》中的说明文字、李锐创作的白话文小说。这四部分并置在一起，表面上看彼此独立，事实上相互对话。农具的悠久历史，农具与农民之间在生活、情感上的联系，农业文明状态下农民的存在方式，现代化进程中农民的生活境遇和生命体验，在相互对比、映照中共同建构意义，表达作者对社会现象的思考和悲天悯人的情怀。

尽管如此，但有一点很明确，拼贴技巧如果在文学艺术中泛滥化，必然会导致个人风格的消失，而个人风格恰恰是作家最大的魅力和文学多元化最重要的因素。福斯特认为拼贴就是后现代的时代精神，对它的弊端表示了深深的担忧："但拼贴的折中主义（符号的混合）难道没有威胁风格的概念，至少威胁了个人或一个时期的独特表达吗？而且拼贴的相对主义（各时期的内爆）难道没有损害历史指涉的能力以及历史思维的能力吗？简言之，历史的后现代风格事实上也许表示了风格的瓦解与历史的崩溃。"②

后现代戏仿文本中出现的能指的游戏与拼贴的技巧，其思想根源是主体性的缺失。詹明信认为在从现代主义到后现代主义的文化演变中，"主体的疏离和异化已经由主体的分裂和瓦解所取代"。③ 主体的灭亡，意味着个体情感也

---

① ［美］伊哈布·哈桑：《当代美国文学》（上），陆凡译，济南：山东人民出版社，1980 年，第 107 页。
② ［英］玛格丽特·A. 罗斯：《戏仿：古代、现代与后现代》，王海萌译，南京：南京大学出版社，2013 年，第 228 页。
③ ［美］詹明信：《晚期资本主义的文化逻辑》，张旭东编，陈清侨等译，北京：生活·读书·新知三联书店，1997 年，第 447 页。

就无所寄托了，而个体情感又联系着时间、历史、记忆等意识。历史感消失，时间割裂为一连串永恒的当下，现实处在永恒的、迅速的转变中，空间感代替时间感占据了人们的意识，影响着我们的心理经验和文化语言。"倘若主体已经确实失去了驾驭时间的能力，确实无法在时间的演进、伸延或停留的过程中把过去和未来结合成为统一的有机经验——假使现况确实如此，则我们在观察整个文化生产的过程中，便难免发现所形成的主体不过是一堆支离破碎的混合体。而这样的主体，在毫无选择原则及标准的情况下，也只能进行一些多式多样、支离破碎，甚至随机随意的文化实践。"①

由上述可知，后现代戏仿，从雅柯布森的符指六因素来看，已经发生变异，具有狂欢性的特点。但巴赫金对于狂欢节式的戏仿的界定是双重性的："狂欢节式的戏仿，远非近代那种纯否定性的和形式的戏仿：狂欢节式的戏仿在否定的同时还有再生和更新。"② 以此来看，恶搞性戏仿有走向单纯地突出否定性、解构性的趋势，所以需要增加批判性、建构性的功能，在生产快乐的同时生产意义。

第三节 情节结构与反讽

"情节"这个概念经常和"故事""事件"等概念搅和在一起，而且都与"叙述"有关。赵毅衡对情节的底线定义是"被叙述出来的卷入人物的事件"，并在此基础上对这四个概念的关系进行了辨析，认为情节比故事的面宽，情节是故事的基础材料，故事是有头有尾有起承转合的情节，一个叙述文本必须有情节，却不一定有故事；事件既可以指文本叙述出来的事件，也可以指经验世界里实际发生的事件，前者是情节，后者只有被媒介化表现后才是情节，反过来说，情节只存在于媒介化的符号文本中，不存在于经验世界中；情节牵涉"说什么"与"如何说"两个方面：事件之选取，即说什么；事件的叙述方式，则是如何说，这两者的结合才构成"情节"。③ 由此可见，就一个叙述文本而

---

① [美] 詹明信：《晚期资本主义的文化逻辑》，张旭东编，陈清侨等译，北京：生活·读书·新知三联书店，1997年，第469页。
② [苏] 巴赫金：《巴赫金全集》第六卷，晓河等译，石家庄：河北教育出版社，1998年，第13页。
③ 赵毅衡：《广义叙述学》，成都：四川大学出版社，2013年，第166~167页。

言，情节涉及内容和形式两个方面，故事只涉及内容，是读者从情节中提炼信息，然后按时间顺序、因果关系建构出来的有头有尾的事件；反过来，一个故事，或者一个事件，不管是虚构的还是真实发生的，作者选取哪些信息以及怎样编排这些信息进而表达意义，就形成了情节，而且一个文本中有多个情节，情节的不同组合方式形成了不同的情节结构类型。特殊的情节结构类型可以形成反讽，比如情景反讽、镜像叙述、否叙述、隐性进程等。

一、情景反讽

情景反讽是一种常见的反讽类型，不同于言语反讽。布斯在《反讽的帝国》中列举的一种类型就属于情景反讽："在那些没有植根于语言的反讽当中，有一些是人们目的落空的结果。现在的用法就是某人目的落空之后，结果可以被称为反讽……或许把它们称为意外或挫折更为恰当。"[1] 利特曼和梅（David C. Littman & Jacob L. Mey.）认为事态发展的意外转折与意图受阻的一定组合构成情景反讽。[2] 赵毅衡认为它是"意图和结果之间出现反差，而且这种反差恰恰是意图的反面"[3]。埃尔斯顿（Lars Ellstrom）在上述基础上将这个概念的内涵扩大："情景反讽（Situational irony）……一般界定为在一个情景中结果与意图不一致，但是它也被广泛地理解为一个情景中包含着冲突或尖锐的对比。"[4]

综上所述，人们常说的情景反讽有广义和狭义之分。前者指包含着冲突或尖锐对比的两个情景的并置，后者特指这两个情景之间的关系是意图和结果的关系。女人去美容院美容，结果因为手术不当而毁容；小偷在偷别人的钱包时，自己的钱包被偷了；为了观赏目的引进外来物种"水葫芦"，结果因为严重破坏生态平衡而铲除。这些都是意图与结果的反差形成的情景反讽。官员昨天在台上义正词严地斥责贪污腐败，今天自己因为贪污腐败被抓；村干部 30 年前为计划生育发愁，30 年后为鼓励生育发愁。这里的两个情景之间并不是

---

[1] ［美］韦恩·布斯：《修辞学的复兴》，穆雷等译，南京：译林出版社，2009 年，第 95 页。

[2] David C. Littman & Jacob L. Mey. *The Nature of Irony: Toward a computational model of irony*. Journal of Pragmatics，1991 (15)，pp. 131—151.

[3] 赵毅衡：《符号学》，南京：南京大学出版社，2012 年，第 216 页。

[4] Lars Ellstrom. *Divine Madness: On Interpreting Literature, Music and the Visual Arts*. Bucknell University Press，2002，p. 51.

意图与结果的关系，而只是包含着尖锐的对比。人们所说的"历史反讽""宇宙反讽""命运反讽""大局面反讽""戏剧反讽"都属于情景反讽，只是发生领域不一样。情景反讽不是一种修辞，而是对一种生活状态、生命处境、文化形态的描述，与作为修辞的言语反讽的不同在于：言语反讽是发出者有意为之的，有文本标记以供接收者识别，有明确的反讽对象；情景反讽没有发出者，也不是谁有意为之的，只是两个相互冲突情景的并置，反讽意义是接收者赋予的。文学艺术中的情景反讽则不同，它是作者有意为之的一种情节结构，能实现多种艺术效果。

　　文学艺术中的情景反讽的本质就是事态的意外转折，形成两个情景的尖锐对立。转折的方向有两种：改善和恶化。克洛德·布雷蒙在研究叙事可能之逻辑时，将叙事作品的事件分成两个基本类型，即改善型和恶化型，叙事作品就是由这两种类型通过首尾接续式、中间包含式、左右并联式三种方式组合而成的。① 只是情景反讽中的事态转折特别强调突然性、意外性，越突然、越意外，反讽的程度就越强。亚里士多德在《诗学》中论述了突转对于悲剧的重要意义："悲剧中的两个最能打动人心的成分是属于情节的部分，即突转和发现""突转，如前所说，指行动的发展从一个方向转至相反的方向；我们认为，此种转变必须符合可然或必然的原则"，认为最佳的发现与突转同时发生，因为能引发怜悯或恐惧，还能反映人物的幸运和不幸。②

　　第一，增强批判现实的力度。

　　如果事态意外转折是人为的，是社会现实的某种原因，那么情景反讽就能增强批判的力度。冯骥才的小说《啊》中，主人公吴仲义在文化大革命时因为丢了一封信而陷入惶恐。他的失态引起研究所工作组组长贾大真的怀疑。贾通过种种欺诈恐吓手段从心理上对他施加压力，引诱其坦白。吴仲义最终精神垮塌，主动"自首"，并因此被定为"漏网右派、现行反革命分子"。半年之后吴仲义被宽大处理。当他获释回家，端起脸盆要洗手时，发现盆底上竟粘着一封信！他惊叫一声："啊！"事态发展的意外转折表达了对人性异化的深刻批判。"欧·亨利式的结尾"是非常典型的情景反讽。《警察与赞美诗》中，流浪汉苏

---

① 张寅德：《叙述学研究》，北京：中国社会科学出版社，第157～158页。
② ［古希腊］亚里士多德：《诗学》，陈中梅译，北京：商务印书馆，1996年，第89页。

比穷困潦倒,无家可归,想去监狱熬过严冬,于是千方百计地故意犯罪,想让警察逮捕自己,却始终不能如愿;最后,当他走到一座幽静古雅的教堂里,为风琴师弹奏的赞美诗曲子所感动、决心重新做人时,一只手落到了他的肩膀上,他被逮捕了,无端被送进了监狱。《麦琪的礼物》中,小职员吉姆和妻子德拉生活贫穷,但相亲相爱。他们各自拥有一样极其珍贵的宝物。吉姆有一块祖传的金表,德拉有一头美丽的秀发。为了能送给对方一件圣诞节礼物,吉姆卖掉了金表为德拉买了一套漂亮的发梳,德拉卖掉了长发为吉姆买了一条白金表链。他们都为了对方舍弃了自己最珍贵的东西,结果却毫无意义。意图与结果的背道而驰,含泪的笑,成为作者展示美国下层人民的悲惨命运、批判黑暗社会的重要手段。亨利·詹姆斯的《专使》中,史垂则奉钮森姆太太之命从美国前往巴黎劝其儿子查德浪子回头离开巴黎。史垂则到巴黎后发现查德并不是过着纸醉金迷的生活,而是在欧洲文化的影响下变得高雅起来。他受此感召,放弃了伍勒特城的清教主义思想,甘愿付出不能与钮森姆太太结婚的代价,劝说查德继续留在巴黎生活。作者借助这样的情景反讽来批判美国文化的庸俗浅薄。

第二,蕴含深刻的人生哲理。

如果事态意外转折的原因是人力不可为的,无法解释,也无法解决,反映了人无法改变的本性、人类的生存困境等,那么情景反讽就能传达深刻的人生哲理。米克所说的"总体反讽"就属于这种:"总体反讽的基础是那些明显不能解决的根本性矛盾,当人们思考诸如宇宙的起源和意向,死亡的必然性,所有生命之最终归于消亡,未来的不可探知性以及理性、情感与本能、自由意志与决定论、客观与主观、社会与个人、绝对与相对、人文与科学之间的冲突等问题时,就会遇到那些矛盾。"① 《俄狄浦斯王》中无论俄狄浦斯父母怎样做,都无法阻止其弑父娶母行为的发生。俄狄浦斯千方百计逃避神谕所示的命运的过程恰恰就是实践神谕的过程,艾布拉姆斯所说的"命运的反讽"在这里得到充分的体现:"在一些作品里,上帝、命运与宇宙作用被描绘成故意左右时事的主宰,他们造成主人公不切实际的愿望,继而加以百般戏弄。"② 约瑟夫·

---

① [英] D. C. 米克:《论反讽》,周发祥译,北京:昆仑出版社,1992年,第100页。
② [美] M. H. 艾布拉姆斯:《文学术语与词典》,朱金鹏等译,北京:北京大学出版社,1990年,第163页。

海勒《第二十二条军规》中的第二十二条军规:"疯子才能获准免于飞行,但必须由本人提出申请";既规定了"凡能意识到飞行有危险而提出免飞申请的,属头脑清醒者,应继续执行飞行任务;飞行员飞满上级规定的次数就能回国",并且"你必须绝对服从命令,否则就不准回国"。"二十二条军规"成为人们无法摆脱的反讽式生存困境的形象表征。塞缪尔·贝克特的《等待戈多》中两个流浪汉苦等"戈多"而"戈多"永远不会来的情景,则表达了世界的荒诞本质和人们空虚绝望的精神状态。

人生的偶然性也成为情景反讽的重要内容。普鲁斯特的巨著《追忆似水年华》中,斯万的爱情充满了反讽。斯万是巴黎上流社会风月场中的猎艳高手,追求女性只为满足感官欲望,早已不相信爱情。当遇到小鸟依人的奥黛特之后,他深深爱上她,以为遇到真正的爱情。可是就在他陶醉其中时,却发现奥黛特不过是一个庸俗浅薄的女人,追求他只是为了钱,命运跟他开了一个巨大的玩笑。萨姆·门德斯导演的电影《美国丽人》,也是利用情景反讽表现人生的偶然性、命运的不可控性的佳作。

第三,强化喜剧效果。

如果事态意外转折的主人公有性格、道德等方面的缺陷,但又非大奸大恶之人,事态的发展虽与主人公的愿望相违背,却是朝着真善美的方向,就会产生喜剧效应。奥斯汀的《傲慢与偏见》中,傲慢的达西断定班纳特一家的女儿很难嫁给有身份、有地位的男人,最后他自己却娶了班纳特家的女儿伊丽莎白;伊丽莎白指责达西傲慢断然拒绝他的求婚,后来却发现自己无可奈何地爱上了他;凯苔琳夫人亲自出马,想把达西与伊丽莎白的感情扼杀在摇篮里,可是阴错阳差地,却促成了他们的结合。

如果事态意外转折的主人公是亚里士多德所说的喜剧式人物——"低劣的人","这些人不是无恶不作的歹徒——滑稽只是丑陋的一种表现。滑稽的事物,或包含谬误,或其貌不扬,但不会给人造成痛苦或带来伤害"[①],事态的发展与主人公的意愿背道而驰,也会产生喜剧效应。赵树理的《小二黑结婚》中,二诸葛抬脚动手都要论一论阴阳八卦、看一看黄道黑道。别人雨后抢着种地,他看了看历书,又掐指算了一下,说:"今日不宜栽种。"后来,别人家都

---

① [古希腊]亚里士多德:《诗学》,陈中梅译,北京:商务印书馆,1996年,第58页。

在地里锄苗,他领着两个孩子在地里补空子。三仙姑每月初一、十五都要顶着红布装扮天神。有一次,她的女儿小芹晌午做捞饭,把米下进锅里了,听见她在香案前给人看病,唱得很中听,便把做饭的事也忘了。过了一会儿,三仙姑趁病人出去的空子对小芹说:"快去捞饭!米烂了!""不宜栽种"和"米烂了"的故事对二人的封建迷信行为的反讽充满了喜剧性。

二、镜像叙述与反讽

镜像理论是法国的心理学家和精神分析学家雅克·拉康(Jacques Lacan)提出的。他将婴儿在前语言时期意识确立的神秘瞬间称为"镜像阶段"。婴儿首先通过镜子认识到"他人是谁",然后才能认识到"自己是谁",并由此确立自我意识。可见,他者对于自我的建构和完善是必不可少的。在有些文学作品中,作者为了塑造人物,会安排另一个与之性格命运相似的人物作为他的镜像,从这个镜像里我们可以看见人物另一些未实在化的、潜隐的性格和命运,两者互相折射,互为补充。这种特殊的情节结构,笔者称之为"镜像叙述"。人物和镜像人物命运的发展如果是同向的,则两者之间是隐喻关系,比如脂砚斋评《红楼梦》中所说的"余谓晴有林风,袭乃钗副,真真不错"[①];如果两者命运的发展是异向的,则会产生反讽效果。镜像叙述既可以发生在同一叙述层,也可以发生在不同叙述层,而且表现形式多样化。

第一,同一叙述层的镜像叙述。

同一叙述层的两个镜像人物的性格命运可以通过多种方式巧妙地呈现。电影《七月与安生》通过两个具有镜像关系的人物的性格命运的交织来建构一个故事。七月与安生是从小一起长大的一对闺蜜,但两个人的性格大相径庭。七月温柔娴静、乖巧安分,按部就班地生活着;安生开朗活泼、性格叛逆,喜欢自由不羁的生活。看起来两人的性格水火不相容,其实彼此都是对方另一个隐藏的自我。后来,两人因为爱上同一个男人而深受伤害,并因此让心中的另一个自我得到释放。七月放弃安稳的生活去流浪,重走安生走过的地方;安生捡起书本重新学习,与一个居家男人结婚过上稳定的生活。两个人交换了人生,

---

① (清)曹雪芹著,(清)脂砚斋批评:《〈红楼梦〉脂砚斋批评本》(下册),长沙:岳麓书社,2006年,第91页。

前后形成强烈的对比,充满反讽意味。

再如赖声川导演的话剧《暗恋桃花源》中,《暗恋》和《桃花源》两个不相干的剧组,因为都与剧场签订了当晚彩排的合约,演出在即,双方不得不同时在剧场中同时彩排。"戏中戏"由此开始。《暗恋》是现代爱情悲剧。江滨柳和云之凡在上海因战乱相遇相爱,又因战乱而离散,都逃到了台湾,但彼此并不知情。江滨柳几十年来寻找云之凡未果,弥留之际,登报找人,最终二人相见,但云之凡早已成家。《桃花源》是古装爱情喜剧。渔夫老陶因妻子春花与房东袁老板私通而受尽欺辱,本想借外出打鱼自杀却误入桃花源,发现这里的生活非常美好,于是就想把春花接来,可是回去后才发现春花已与袁老板成家生子,但两人之间矛盾重重。此外,舞台上还不时出现一个衣着怪异的年轻女人满场寻找她的情人刘子骥。这三条线索看起来互不相干,但其实有镜像关系。老陶、江滨柳和年轻女人都在寻找爱情,老陶、江滨柳找到了,但都已物是人非,他们的命运就是年轻女人命运的镜像,寻找的执着与悲剧的结果产生反差。文本意在表明美好的爱情难以寻觅,古今偕同,爱的桃花源只是一个梦。

第二,不同叙述层的镜像叙述。

互为镜像的两个人物可以出现在不同的叙述层,他们的故事在主题上可能是类比关系,也可能是对比关系,后者具有反讽性。鲁迅的小说《幸福的家庭》通过一位作家创作同名小说《幸福的家庭》来进行镜像叙述。小说中,一位作家为了赚几文稿费,想写一篇小说《幸福的家庭》,他想来想去也想不出一个好地方来安置这个故事的地点,因为世界到处不太平,所以他只好用字母A代替;然后他就为男女主人公设计幸福的生活——受过高等教育、优美高尚、自由结婚、浪漫的午餐……,可是作家贫穷的妻子不断地拿家庭琐事来烦扰他,女儿的哭闹声也让他心神不宁,最终他无法写成这部小说。作家正在创作的小说《幸福的家庭》的男主人公就是这个作家本人的另一个自我,而这与现实中的"我"形成强烈的对比,具有强烈的反讽色彩。作者通过这样的情节结构既善意地嘲讽了主人公的小资情调,也揭示了黑暗统治下知识分子建立幸福家庭的梦想的不可能。

电影《法国中尉的女人》的情节是戏中戏的结构。嵌入的是思想保守的维多利亚时代底层女性莎拉和贵族青年查尔斯从分到合的爱情故事,框架故事则是自由开放的现代社会中,表演他们爱情故事的已婚演员安娜和麦克相爱又分手的经历。古今两个时代、两对人物的性格和命运,两种对待爱情的态度形成巨大的反差,充满反讽,作者以此来批判现代的爱情观。

三、否叙述与反讽

普林斯在《叙述学词典》中对"否叙述"(disanarration)的界定是:"叙述中明确考虑并涉及未发生的('X 没有发生';'Y 可能会发生,但是没有发生')要素。这些要素构成强调其有叙述价值的重要手段。"[1] 赵毅衡对此作了进一步解释:"指的是在小说或电影中,某些情节被(事前或事后)说成是人物的幻象、做梦、想入非非、无知、未得到满足的愿望、破碎的希冀、不可能的信心、失败的努力、错误的计划等。也就是说,说的事情并没有在小说的情节中'实在化'",并给"否叙述"下了一个简洁的定义:"没有被文本世界实在化的情节。"[2] 由此可见,否叙述是相对于产生它的叙述层而言的,和虚构的自传、反事实历史等不一样,它们的虚构是相对于真实世界而言的。

叙述的前提是卷入人物,写人物就肯定涉及他的梦境、幻想、没有实现的愿望等,这是很正常的。只有当这一类的叙述成为作品的主体,占了很大的篇幅,才可能给人以陌生化的感觉,也才可能称之为一种特殊的情节结构——否叙述。唐传奇《枕中记》中,梦境占了全文四分之三的篇幅。作者为什么要将否叙述作为一个序列织入情节中?为什么要大篇幅地写没有发生的事?如果只是为了表现这个没有发生的事情,他完全可以直接写,没有必要套一个故事框架。所以否叙述的功能是将没有实在化的情节与实在化的情节在意义上进行比较,如果是对比关系,则产生反讽效果。就如《枕中记》中,卢生的现实生活与梦中生活形成对比。作者以此揭示荣华富贵不过黄粱一梦。

幻想也是否叙述的一种表现形式。比如詹姆斯·瑟伯的《沃尔特·米蒂的秘密生活》。米蒂的现实生活故事和头脑中幻想的故事不断地交织在一起,依次为:海军飞行员米蒂面对暴风雨,毫无畏惧;米蒂开车陪妻子去做头发、购物,唯唯诺诺;医生米蒂医术高明,备受尊重;米蒂在停车场无法把车停到

---

[1] [美]杰拉德·普林斯:《叙述学词典》,乔国强、李孝弟译,上海:上海译文出版社,2016年,第 50 页。

[2] 赵毅衡:《广义叙述学》,成都:四川大学出版社,2013 年,第 170、171 页。

位，停车场服务员把车开到该停的地方，服务员的傲慢让米蒂回忆起帮他解防滑链的年轻的汽车修理工，从那以后米蒂太太总是要他把车开到汽车修理厂解防滑链；米蒂因打死格雷戈里·菲茨赫斯特而站在法庭被告席上；米蒂买好了妻子吩咐要买的小狗饼干和套鞋回到大堂，坐在椅子上等她，看到《自由》过刊上的轰炸机和被炸毁的街道的照片；轰炸机机长米蒂独自驾驶飞机去炸敌人的弹药库；妻子来大堂找他；面对行刑队，米蒂站直身体，自豪，带着蔑视。幻想中的米蒂与现实生活中的米蒂在性格、品质上形成强烈反差，反讽之意非常鲜明。

热奈特在《转喻》一书中提到一种特殊的转叙方式，即作品的人物讲故事，但讲完之后又否认这个故事的真实性。[①] 比如博尔赫斯的《刀疤》。"我"在北方省份旅行时，遇上卡拉瓜塔河水暴涨，只能在红土农场过夜，和农场主——一个脸上有一条险恶伤疤的人聊天。"我"问他刀疤的由来，他便给"我"讲述了一个故事。他说他曾经参加争取爱尔兰独立的运动，后被一个叫文森特·穆恩的告密者出卖，即将被捕。之后的小说叙述如下：

> 故事的头绪到这里就乱了，也断了。我只记得那个告密者要逃跑，我穿过梦魇似的黑走廊和使人晕眩的长楼梯穷追不舍。穆恩很熟悉房子的布局，比我清楚得多，有几次几乎被他逃脱。但在士兵们抓住我之前，我把他逼到一个死角。我从墙上将军的兵器摆设中抽出一把弯刀，用那半月形的钢刃在他脸上留下了一条半月形的永不消退的血的印记。
>
> "博尔赫斯，你我虽然素昧平生，我把这事的真相告诉了你。你尽可以瞧不起我，我不会难受的。"他说到这里停住了。我发现他的手在颤抖。"穆恩后来怎么啦？"我问道。"他领到了犹大的赏钱，逃到巴西去了。那天下午，他看到几个喝醉的士兵在广场上把一个模型似的人当靶子射击。"我等他讲下去，可是半晌没有下文。最后我请他往下讲。
>
> 于是他呻吟一声，怜惜地把那条弯曲的灰白伤疤指给我看。"难道你不信吗？"他喃喃地说，"难道你没有看到我脸上带着卑鄙的印记吗？我用这种方式讲故事，为的是让你能从头听到完。我告发了庇护我的人，我就

---

① ［法］热拉尔·热奈特：《转喻：从修辞格到虚构》，吴康茹译，桂林：漓江出版社，2013年，第138页。

是文森特·穆恩。现在你蔑视我吧。"

这部小说通过否叙述制造了双重的情景反讽:告密者"刀疤"以英雄的身份讲述,使一个英雄遭遇背叛的故事在结尾时突然转变为一个背叛者忏悔的故事;刀疤换个身份讲述的意图是让"我"有耐心把故事听完,然后告诉"我"真相,让"我"蔑视他,而"我"却沉浸在他编造的虚构世界里不能自拔,期待他往下讲。博尔赫斯用这样的叙述形式来探索人性的迷宫,而形式本身也在表达意义。

第四节 反讽:文本自然化的一种认知框架

反讽作为一种修辞,从语言层面扩展至文本层面,其矛盾的双层意义出现在主题思想、情节类型、人物形象与语言风格等层次上,成为作家使用的一种叙事技巧。那么读者面对文本,如何认知反讽呢?

第一,反讽是文本自然化的一种认知框架。

韦恩·布斯从修辞角度研究,认为有"五种线索"可以引导读者共享作者的反讽意图。① 反过来说,作者反讽意图的实现,有赖于读者对这五种线索的认知。这五种中,除了第一种外,即作者用自己的声音发出的直截了当的警告,其余四点,即宣布众所周知的错误、作品内部事实互相冲突、说话人的风格明显脱离读者认为它应该有的正常说话风格、作品所表达的思想观念和逻辑与读者的明显冲突,都依赖读者的认知标准。认知的标准"是文化训练给'解释社群'的一套价值规约"②,如果读者发现叙述者和人物的说话内容、说话风格、思想观念等与自己的期待不一致,就会用反讽的认知框架来阐释它,即认为表面义为假,就会去寻求其背后的隐含义。当然,如卡勒所说,这个文本必须是指涉现实世界的体裁,比如小说,而非神话、科幻等体裁:"正是由于这一缘故,小说一向被认为是最适合采用反讽的文学形式。小说不断向我们强调所指世界的现实,是为了使我们关于人类行为的模式发挥作用,使我们发现文本的表面意义是多么荒唐可笑……我们有了对现实世界的了解和对小说世界

---

① 参见本书第一章第四节第二点。
② 赵毅衡:《广义叙述学》,成都:四川大学出版社,2013年,第236页。

的了解，那么，一旦文本作出的判断与我们的判断不相一致，或一旦在我们认为应该作出判断之处，文本却无动于衷，没有作出判断，我们就会发现反讽的存在了"①。

卡勒将反讽视为使文本中的怪异、不规范、不协调等因素变得可理解，顺利实现文学交流功能的一种阐释策略。他将这个过程称为还原，或自然化（naturalized），具体含义是："使一部文本自然化，就是让它与某种话语或模式建立关系，而这种话语或模式，从某种意义上说，本身已被认为是自然的和可读的。"②托多罗夫则用"逼真性"来指涉这一现象。"逼真性"是指一个文本和另一个被称为"公论"的文本之间的关系。"逼真性"与"自然化"是同一个意思，卡勒在研究"程式与自然化"问题时也用了这个概念。他将逼真性分为五个层次，"我们或许可将逼真性划分为五个层次：也就是使一部文本与另一部文本接触，并按照与后者的关系、使之被理解的五种参照。首先是社会造就的文本——所谓的'真实世界'。其次是一般的文化文本：文化的参与者所共同承认的知识是这一文化的组成部分，当然，这种知识还有待于纠正或调节，但是仍可视为某种形式的'自然'。这一层次与第一点有时不易区分。第三，一种体裁的文本或程式，所谓文学和艺术方面的逼真性。第四，或许可称之为对于艺术性的符合自然的态度，其中，文本能明确援引或揭示第三类逼真性，以增强自身的权威性。最后，还有某些互文性产生的比较复杂的逼真，意指一部作品以另一部作品为基础或起点，因此理解时必须考虑与后者的关系"③。总结卡勒的意思，所谓"逼真"之"真"，有五个层面：世界层面上的真实、文化层面的真实、文学层面的真实、约定俗成的真实、反讽层面的真实。

卡勒将反讽视为文本自然化的一种认知框架，塔玛·雅克比也从这个角度去解释对不可靠叙述的认知。他认为当读者阅读文本时感知到冲突、困难、不相容性直至怪异的语言时，总是可以用不同的原则和机制来整合，并总结出五

---

① [美]乔纳森·卡勒：《结构主义诗学》，盛宁译，北京：中国社会科学出版社，1992年，第232~233页。
② [美]乔纳森·卡勒：《结构主义诗学》，盛宁译，北京：中国社会科学出版社，1992年，第208页。这本书把"naturalized"译为"归化"，本书统一作"自然化"。
③ [美]乔纳森·卡勒：《结构主义诗学》，盛宁译，北京：中国社会科学出版社，1992年，第210页。

种原则和机制：第一，存在机制，将不相容解释为虚构世界的原因，比如童话、科幻世界；第二，功能机制，将偏离规约成分解释为意图实现某个功能，比如让人物说某句不得体的话是为了充当作者的传声筒；第三，文类原则，将文本内的冲突解释为文类写作规范的需要；第四，视角或不可靠性原则，将文本中的不一致性解释为叙述者不可靠；第五，生成机制，将虚构的怪异性和不一致性归于文本的生产，比如归于作者的疏忽大意。① 这与卡勒的五种"逼真性"有很多相通之处。与塔玛·雅克比同属认知学派的弗卢德尼克也认为反讽是一种认知框架，"文本的矛盾和不一致性以及语义失真或言行不一（譬如虚伪）等现象仅仅表明阐释的不相容性……这就需要读者采取补救措施，用更高层次的意义来弥合不一致的地方，这就是反讽"②。

关于反讽的认知，确实是一个非常复杂的问题。以关于不可靠叙述的认知为例。布斯从修辞角度解释不可靠叙述，认为它是作者有意使用的一种叙述技巧，读者通过文本来感知它的存在，建构它的画像。这是一种理想的叙述交流状态，事实上没那么简单。所以，之后的学者对此又进行了细致的研究。有的偏重修辞，即认为隐含作者是作家创作时的"第二自我"，即"执行作者"（executive author），是劝说读者的一种技巧，代表人物有布斯、查特曼、费伦等；有的偏重认知，认为隐含作者是读者依据文本推断、建构出来的，即"推断作者"（deduced author），是解决文本歧义、矛盾的一种阐释策略，与读者的认知框架有关，代表人物有塔玛·雅克比、弗卢德尼克等；有的认为两者需兼顾，比如安斯加·纽宁（Ansgar Nünning）、申丹。

纽宁最初从认知角度研究不可靠叙述："与查特曼和很多其他相信隐含作者的学者不同，我认为不可靠叙述的结构可用戏剧反讽或意识差异来解释。当出现不可靠叙述时，叙述者的意图和价值体系与读者的预知和规范之间的差异会产生戏剧反讽。对读者而言，叙述者话语的内部矛盾或者叙述者的视角与读者自己的看法之间的冲突意味着叙述者的不可靠。"③ 但是后来他又认为认知

---

① 塔玛·雅克比：《作者的修辞、叙述者的（不）可靠性，相异的解读：托尔斯泰的〈克莱采奏鸣曲〉》，见[美] James Phelan, J. Rabinowitz：《当代叙事理论指南》，北京：北京大学出版社，2007年，第105~106页。

② 安斯加·F. 纽宁：《重构"不可靠叙述"概念：认知方法与修辞方法的综合》，见[美] James Phelan, J. Rabinowitz：《当代叙事理论指南》，北京：北京大学出版社，2007年，第92页。

③ 转引自申丹：《何为"不可靠叙述"？》，《外国文学评论》2006年第4期。

学派和修辞学派的观点都具有片面性。认知方法仅仅考虑读者的阐释框架，忽略了作者的作用，修辞方法仅仅考虑叙述者和隐含作者之间的关系，没有考虑不可靠叙述在读者身上产生的"语用效果"，所以他提出综合性的"认知-修辞方法"，认为决定一个叙述者是否可靠，最终要看作品本身建立的、作者动因设计的结构和规范以及读者的知识、心理状况和价值规范系统，而且还要注意读者的这些价值规范系统是变化着的。① 申丹也认为对于不可靠叙述的研究，修辞角度和认知角度都是必要的，互为补充，缺一不可："倘若我们仅仅采用修辞方法，就会忽略读者不尽相同的阐释原则和阐释假定；而倘若我们仅仅采用认知方法，就会停留在前人阐释的水平上，难以前进。此外，倘若我们以读者规范取代作者/作品规范，就会丧失合理的衡量标准。"②

对反讽叙述的研究，需兼顾修辞与认知两个维度。作者在写作时会有意使用反讽叙述技巧，但读者对于这种技巧的认知，是一个比较复杂的问题。因为它不仅依赖文本提供的线索，即文本自携元语言，也依赖读者的认知能力及解释语境，即读者的能力元语言和社会文化语境元语言。而且，有时读者认知的反讽未必是作者有意使用的。所以，如果执着于一端，可能会陷入意义的困境。如果我们只看重修辞，以作者的意图为准，那么文本的意义就被封闭，读者的意义、文本的交流功能都被忽略；如果我们只看重认知，凡遇到怪异、不相容之处，就用反讽来阐释，认为阐释出来的意义就是文本的真正意义，那么反讽阅读就成了读者自己制定规则自己玩的游戏，作者的写作意义、文本的交流功能则被完全忽略。

二、反讽、不可靠叙述与不可信叙述

不可靠叙述与不可信叙述是两个完全不同的概念：第一，形成机制不同，不可信是相对于读者来说的，不可靠是相对于隐含作者来说。第二，参照标准不同，不可信是对叙述内容的判断，其参照标准是现实世界中的事理；不可靠是对叙述形式的判断，是一种叙述技巧，其参照标准是文本本身，即文本内的

---

① 安斯加·F. 纽宁：《重构"不可靠叙述"概念：认知方法与修辞方法的综合》，见〔美〕James Phelan, J. Rabinowitz：《当代叙事理论指南》，北京：北京大学出版社，2007年，第100、89页。

② 申丹：《何为"不可靠叙述"？》，《外国文学评论》2006年第4期。

叙述者与隐含作者的意义－价值观不一致。第三，使用目的不同，不可信叙述是为了欺骗读者，不可靠叙述是为了吸引读者。①

不可靠叙述是反讽叙述的一种类型，其矛盾的双义表现在叙述者与隐含作者的意义－价值观上。不可信叙述的叙述者是可靠的，只是他所说的话与客观事实矛盾，比如记者报道假消息，法庭上证人作伪证，小孩子吵架时吹牛皮，这些都不会产生反讽。那么可靠的叙述者能产生反讽吗？答案是肯定的，只是形成机制与不可靠叙述不同而已。布斯曾说："事实上，大多数可靠的叙述者都喜欢使用大量的反讽，因此，他们因为具有潜在的欺骗性而变得'不可靠'了。但是，复杂难懂的反讽并不足以使一个叙述者变得不可靠。"② 有一类可靠的叙述者所带来的反讽与不可靠叙述很容易混淆，那就是非正常人格叙述者。

非正常人格叙述者，如儿童、傻瓜、疯子、小丑、死者、动植物，或者心智不健全，或者认知能力不足，或者根本不具备认知能力。他们的叙述违背了读者的日常经验、道德常规，乍一看似乎是不可靠叙述者，细究之后却会发现他们的言行反映了事物的本质，代表了文明的方向，是文本的主旨所在，也是隐含作者的意图，所以他们是可靠的叙述者。如赵毅衡所言："智力上与'社会认可'水准的差异，反而是叙述可靠的标志，因为小说用智力上成问题的人物兼做叙述者，往往就预先埋伏了这样一个判断：被文明社会玷污的智力与道德败坏共存，现代社会文明过熟，文化不够者反而道德可靠。因此半文盲流浪儿甚至动物都可以成为比较可靠的叙述者，也就是说能体现隐含作者的价值观。"③

福克纳的《喧哗与骚动》和阿来的《尘埃落定》，都是用傻子的视角来讲述历史——康普生家族的衰亡史和康巴藏族土司的衰亡史。《喧哗与骚动》中，33岁的班吉是个白痴，智力水平相当于3岁孩童，没有时间意识，没有逻辑思维，所以他只能客观地讲述所看到、听到和"闻"到的一切——"闻"出凯蒂的堕落，闻到"耀眼的冷的气味"、死的气味。他的叙述是意识流似的，混乱，却恰恰包含了康普生家族衰落的真正原因。《尘埃落定》中二少爷是个傻

---

① 参见赵毅衡：《广义叙述学》，成都：四川大学出版社，2013年，第224~227页。
② ［美］韦恩·布斯：《小说修辞学》，付礼军译，南宁：广西人民出版社，1987年，第167页。
③ 赵毅衡：《广义叙述学》，成都：四川大学出版社，2013年，第236~237页。

子，每天醒来都要问自己两个问题：我是谁？我在哪里？他与现实生活格格不入，从他的视角看到的世界、理解的万事万物，与看起来智慧的父亲、大哥完全不同，但是他的行为恰恰顺应了历史发展的潮流。

对于这些作品，人们普遍说它们使用了反讽手法。① 但这里的反讽不是指不可靠叙述，而是指叙述者表面上的无知、卑微与实际上的大智慧、大境界之间的强烈冲突。巴赫金认为小说家可以借用小丑和傻瓜的面具进行反对成规陋习的斗争："作家施加变化而运用的路线，采用小丑和傻瓜（代表不理解陋习的天真）两个形象。在反对所有现存生活形式的虚礼，在反对违拗真正的人性方面，这些面具获得了特殊的意义。它们给了人们权利，可以不理解，可以胡涂，能够耍弄人，能够夸张生活；可以讽刺模拟地说话，可以表里不一，可以在戏剧舞台的时空体里过生活，可以把生活描绘成喜剧，把人当成演员；能够撕去别人的假面，能够以严厉的（几乎是宗教的）诅咒骂人；最后可以有权公开个人生活及其一切最秘密的隐私。"②

---

① 在"中国知网"上搜索《喧哗与骚动》和《尘埃落定》的研究论文即可知。
② ［苏］巴赫金：《小说理论》，白春仁、晓河译，石家庄：河北教育出版社，1998年，第358页。

参考文献

艾略特 T S，1994. 艾略特文学论文集 [M]. 李赋宁，译注. 南昌：百花洲文艺出版社.

巴尔 M，2003. 叙述学：叙事理论导论 [M]. 谭君强，译. 北京：中国社会科学出版社.

巴尔 M，2017. 视觉叙事与图像符号 [J]. 张方方，译. 段炼，校. 世界美术（5）.

巴赫金 M，1998. 巴赫金全集（6卷）[M]. 钱中文，等译. 石家庄：河北教育出版社.

巴赫金 M，1988. 陀思妥耶夫斯基诗学问题 [M]. 白春仁，顾亚铃，译. 北京：生活·读书·新知三联书店.

巴赫金 M，1998. 小说理论 [M]. 白春仁，晓河，译. 石家庄：河北教育出版社.

巴特 R，2008. 符号学原理 [M]. 李幼蒸，译. 北京：中国人民大学出版社.

巴特 R，2008. 图像修辞学 [C]. 方尔平，译//语言学研究·第六辑. 北京：高等教育出版社.

柏拉图，2003. 柏拉图全集：第2卷 [M]. 王晓朝，译. 北京：人民出版社.

本雅明 W，1999. 德国浪漫派的批评艺术概念 [M]. 王炳钧，杨劲，译. 天津：百花文艺出版社.

波德里亚 J，2001. 消费社会 [M]. 刘成富，等译. 南京：南京大学出版社.

伯林 I，2008. 浪漫主义的根源 [M]. 吕梁，等译. 南京：译林出版社.

勃兰兑斯 G，1981. 十九世纪文学主流：第二分册 德国的浪漫派 [M]. 刘半九，译. 北京：人民文学出版社.

博克 K，等，1998. 当代西方修辞学：演讲与话语批评 [C]. 常昌富，顾宝桐，译. 北京：中国社会科学出版社.

布鲁克斯 C，2008. 精致的瓮：诗歌结构研究 [M]. 郭乙瑶，等译. 上海：上海人民出版社.

布斯 W C，2009. 修辞的复兴——韦恩·布斯精粹 [M]. 穆雷，等译. 南京：译林出版社.

布斯 W. C，1987. 小说修辞学 [M]. 华明，等译. 北京：北京大学出版社.

曾衍桃，2004. 国外反讽研究综观 [J]. 西安外国语学院学报（3）.

曾衍桃，2005. 40 年反讽研究 [J]. 学术研究（10）.

查特曼 C，2013. 故事与话语：小说和电影的叙事结构 [M]. 徐强，译. 北京：中国人民大学出版社.

陈安慧，2013. 反讽的轨迹——西方与中国 [D]. 武汉：华中师范大学.

陈晪，李塗，1960. 文则 文章精义 [M]. 北京：人民文学出版社.

陈奇猷，2000. 韩非子新校注 [M]. 上海：上海古籍出版社.

陈望道，1976. 修辞学发凡 [M]. 上海：上海教育出版社.

陈子展，2001. 诗三百解题 [M]. 上海：复旦大学出版社.

从莱庭，徐鲁亚，2007. 西方修辞学 [M]. 上海：上海外语教育出版社.

德·曼 P，1998. 解构之图 [M]. 李自修，译. 北京：中国社会科学出版社.

德·曼 P，2008. 阅读的寓言——卢梭、尼采、里尔克和普鲁斯特的比喻语言 [M]. 沈勇，译. 天津：天津人民出版社.

邓志勇，2011. 修辞理论与修辞哲学：关于修辞学泰斗肯尼思·伯克的研究 [M]. 上海：学林出版社.

杜文澜，1958. 古谣谚 [M]. 北京：中华书局.

杜预，1978. 春秋经传集解 [M]. 上海：上海古籍出版社.

菲斯克 J，2001. 解读大众文化 [M]. 杨全强，译. 南京：南京大学出版社.

费伦 J，拉比诺维茨 P J，2007. 当代叙事理论指南 [C]. 申丹，等译. 北京：北京大学出版社.

费伦 Z，2003. 作为修辞的叙事 [M]. 陈永国，译. 北京：北京大学出版社.

费斯克 J，2001. 理解大众文化 [M]. 王晓钰，宋伟杰，译. 北京：中央编译出版社.

弗莱 N，2006. 批评的解剖 [M]. 陈慧，等译. 天津：百花文艺出版社.

弗兰克 M，2005. 德国早期浪漫主义美学导论 [M]. 聂军，等译. 长春：吉林人民出版社.

傅修延，1992. 试论隐含的叙述 [J]. 文艺理论研究（3）.

公羊寿，1999. 春秋公羊传注疏 [M]. 何休，解诂. 徐彦，疏. 北京：北京大学出版社.

郭庆藩，1961. 庄子集释 [M]. 王孝鱼，点校. 北京：中华书局.

郭绍虞，1961. 沧浪诗话校释 [M]. 北京：人民文学出版社.

哈琴 L，2009. 后现代主义诗学：历史·理论·小说 [M]. 李扬，李锋，译. 南京大学出版社.

哈琴 L，2010. 反讽之锋芒：反讽的理论与政见 [M]. 徐晓雯，译. 开封：河南大学出版社.

哈桑 I，2015. 后现代的转向：后现代理论与文化论文集 [M]. 刘象愚，译. 上海：上海人民出版社.

赫尔曼 D，2002. 新叙事学 [M]. 马海良，译. 北京：北京大学出版社.

黑格尔 Ｇ Ｗ Ｆ，1983. 哲学史讲演录：第二卷 [M]. 贺麟，王太庆，译. 北京：商务印书馆.

黑格尔 Ｇ Ｗ Ｆ，2008. 美学：第一卷 [M]. 朱光潜，译. 北京：商务印书馆.

胡承珙，1999. 毛诗后笺 [M]. 郭全芝，校点. 合肥：黄山书社.

胡曙中，2009. 西方新修辞学概论 [M]. 湘潭：湘潭大学出版社.

胡亚敏，2004. 叙事学 [M]. 武汉：华中师范大学出版社.

黄霖，2005. 黄霖说金瓶梅 [M]. 北京：中华书局.

加塞特 Ｏ Y，2010. 艺术的去人性化 [M]. 莫娅妮，译. 南京：译林出版社.

蒋伯潜，2013. 诸子通考 [M]. 上海：上海古籍出版社.

卡勒 Ｊ D，1992. 结构主义诗学 [M]. 盛宁，译. 北京：中国社会科学出版社.

卡林内斯库 M，2002. 现代性的五副面孔 [M]. 顾爱彬，李瑞华，译. 北京：商务印书馆.

柯里 M，2003. 后现代叙事理论 [M]. 宁一中，译. 北京：北京大学出版社.

克尔凯郭尔 Ｓ Ａ，2005. 论反讽概念——以苏格拉底为主线［Ｍ］. 汤晨溪，译. 北京：中国社会科学出版社.

昆德拉 Ｍ，1992. 小说的艺术［Ｍ］. 唐晓渡，译. 北京：作家出版社.

兰色姆 Ｊ Ｃ，2010. 新批评［Ｍ］. 王腊宝，张哲，译. 北京：文化艺术出版社.

李伯杰，1993. 弗·施勒格尔的"浪漫反讽"说初探［Ｊ］. 外国文学评论（1）.

李伯杰，1994. 德国浪漫派批评研究［Ｊ］. 外国文学评论（3）.

李霞光，2014. 六韬·鬼谷子译注［Ｍ］. 上海：上海三联书店.

里蒙－凯南 Ｓ，1989. 叙事虚构作品［Ｍ］. 姚锦清，等译. 北京：生活·读书·新知三联书店.

利奥塔尔 Ｊ-Ｆ，1997. 后现代状态：关于知识的报告［Ｍ］. 车槿山，译. 北京：生活·读书·新知三联书店.

刘森林，2006. 反讽、主体与内在性——兼论马克思主义哲学中的反讽维度［Ｊ］. 现代哲学（5）.

刘勰，1958. 文心雕龙注［Ｍ］. 范文澜，注. 北京：人民文学出版社.

刘知几，1978. 史通通释［Ｍ］. 浦起龙，释. 上海：上海古籍出版社.

罗超，龚兆吉，1993. 文史英华：文论卷［Ｍ］. 长沙：湖南出版社.

罗蒂 Ｒ，2003. 偶然、反讽与团结［Ｍ］. 徐文瑞，译. 北京：商务印书馆.

罗蒂 Ｒ，2006. 哲学和自然之镜［Ｍ］. 李幼蒸，译. 北京：商务印书馆.

罗斯 Ｍ Ａ，2013. 戏仿：古代、现代与后现代［Ｍ］. 王海萌，译. 南京：南京大学出版社.

马丁 Ｗ，1990. 当代叙事学［Ｍ］. 伍晓明，译. 北京：北京大学出版社.

米克 Ｄ Ｃ，1992. 论反讽［Ｍ］. 周发祥，译. 北京：昆仑出版社.

米勒 Ｊ Ｈ，1998. 重申解构主义［Ｍ］. 郭英剑，等译. 北京：中国社会科学出版社.

米勒 Ｊ Ｈ，2002. 解读叙事［Ｍ］. 申丹，译. 北京：北京大学出版社.

米勒 Ｊ Ｈ，2007. 小说与重复：七部英国小说［Ｍ］. 王宏图，译. 天津：天津人民出版社.

米勒 Ｊ Ｈ，金惠敏，2001. 永远的修辞性阅读——关于解构主义与文化研究的访谈—对话 [J]. 外国文学评论 (1).

尼采 F W, 2001. 古修辞学描述：外一种 [M]. 屠友祥，译. 上海：上海人民出版社.

宁 D, 等, 1998. 当代西方修辞学：批评模式与方法 [M]. 常昌富，顾宝桐，译. 北京：中国社会科学出版社.

皮尔斯 C S, 2014. 皮尔斯：论符号 [M]. 赵星植，译. 成都：四川大学出版社.

浦安迪, 1998. 中国叙事学 [M]. 陈珏，整理. 北京：北京大学出版社.

普林斯 J, 2016. 叙述学词典 [M]. 乔国强，李孝弟，译. 上海：上海译文出版社.

钱锺书, 1979. 管锥编 [M]. 北京：中华书局.

钱锺书, 1984. 谈艺录 [M]. 北京：中华书局.

钱锺书, 1988. 宋诗选注 [M]. 北京：人民文学出版社.

秦海鹰, 2004. 互文性理论的缘起与流变 [J]. 外国文学评论 (3).

热奈特 G, 1990. 叙事话语 新叙事话语 [M]. 王文融，译. 北京：中国社会科学出版社.

热奈特 G, 2013. 转喻：从修辞格到虚构 [M]. 吴康茹，译. 桂林：漓江出版社.

瑞恰慈 I A, 1992. 文学批评原理 [M]. 杨自伍，译. 南昌：百花洲文艺出版社.

萨莫瓦约 T, 2002. 互文性研究 [M]. 邵炜，译. 天津：天津人民出版社.

申丹, 1998. 叙述学与小说文体学研究 [M]. 北京：北京大学出版社.

申丹, 2006. 何为"不可靠叙述"？[J]. 外国文学评论 (4).

申丹, 2019. 隐性进程 [M]. 外国文学 (1).

申丹，王丽亚, 2001. 西方叙事学：经典与后经典 [M]. 北京：北京大学出版社.

施勒格尔 F, 2005. 浪漫派风格——施勒格尔批评文集 [M]. 李伯杰，译. 北京：华夏出版社.

施耐庵, 2009. 水浒传 [M]. 金圣叹，李卓吾，点评. 北京：中华书局.

司马迁, 1959. 史记 [M]. 北京：中华书局.

谭家健，2001. 六朝诙谐文述略 [J]. 中国文学研究（3）.

童庆炳，1999.《文心雕龙》"奇正华实"说 [J]. 文艺理论研究（2）.

涂纪亮，2006. 皮尔斯文选 [M]. 北京：社会科学文献出版社.

韦勒克 R，2009. 近代文学批评史（第二卷）[M]. 杨自伍，译. 上海：上海译文出版社.

温权，2014. 反讽：主体性辩证法——从克尔凯郭尔的《论反讽概念》谈起 [J]. 学习与探索（6）.

吴纳，徐师曾，1962. 文章辨体序说 文体明辨序说 [M]. 北京：人民文学出版社.

吴琼，2018. 图像中的互文 [EB/OL]. 微信公众号"神圣的会话" 12 (11).

夏忠宪，1994. 巴赫金狂欢化诗学理论 [J]. 北京师范大学学报：社会科学版（5）.

许嘉璐，2003. 二十四史全译：汉书 [M]. 上海：汉语大词典出版社.

亚里士多德，1996. 诗学 [M]. 陈中梅，译. 北京：商务印书馆.

燕卜荪 W，1996. 朦胧的七种类型 [M]. 周邦宪，等译. 杭州：中国美术学院出版社.

叶丽贤，2016. "玄学巧智"：塞缪尔·约翰逊与玄学派经典化历史 [J]. 国外文学（2）.

叶秀山，2007. 苏格拉底及其哲学思想 [M]. 北京：人民出版社.

叶秀山，2016. 庄子的"反讽"精神——读《庄子》书札记 [J]. 浙江学刊（6）.

伊格尔顿 T，2000. 后现代主义的幻象 [M]. 华明，译. 北京：商务印书馆.

永瑢，纪昀，等，1999. 四库全书 [M/OL]. 文渊阁本. 香港：香港迪志文化出版有限公司.

臧运峰，2007. 新批评反讽及其现代神话 [D]. 北京：北京师范大学.

詹明信 F，1997. 晚期资本主义的文化逻辑：詹明信批评理论文选 [M]. 陈清侨，等译. 北京：生活·读书·新知三联书店.

张少文，2003. 旧瓶新论——论浪漫主义反讽的叙事体式 [J]. 外国文学（5）.

张寅德，1989. 叙述学研究 [G]. 北京：中国社会科学出版社.

张玉能,2004. 德国早期浪漫派的美学原则[J]. 厦门大学学报（哲学社会科学版）(6).

章学诚,2015. 文史通义[M]. 上海：上海古籍出版社.

赵宪章,2011. 语图互仿的顺势和逆势——文学与图像关系新论[J]. 中国社会科学（3）.

赵毅衡,1986. 新批评——一种独特的形式主义文论[M]. 北京：中国社会科学出版社.

赵毅衡,1994. 当说者被说的时候：比较叙述学导论[M]. 北京：中国人民大学出版社.

赵毅衡,2001. "新批评"文集[G]. 天津：百花文艺出版社.

赵毅衡,2001. 反讽时代：形式论与文化批评[M]. 上海：复旦大学出版社.

赵毅衡,2004. 符号学文学论文集[G]. 天津：百花文艺出版社.

赵毅衡,2009. 重访新批评[M]. 天津：百花文艺出版社.

赵毅衡,2010. 符号、象征、象征符号，以及品牌的象征化[J]. 贵州社会科学（9）.

赵毅衡,2012. 符号学[M]. 南京：南京大学出版社.

赵毅衡,2013. 广义叙述学[M]. 成都：四川大学出版社.

赵毅衡,2013. 苦恼的叙述者[M]. 成都：四川文艺出版社.

赵毅衡,2017. 哲学符号学：意义世界的形成[M]. 成都：四川大学出版社.

赵翼,1984. 廿二史札记校证[M]. 王树民,校证. 北京：中华书局.

郑玄,1997. 礼记正义[M]. 孔颖达,疏. 上海：上海古籍出版社.

周裕锴,1999. 反常合道：曲喻与佯谬——禅宗语言对宋诗语言艺术的影响[J]. 文史知识（1）.

BARBE K,1995. Irony in context[M]. Amsterdam：John Benjamins Publishing Company.

BOOTH W. C,1974. A rhetoric of irony[M]. Chicago and London：The University of Chicago Press.

BROOKS C,1939. Modern poetry and the tradition[M]. Chapel Hill：The University of North Carolina Press.

BURK K,1969. A grammar of motives[M]. Berkeley and Los Angeles：

University of California Press.

BURK K, 1969: A rhetoric of motives [M]. Berkeley and Los Angeles: University of California Press.

COLEBROOK C, 2004. Irony [M]. London and New York: Routledge.

DE-MANP, 1983. Blindness and insight: essays in the rhetoric of contemporary criticism [M]. Minneapolis: University of Minnesota Press.

DE-MANP, 1996. Aesthetic ideology [M]. Minneapolis/London: University of Minnesota Press.

GIBBS R W, Herbert J R, Colston L, 2007. Irony in language and thought: a cognitive science reader [M]. London & New York: Routledge.

HUTCHEON L, 1985. A theory of parody: the teachings of twentieth-century art forms [M]. New York: Methuen.

FLUDERNIK M. 1996. Towards a "natural" narratology [M]. London & New York: Routledge.

后 记

　　这是我的第二本专著，就要交给出版社了，我的心情如同交第一本专著时一样忐忑不安，依然担心它的浅薄，它的错漏。我不知道我这一生会不会有信心满满地交出书稿的那一天。学术的路上，越读书越发现自己无知，越写作越心虚，很怕自己不是在为学术大厦添砖加瓦，而是在做无用功，甚或是在搞破坏。但是我对学术的心是真诚的，对形之于白纸黑字的东西是敬畏的。这本书是在我的博士后出站报告基础上写成的，进行了较大幅度的增删修改，权且作为自己一个学习阶段的小结吧。

　　2014年9月，我进入四川大学博士后流动站，师从赵毅衡老师。这首先是因为赵老师和他的符号学的魅力。第一次见到赵老师，听老师演讲，是在2010年10月南京大学举办的"'文学与形式'国际学术研讨会暨中国文艺理论学会年会"上，老师演讲的题目是《元语言冲突与阐释漩涡》。就我当时的水平，是没有完全听懂的，但觉得非常有趣。让一个深奥的问题听起来有趣，这正是赵老师学术的功力和魅力所在。此后，应我的博导傅修延老师的邀请，赵老师数次来江西参加研讨会、举办讲座，2013年更是在江西师范大学叙事学研究中心举办了连续三天的"广义叙述学"讲习班，这让我对符号学产生了浓厚的兴趣。其次是因为我想"补短"，补抽象思维之短。我硕士修的是现当代文学专业，读了很多作品，但理论欠缺，所以读博时选择了文学理论专业，博士学位论文做的是史传与中国文学叙事传统研究，目的是完善自己的知识结构。我的抽象思维很差，所以做博士后时，就想借机训练一下，而符号学素有"文科中的数学"之称，抽象性很强，很适合我。人有时候也需要为难一下自己呵。

　　在傅老师的帮助下，我终于如愿以偿地成为赵老师的博士后，当我走在银杏飘黄、秋色迷人的川大校园里，我对生活充满了感恩！几近不惑之年的我还能够坐在课堂上，与青春洋溢的大学生一起读书听讲，这是多么幸福的事！

2014年下半年，我在学校附近租了房子，每周五去听课，完整地听完了赵老师的"符号学"教学课程。上课的学生很多，满满一教室人，本硕博都有，三节课连上。赵老师总爱穿着格子衬衫，站着讲课，脸上一直挂着笑容。他享受着创造知识、传播知识的快乐，享受着与学生在一起的时光，这深深地感染着我。最让我惊讶的是，他对七八十个学生交上来的作业，均认真地用红笔批改、做记录，然后在课堂上评讲。在大学课堂上还能看到中学课堂上的情景，这让我很感动，深深体会到孔子讲的"学而不厌，诲人不倦"是怎样的一种境界和情怀！学生向赵老师提问，都采用电子邮件的形式。赵老师说自己有"回答问题不过夜"的习惯，当天问题当天回答完，否则睡不着觉。翻开他的著作，经常可以看到页下注着"这是某某届博士生某某在符号学作业中举的例子，特此致谢"之类的话，赵老师严谨的治学态度、高尚的学术道德可见一斑！

赵老师指导学生，从不采用居高临下的口吻，从不轻易否定学生的观点。他总是耐心地倾听学生的陈述，然后用商榷的口吻说出自己的意见，而且还总不忘夸学生几句。参加学术会议时，他总爱风趣地说："请大家挑战我！"无论听众提什么问题，肤浅的、复杂的甚或是刁难性的，他总是面带笑容地解答，从容优雅地应对，让人无法不联想到他曾经工作了近二十年的英国，联想到英国的"绅士风度"！这风度，不是外表上的，而是骨子里的。赵老师在学问上精益求精，生活上却很马虎，"一箪食，一瓢饮"，从不改其乐，仿佛他是专为学术而生的！

我的博士后出站报告选择"反讽"这个题目，是因为赵老师精彩的符号修辞研究的诱惑和反讽研究的启发，同时也因为自己一直想弄清楚反讽到底是怎么回事。等到真正研究时才发现那分精彩只属于赵老师，而于知识面窄、理论思维能力又很差的我来说，只剩下艰难困苦了。因为反讽看似只是一个简单的概念，其实涉及的领域很多，语言学、修辞学、文学、哲学，而且已经被研究得很多、很复杂了。所以我每研究一个问题时，都要问自己，我是在把这个问题弄得更清楚还是更混乱了，是在帮助读者还是在祸害读者。如果是后者，而且肯定有后者，我只能请求读者的原谅了，就看在那不是我的初衷而是我的能力欠缺的份上吧。

写完这本书，我就要开始下一个研究征程了——我主持的国家社科基金重

后　记

点项目"陶瓷图像的文学叙事研究"。这个跨学科题目对我来说又是一次挑战，我能顺利完成吗？我的眼前很迷茫，但我的脚步很坚定，因为有一句话一直引领着我的人生，那就是"尽吾志而不能至者，可以无悔矣！"

最后，要深深感谢赵老师对我的指导和帮助、关心和鼓励；感谢参加我博士后出站报告答辩的唐小林教授、陆正兰教授、操慧教授、王长才教授，感谢四川大学符号学－传媒学研究所的老师们、师兄妹们，感谢本书编辑陈蓉老师，感谢所有一直鼓励我、支持我的亲人、朋友们！每一份温暖，每一份美好都与我的生命同在！

倪爱珍

2018 年 8 月 18 日

南昌青山湖